Zum Buch:

Als Anna sechs Jahre alt war, hat ihr Vater die Familie im Stich gelassen. Anna konnte ihm diesen Verrat nie verzeihen. Was soll sie also mit einem Sommerhaus auf Santorin, das er ihr hinterlassen hat, und das sie nur annehmen kann, wenn sie selbst auf die Insel reist? Allerdings könnte sie das Geld, das ihr ein Verkauf bringen würde, gut gebrauchen. Also packt sie ihre Sachen und fliegt nach Griechenland. Der Zustand des Hauses ist erschreckend, und so beschließt Anna, mit der Renovierung zu beginnen – wenn sie schon einige Zeit hier verbringen muss, dann will sie sie wenigstens sinnvoll nutzen und sich wohlfühlen. Und dann findet Anna Briefe ihres Vaters, die auf einmal alles verändern …

Zur Autorin:

Samantha Parks ist das Pseudonym von Sam Gale. Parks ist der Mädchenname ihrer Großmutter – eines ihrer größten Vorbilder. Sam wurde in North Carolina geboren, lebt heute allerdings gemeinsam mit ihrem Ehemann Alex in Bournemouth in England. Dort führt sie eine erfolgreiche Marketingfirma und freut sich, dass man in ihr zunehmend die »verrückte Pflanzen-Lady« sieht. »Das Sommerhaus auf Santorin« ist ihr erster Roman.

Samantha Parks

Ein Sommerhaus auf Santorin

Roman

Aus dem Englischen von
Milena Schilasky

HarperCollins

Die Originalausgabe erschien 2019 unter dem Titel
A Summer House in Santorini bei HarperCollins*Publishers* Ltd.

1. Auflage 2022

Deutsche Erstausgabe

Umschlaggestaltung von Nele Schütz Design, München
Umschlagabbildung von imagIN.gr.photography, Epic Stock Media /
shutterstock
Gesetzt aus der Stempel Garamond
Von GGP Media GmbH, Pößneck
Druck und Bindung von CPI books GmbH, Leck
Printed in Germany
ISBN 978-3-7499-0007-7
www.harpercollins.de

Klimaneutral
Druckprodukt
ClimatePartner.com/15109-2009-1001

MIX
Papier
FSC® C083411

*Für Averi und Shauna, meine wunder-
schönen, starken, ehrgeizigen Schwestern.
Ich hoffe, dass ihr euch auch bei schwierigen
Entscheidungen immer selbst treu bleibt.*

Prolog

Vor fast viertausend Jahren, noch bevor Troja fiel, in der Blüte der Bronzezeit, brach in der Ägäis ein Vulkan aus, dessen Kraft bis heute unerreicht bleibt. Die winzige Insel Thera wurde zerstört, auseinandergerissen. Legenden über versunkene Städte und Schätze entstanden, die sich noch Jahrhunderte halten sollten. Wieder und wieder brach der Vulkan aus, seine Magmakammer füllte sich immer von Neuem, bis das gesamte Gebiet bis zur Unkenntlichkeit verwüstet wurde.

Doch Thera starb nicht. Aus Thera wurde Santorin, oder Thira, ein kleiner Archipel bestehend aus einer großen Insel in Form eines umgedrehten »C« sowie ein paar kleineren Inseln – ein durch den Vulkan geprägtes Ökosystem. Der aschige Boden erwies sich als unglaublich fruchtbar, was besonders den Weinreben zugutekam. Die Krater, die vom Zerstörungswerk des Vulkans übrig blieben, formten wunderschöne Landschaften, weshalb schließlich auch viele Touristen den Weg nach Santorin fanden.

Mittig auf Santorin liegt eine kleine Stadt mit dem Namen Exo Gonia. Von manchen Stellen aus ist hier zu allen

Seiten das Meer zu sehen. Die Straßen, die in die Stadt führen, sind schmal und kurvig, mit weißen Wänden zu beiden Seiten, hinter denen sich Häuser und Gärten verbergen, die weiter in die Berge reichen, als man auf den ersten Blick annehmen würde. Am Ende einer dieser Straßen – die den Berg zur Agios Charalambos hinaufführt, einer wunderschönen gelben Kirche mit drei abgerundeten Türmen, auf denen Kreuze prangen – stand ein kleines weißes Haus mit drei Torbögen davor, von wo aus man über Kamari und die Ägäis blickte.

Das Haus hatte ursprünglich nur ein Schlafzimmer, das Himmelbett darin verziert mit Schnitzereien von dem Mann, der das Haus errichtet hatte. Auch den Küchentisch hatte er selbst gebaut, ein langer rechteckiger Tisch mit Verschnörkelungen an den Seiten, dessen Oberfläche von den vielen Jahren voller Essen, Wein, Liebe und Gelächter glänzte. Aus dem gleichen Holz hatte der Mann auch die Eingangstür gefertigt und stolz in den Rahmen gehängt.

Die Familie, die in dem Haus lebte, war eine bescheidene. Der Mann war Handwerker, die Frau arbeitete als Näherin. Sein ganzes Leben hatte der Mann in dem Haus verbracht, das sich schon seit zweihundert Jahren im Besitz seiner Familie befand. Erbaut wurde es von den ersten Vorfahren, die sich auf Santorin niederließen und denen Generationen an Handwerkern folgten, die das Haus weiter bewohnten, ohne etwas daran zu verändern.

Bis dieser Mann einen Sohn bekam. Auch der Sohn wurde Handwerker, aber er wollte das Haus ausbauen, vergrößern. Sein Vater ließ es nicht zu, daher fing der junge Mann an, im Garten ein Häuschen zu bauen. Er träumte von Gästen aus aller Welt. Von Fremden, aus denen Freunde wurden, wenn sie sich an dem alten Tisch gegenübersaßen und ein selbst zubereitetes Essen mit Früchten aus dem Garten aßen, bevor sie sich umgeben von Bergen der schönsten Insel der Welt schlafen legten. »Das Sommerhaus« nannte er es, und es sollte neue Leute und Abenteuer in ihre kleine Ecke von Exo Gonia auf Santorin bringen. Er strich das Häuschen gelb und hoffte auf ein aufregenderes Leben.

Nur eine einzige Person wohnte im Sommerhaus, solange der Sohn lebte, aber sie sollte seine Welt für immer verändern.

1. Kapitel

Für Anna bedeutete ein Sommer in Manhattan schon immer die Hölle auf Erden, jedenfalls was die Temperaturen anging. Als sie allerdings in Thira aus dem Flugzeug stieg, wurde ihr klar, dass es noch ganz andere Hitzegrade gab. Und zwar in Griechenland. Auf Santorin, genau genommen.

Die Sonne tauchte alles in ein blendend weißes Licht. Anna kramte ihre Sonnenbrille aus ihrer Tasche hervor und setzte sie auf. Nun wurde sie nicht mehr geblendet und konnte den strahlend blauen Himmel sehen, in dem sie nicht eine Wolke entdeckte. Rechts von ihr, in der Ferne, verschmolzen Himmel und Meer miteinander.

Der Flughafen selbst machte allerdings nicht viel her. Womit hatte sie denn auch gerechnet, einem weißen Steinbau mit blauem Dach und einem Kreuz über dem Eingang? Jedenfalls hatte sie etwas Schöneres erwartet als den Anblick des Terminals. Weiß war das Gebäude zwar schon, aber das blieb auch das Einzige, was von ihrer Vorstellung zutraf.

In Gedanken ging Anna bereits durch, wie sie sich ihren Großeltern vorstellen sollte. »Hi, Mr. und

Mrs. Xenakis. Wir kennen uns nicht, aber ich bin eure Enkelin und will euer Sommerhaus an Fremde verkaufen. Klingt doch gut, oder?«

Daran sollte sie wohl noch etwas arbeiten. Vielleicht würde ja ein Drink helfen.

Laut einer kurzen Google-Suche (ihre Handyrechnung dürfte gigantisch werden, aber das würde sie dann schon hinkriegen), lag die Adresse, die sie von ihrer Schwester Lizzy hatte, nur etwa zweieinhalb Kilometer entfernt. Die Busfahrt würde zwar eine halbe Stunde dauern, aber mit ihren drei Taschen konnte sie unmöglich zu Fuß gehen. Also hielt sie nach der sehr entspannten Passkontrolle Ausschau nach Wegweisern zu irgendeiner Bushaltestelle. Oder sollte sie nach einem Esel-Taxi suchen? Sie erinnerte sich jedenfalls noch an einen Film, in dem Touristen auf Eseln die steilen Stufen runter- und hochstiegen, und überlegte, ob sie genug Bargeld für ein Esel-Taxi *und* Mittagessen dabeihatte. Wie viel die Strecke auf einem Esel wohl kostete? Fünf Euro? Fünfzig? Sie hatte nur fünfzig dabei, also hoffentlich weniger. Der Gedanke, auf einem Esel zu reiten, schien … na ja, nicht direkt verlockend, aber irgendwie passend.

Beim Gang durch die Ankunftshalle überflog sie die ganzen Namensschilder, die von diversen Fahrern hochgehalten wurden. An einem der Schilder blieb ihr Blick jedoch hängen. Auf einem Stück Pappe stand in Großbuchstaben »LINTON«.

Der Mann stach auch sonst etwas aus der Masse heraus. Nicht, weil er ihr bekannt vorgekommen wäre, sondern, weil er einen Kopf größer war als alle um ihn herum. Sein dichtes dunkles Haar reichte fast bis zu den Schultern, wobei er den oberen Teil nach hinten gebunden hatte. Seine Arme sahen definiert und gleichzeitig kräftig aus und durch das weiße T-Shirt zeichnete sich seine muskulöse Brust ab. Er trug eine khakifarbene Hose, die voller Farbflecken war. Kein typisches Chauffeur-Outfit, aber Anna musste an die Handwerkerfirma ihres Großvaters denken und fragte sich, ob der Mann wirklich ihretwegen dort wartete. Aber es wusste eigentlich niemand, dass sie kommen wollte, oder?

Anna ging ein paar Schritte weiter und der Mann winkte ihr zu. Vielleicht suchte er also doch nach ihr, oder wollte er nur flirten? Anna war nicht einmal sicher, was ihr lieber gewesen wäre.

»Bist du Anna?«, fragte er sofort, als sie nah genug war. Er kannte ihren Namen. Verdammt, also kein Flirten. Aber immerhin wurde sie abgeholt.

»Ja, die bin ich«, antwortete sie und streckte ihm ihre Hand entgegen. Seine langen Finger legten sich fest um ihre Hand und Anna musste sich aktiv daran erinnern, wie man jemandem die Hand schüttelte. »Ich wusste nicht, dass ich abgeholt werde.«

Keine Antwort. Der Mann steckte sich das Schild unter den Arm und ging los, sodass Anna ihm hinterherlaufen musste.

»Du siehst nicht halb griechisch aus«, kommentierte er, ohne sich dabei umzudrehen.

»Bin ich aber«, meinte sie nur und verdrehte die Augen. Was war daran so wichtig? Die Hälfte der Menschen am

Flughafen war hellhäutig und blond. »Wer hat dir gesagt, dass du mich abholen sollst?«

»Ich arbeite für deinen Großvater«, meinte er und stopfte das Schild in einen Mülleimer auf dem Weg.

Das sollte wohl als Erklärung ausreichen, jedenfalls erläuterte er nicht weiter, woher anscheinend alle wussten, dass Anna heute ankam. Als sie nach draußen gingen, setzte Anna sofort wieder ihre Sonnenbrille auf. Diesmal war sie auf die blendende Sonne vorbereitet, nur die Hitze traf sie erneut überraschend stark.

»Dein Englisch ist sehr gut«, sagte sie, während sie sich alle Mühe gab, nicht weiter zurückzufallen.

»Ich habe in London studiert«, antwortete er, wieder ohne sich umzudrehen.

Er ging an den Autos auf dem Parkplatz vorbei und Anna dachte sich, seins müsste dann wohl weiter hinten stehen. Sie musste sich anstrengen, um mit ihm mitzuhalten. Ihren Duffelbag schlug ihr immer wieder hinten gegen die Beine, der Riemen ihrer Handtasche schnitt ihr in die Schulter und mit den Absätzen blieb sie ständig an ihrem kleinen Rollkoffer hängen, während sie kläglich versuchte, halb gehend, halb rennend hinter ihm herzukommen.

Nachdem sie ein paar Minuten schweigend weitergegangen waren – er immer ein paar Schritte weiter vorn und sie strampelnd hinter ihm –, wurde Anna langsam misstrauisch. Inzwischen waren sie an der Einfahrt zum Parkplatz vorbeigegangen, vorausgesetzt, das große Schild mit dem »P« hatte hier die gleiche Bedeutung. Sie schienen das Flughafengelände bald komplett zu verlassen.

»Ähm, Entschuldigung, aber wo gehen wir hin?«

Jetzt schaute er sie über seine Schulter hinweg an, die Augenbrauen fest zusammengezogen und halb lächelnd. Er schien es lustig zu finden. »Zu deinen Großeltern natürlich.«

»Ja, aber wo ist dein Auto?«

Er lachte. »Tut mir leid, Prinzessin, ich bin nicht dein Fahrservice.«

Anna verzog das Gesicht und der Mann zeigte auf eine Bushaltestelle vorn, an der schon Dutzende Menschen warteten.

»Den Bus hätte ich auch allein nehmen können«, sagte sie und zog ihren Duffelbag wieder hoch, der ständig über ihre Schulter rutschte.

Er zuckte nur die Achseln.

Genau in dem Moment kam ein Bus um die Ecke, aber sie waren noch ein paar Hundert Meter von der Haltestelle entfernt.

»Gib mir deine Tasche«, meinte er schnell. »Wir müssen rennen.«

Anna spürte, wie ihr ein Schweißtropfen über den Rücken lief, und schüttelte den Kopf. »Auf keinen Fall, nicht in dieser Hitze.« Aber sie gab ihm trotzdem dankbar ihre Tasche, wenn auch etwas gekränkt, dass er sie ihr nicht früher abgenommen hatte.

Er nahm die Tasche und wurde schneller. »Ernsthaft, wir müssen rennen, sonst verpassen wir den Bus!«

»Dann nehmen wir den nächsten!«

»Sicherlich nicht«, entgegnete er hartnäckig. »Der kommt erst in über einer Stunde und so lange stehe ich hier nicht rum.« Der Bus hielt an und der Mann rannte los, ließ Anna einfach stehen.

Sie hob ihren kleinen Koffer am Griff hoch und fing auch an zu laufen. Sie wollte definitiv nicht allein in der Hitze zum Haus gehen oder auf den nächsten Bus warten.

Unglaublich schnell quetschten sich die Menschen alle in den Bus und Anna wünschte, sie würden langsamer einsteigen, um ihr etwas mehr Zeit zu verschaffen. Der Mann, der sie abgeholt hatte, war bereits zwischen den anderen verschwunden, aber Anna war noch zu weit weg. Sie lief so schnell ihre Beine wollten, wobei der Koffer bei jedem Schritt gegen sie knallte, aber das ignorierte sie und zwang sich, weiterzulaufen. Sie musste es zum Bus schaffen.

So viel Glück hatte sie allerdings nicht. Als sie noch mindestens fünfzig Meter entfernt war, fuhr der Bus los und hinterließ nur noch eine Staubwolke.

Anna blieb stehen und beugte sich vor, stützte sich auf ihre Knie, halb aus Verzweiflung, halb aus Erschöpfung. Dass dieser Kerl sie einfach stehen ließ, nachdem er sie extra abgeholt hatte, konnte Anna nicht fassen. Außerdem hatte sie keine Ahnung, wo sie lang musste, und er hatte sogar einen Teil ihres Gepäcks. Sie zog ihr Handy aus der Tasche und prüfte, ob sie Internet hatte. Am Flughafen hatte sie noch volle Balken gehabt, aber hier draußen war schon praktisch gar nichts mehr. Auf keinen Fall genug, um den Weg zum Haus nachzusehen. Sie war also offiziell gestrandet.

Als sich vor ihr die Staubwolke vom Bus langsam auflöste, erkannte sie jedoch an der Bushaltestelle eine Gestalt mit einem pinken Duffelbag. Ihr Begleiter.

»Du hast doch gewartet!«, rief sie ihm zu. Sie war überrascht und lächelte, bis sie seinen genervten Blick bemerkte.

»Deinetwegen haben wir den Bus verpasst.« Seine Augenbrauen waren jetzt so fest zusammengezogen, dass Anna sich keinen anderen Gesichtsausdruck bei ihm mehr vorstellen konnte.

Sie öffnete schon den Mund, um sich zu entschuldigen, aber er marschierte an ihr vorbei und machte sich auf den Weg die Straße runter, ihre Tasche ließ er auf dem Boden liegen. Anna nahm sich ihren Duffelbag und fing wieder an, hastig hinter ihm her zu stolpern.

Nach fast einem Kilometer begriff sie allmählich, dass er den gesamten Weg zum Haus laufen wollte. Ein paarmal rief sie ihm etwas zu, bat ihn, ihr wenigstens eine der Taschen abzunehmen, aber er ignorierte sie nur und blieb ihr konsequent etwa zwanzig Meter voraus, selbst wenn sie versuchte, aufzuholen. Anna blieb nichts anderes übrig, als ihm weiter hinterherzustapfen.

Fast eine Stunde später kamen sie bei einem großen Hotel an. Anna war immer noch genervt und ihr Begleiter hatte noch kein Wort dazu gesagt, wo sie überhaupt waren. Er schlenderte einfach durch die automatischen Glastüren über den Marmorboden zur Rezeption und flüsterte dem jungen Mann hinter dem Tresen etwas zu, bevor er in einem Flur verschwand. Das Ganze kam ihr seltsam vor.

Der Mann an der Rezeption sah Anna erwartungsvoll an. Sie ging zu dem großen Empfangstresen, der wie aus

Treibholz gefertigt aussah, stellte ihre Handtasche darauf ab und legte ihre andere Tasche und den Koffer auf den Boden.

»Möchten Sie einchecken?«, fragte der Mann sie.

»Nein, ich will zu meinem Großvater, Christos Xenakis. Ist er …« Sie schaute sich unsicher um, die Frage kam ihr dumm vor. »Wohnt er hier?«

Der Mann rümpfte die Nase. »Christos arbeitet hier, er ist Handwerker. Im Moment müsste er Pause haben und im Personalraum sein. Den Gang da runter und dann die letzte Tür auf der rechten Seite.« Er zeigte auf eine offene Tür links von ihm, wohinter der lange Flur lag, in dem auch ihr Begleiter verschwunden war.

»Kann ich mein Gepäck hierlassen?«

»Tut mir leid«, antwortete er, »das dürfen nur Gäste.« Dann nahm er sich ein Walkie-Talkie vom Tisch und ging weg.

Wieso wollte ihr heute eigentlich niemand helfen? fragte Anna sich. Sie legte sich ihre Handtasche wieder um, nahm ihren Koffer und den Duffelbag und machte sich auf den Weg zur Tür. Gerade als sie um den Tresen herumgegangen war, kam ein kleiner Grieche aus dem Flur und strahlte sie an. Er hatte buschige Augenbrauen, ledrige Haut und einen imposanten Schnurrbart mitsamt gezwirbelter Spitzen. Er hätte fast wie ein Bösewicht aus einem Comic ausgesehen, wäre sein Grinsen nicht so breit gewesen, während er näher kam.

»Anna!«, rief er so laut, dass sich ein paar Leute in der Lobby zu ihnen umdrehten. Er schloss sie in seine Arme, sie hielt immer noch all ihre Taschen in den Händen. Das musste also ihr Großvater sein. Wieder fragte sie sich, woher eigentlich alle wussten, dass sie kam.

»Hallo, Christos«, sagte sie, ließ ihre Taschen los und klopfte ihm sanft auf den Rücken.

Nach ein paar Sekunden, zu viel, wenn es nach Anna ging, ließ er sie schließlich los. Er runzelte die Stirn und starrte sie an. Verunsichert strich sie sich durch das Gesicht, um zu prüfen, ob irgendetwas nicht stimmte, oder weshalb er sie so besorgt ansah.

»Du …«, fing er an und schloss seine Augen, um sich besser zu konzentrieren. Da wurde ihr klar, dass er nur Probleme hatte, die richtigen Worte auf Englisch zu finden. »Du hast Essen?«, brachte er heraus und klopfte sich dabei auf den Bauch, um es noch deutlicher zu machen.

»Nein, habe ich nicht«, antwortete Anna und schüttelte sicherheitshalber den Kopf.

Er lächelte sie an und griff nach ihren Taschen, bevor er ihr mit einem Nicken zu bedeuten gab, dass sie ihm den Flur runter folgen sollte.

Nach ein paar Schritten fiel Anna erst auf, dass sie wirklich Hunger hatte. Etwas Gyros oder Hummus – oder was auch immer Griechen so zum Mittag aßen – konnte sie schon vertragen. Es roch auch schon lecker hier. Der Geruch kam ihr bekannt vor, sie wusste nur nicht ganz, woher. Vielleicht etwas aus ihrer Kindheit?

Als sie durch die Tür gingen, warf jemand Christos ein kleines weißes Päckchen zu, das er auffing und dabei eine von Annas Taschen fallen ließ. Anna sah sich um und entdeckte einen jungen Mann, der Sachen aus einer braunen Papiertüte durch den ganzen Raum warf.

Auf der braunen Tüte leuchtete ein großes gelbes »M«. Natürlich. Da reiste sie um die halbe Welt und McDonald's entkam sie dennoch nicht. Die Männer im Raum – es waren ausnahmslos Männer – aßen jetzt ihre Burger oder Pommes aus den typischen roten Boxen. Nicht ganz, was sie sich vorgestellt hatte, aber immerhin erklärte das den gewohnten Geruch, der sich inzwischen mit dem von Schweiß und Farbe vermischte.

Alle Männer trugen die gleichen Klamotten und sahen sich auch sonst ähnlich: fast schwarze Haare, olivfarbener Teint, dunkle Augen mit langen, dichten Wimpern. Ein paar von ihnen waren schon etwas älter, wie ihr Großvater, aber die meisten waren junge, muskulöse Männer, die alle auch als olympische Götter durchgehen würden. Sie kam sich vor wie die einzige Frau in einem Raum voller Adonisse – das sollte keine Beschwerde sein. Als die anderen sie langsam bemerkten, fiel ihr allerdings auf, dass die Männer sie weniger flirtend ansahen, sondern viel eher genervt. Etwa so wie sie selbst die Touristen anschaute, die in Manhattan die Gehwege blockierten.

Am anderen Ende des Raumes entdeckte Anna ihren Begleiter zwischen den ganzen Männern mit weißen T-Shirts. Er lehnte an der Wand und lachte gerade über irgendetwas, was ein anderer zu ihm gesagt hatte. Er hatte einen Burger in der Hand und als er einen riesigen Bissen nahm, sah er plötzlich zu ihr und zwinkerte ihr zu. Sofort wurde sie nervös und spürte, wie ihre Wangen rot anliefen. Sie versuchte, an die Tortur zu denken, die sie seinetwegen auf dem Weg hierher hatte durchmachen müssen, aber dennoch lächelte sie, als er durch den Raum auf sie zukam.

»Hunger?«, fragte er sie, griff nach einem übrig gebliebenen Burger, den der Lieferant auf dem Tisch liegen gelassen hatte, und hielt ihn ihr hin.

Schon seit ihrer Kindheit hatte sie nichts mehr von McDonald's gegessen. Ein paarmal war sie früher mit ihrem Vater dort gewesen, aber seit er weg war, hatte ihre Mutter es ihr verboten, und das hatte sich ihr irgendwie auch so eingeprägt, dass sie, selbst als sie nach Manhattan gezogen war, nicht mehr hingegangen war. Außerdem, wer brauchte schon Fast-Food-Ketten, wenn der Falafelstand um die Ecke vierundzwanzig Stunden am Tag geöffnet hatte? Allerdings hatte Anna jetzt wirklich Hunger, daher nahm sie den Burger an, packte ihn aus und genoss erst mal kurz den Geruch, der ihr in die Nase stieg.

»Das ist auch das Mindeste, was du tun kannst«, meinte sie noch, bevor sie ihre Zähne in dem Burger vergrub.

»Was meinst du?«

»Ich musste meine Taschen allein über die ganze Insel schleppen, während du mich den ganzen Weg lang ignoriert hast«, antwortete sie mit vollem Mund. »Du hättest mich beinahe abgehängt, dann wäre ich irgendwo da draußen verloren gewesen.«

Er rollte mit den Augen. »Also erstens ist der Flughafen nicht auf der anderen Seite der Insel. Und zweitens hast du es doch hergeschafft, oder?«

»Und du warst keine große Hilfe dabei«, entgegnete sie, aber lächelte dennoch. »Ich bin Anna«, sagte sie, nahm ihren Burger in die linke Hand und streckte ihm ihre rechte Hand hin.

»Ich weiß, ich habe dich vom Flughafen abgeholt«, sagte er daraufhin und schüttelte den Kopf.

Anna zog ihre Hand wieder zurück. »Ich erinnere mich, aber ich wollte dir die Chance geben, dich noch mal richtig vorzustellen.«

»Okay.« Er wischte seine Hand noch kurz an seiner Hose ab, bevor er sie ihr hinhielt. So wie seine Hose aussah, brachte das aber vermutlich nicht viel. »Nikolas Doukas.«

Anna schüttelte ihm die Hand. Ihr fiel die gleiche Anspannung in seinem Griff auf wie am Flughafen, nur dass sie diesmal ein einigermaßen normales Händeschütteln hinkriegte. »Freut mich, dich kennenzulernen, Nikolas«, sagte sie und versuchte dabei die Aussprache seines Namens nachzuahmen.

Er lachte nur leise.

»Was?«

»Für eine Frau, die zur Hälfte Griechin ist, ist dein Akzent aber schrecklich«, erklärte er.

»Okay, und was hilft mir das jetzt?«

»Du kannst mich Nikos nennen. Das machen sowieso alle.«

»Nikos«, wiederholte sie. Das ging einfacher. »So?«

»Viel besser.« Er hielt immer noch ihre Hand und schüttelte sie direkt noch mal. »Also, sorry, dass ich dir nicht mit den Taschen geholfen habe. Hier in Griechenland können die Frauen ihr Gepäck eigentlich selbst tragen.«

»Stimmt, wenn Griechenland für etwas bekannt ist, dann für den fortschrittlichen Feminismus«, entgegnete Anna leicht genervt.

»Ja, na ja, wir haben noch ein bisschen was nachzuholen«, antwortete Nikos und legte dann seinen Kopf schräg. »Du bist wegen des Sommerhauses hier, oder?«

»Genau, nur um es auf mich zu überschreiben und vielleicht schon zum Verkauf anzubieten.«

Wieder musste Nikos lachen. »Verkaufen? In einer Woche? Na, dann hast du einiges vor dir.«

»Was meinst du damit?«

»Wirst du schon sehen«, sagte er mit einer abwehrenden Handbewegung. »Morgen habe ich frei, ich kann vorbeikommen und dir helfen.«

Anna nickte. »Ich weiß noch nicht, ob ich Hilfe brauche, aber klar. Dann kannst du das von heute wiedergutmachen.«

Er lachte noch mal kurz und nickte. »Ich muss gleich wieder arbeiten, aber nimm dir ruhig noch was von dem Essen. Kostas hat mehr als genug mitgebracht.« Damit berührte er sie noch leicht an der Schulter und verschwand.

Nachdem Nikos gegangen war, schaute Anna sich erst mal um. Viele Blicke huschten immer wieder in ihre Richtung, aber es kam niemand zu ihr rüber. Sie lehnte sich an die Wand und aß ihren Burger weiter. Es wirkte sogar fast so, als würden die anderen bewusst einen Bogen um sie machen.

Dann kam eine Frau in einer weißer Bluse, High Heels und mit einem strengen Bob rein. Ein paar der Männer begrüßte sie, als ihr Blick durch den Raum wanderte, bis sie Anna entdeckte.

»Hallo«, sagte sie und kam mit ausgestrecktem Arm auf Anna zu. Anna legte ihren Burger zur Seite und schüttelte ihr die Hand. »Ich bin Xenia.«

»Anna Linton.«

»Schön, dich kennenzulernen, Anna. Was machst du im Personalraum?«

Anna schaute sich um. »Ich bin mit meinem Großvater hier«, erklärte sie, »Christos Xenakis. Nikos hat mich hergebracht.«

»Oh, du bist Giorgos' Tochter!«, sagte Xenia daraufhin lächelnd. »Ich habe schon gehört, dass du kommst. Willkommen auf Santorin und im Kamari Sands Resort.«

»Danke, ich bin das erste Mal hier«, sagte Anna. »Bist du die Managerin?«

»Die Eigentümerin, genau genommen. Ein Familienunternehmen. Ich würde es gern ins einundzwanzigste Jahrhundert bringen, deswegen sind auch die Jungs hier.« Sie zeigte grob in Richtung der Arbeiter im Raum.

»Das ist beeindruckend.«

»Also, was bringt dich überhaupt jetzt auf die Insel?«

»Na ja …«, fing Anna an und rieb sich ihre Hände, »wie viel weißt du über meine Eltern?«

»Nicht viel«, antwortete Xenia und schüttelte den Kopf. »Ich meine, ich kannte deinen Vater, aber nur flüchtig.«

»Meine Eltern haben sich kennengelernt, als meine Mutter im Urlaub hier war, dann ist sie schwanger geworden und sie sind nach Connecticut gezogen, wo meine Mutter her ist. Da haben sie dann erst meine Schwester bekommen und dann mich. Giorgos hatte diverse Affären, deswegen hat meine Mutter ihn schließlich rausgeschmissen und er hat seine Greencard verloren. Als er dann vor ein paar Monaten gestorben ist, hat er meiner Schwester und mir anscheinend ein Haus hier überlassen. Deswegen bin ich gekommen, um es zu verkaufen.«

Xenia nickte und holte tief Luft. Anna hatte definitiv zu viele Informationen preisgegeben, allerdings wusste sie auch nicht, wann sie überhaupt noch mal die Chance bekommen würde, mit jemandem hier zu sprechen, der nicht schon längst auf Giorgos' Seite war.

»Eine Frage«, fing Anna an, sie wollte das Thema wechseln. »Sprechen hier alle so gut Englisch? Nikos spricht auch fließend, nur mein Großvater nicht.«

Xenia zuckte mit den Schultern. »Unterschiedlich. Nikos und ich haben beide woanders studiert. Ich war in Dartmouth in New Hampshire und er war, glaube ich, irgendwo in England.«

Anna nickte und unterdrückte ein Gähnen – am liebsten hätte sie irgendwo ein Nickerchen gemacht.

»Das wird schon«, sagte Xenia lächelnd. »Außerdem spricht deine Großmutter hervorragend Englisch. Und jetzt will ich dich auch nicht länger vom Mittagessen abhalten. Bis später.«

»Danke, bis später«, meinte Anna noch, als Xenia verschwand. Auch die anderen Männer machten sich langsam wieder zu ihren Baustellen auf, also setzte sich Anna an den Tisch und aß endlich ihren Burger auf. Es stand auch noch eine Tüte Pommes auf dem Tisch, die sie sich gleich danach nahm. Dann saß sie noch etwa eine Viertelstunde allein rum, bis ihr Großvater wieder ins Zimmer kam.

»Anna!«, rief er, genau wie vorher schon, als er sie das erste Mal gesehen hatte. Daran sollte sie sich wohl gewöhnen. »Du hast Essen?«

Anna nickte. »Ja, ja, ich habe gegessen«, antwortete sie, stand auf und ging zu ihm. »Also, wo wohnst du?«, fragte sie, wobei sie versuchte, mit ihren Armen ein Dach über ihrem Kopf zu formen, um zu verdeutlichen, was sie meinte. Er sah sie erst eine Weile verwirrt an, bis er es auf einmal verstand.

»Zu Hause!«, sagte er genauso enthusiastisch, wie er ihren Namen gesagt hatte. »Warte«, schob er noch hinterher und hielt beide Hände hoch, bevor er wieder wegging.

So langsam gewöhnte sie sich an das plötzliche Verschwinden und Wiederauftauchen ihres Großvaters, also beschloss Anna, einfach abzuwarten, bis er zurückkam. Und als sie nun ganz allein im Raum saß, legte sie den Kopf auf den Tisch und schloss nur für einen Moment die Augen.

Auf einmal schüttelte eine Hand Anna wach. Sie hatte keine Ahnung, wie viel Zeit vergangen war.

»Was ist los?«, fragte sie, öffnete die Augen und spürte erst mal einen stechenden Schmerz im Nacken. Wie lange hatte sie wohl geschlafen? Als sie sich umdrehte, sah sie eine Frau, etwa um die sechzig oder siebzig, die hinter ihr stand und die Arme vor der Brust verschränkt hatte. Die

Frau trug ein geblümtes blaues Kleid mit einem breiten Ausschnitt und darüber eine weiße Schürze, die sie um ihre etwas füllige Taille gebunden hatte. Ihre gräulichen Haare hatte sie zu einem strengen Dutt hochgesteckt, befestigt mit einem Stift. Sie sah aus wie jede Großmutter aus jedem alten Kinderbuch. Das passte auch ganz gut, denn Anna erkannte die Frau von Lizzys Fotos – es war tatsächlich ihre Großmutter.

»Hallo, Eirini«, begrüßte Anna sie, nicht ganz sicher, wie viel sie verstehen würde. »Gehen wir zum Haus?«

»Ja, wir warten schon seit zwanzig Minuten«, antwortete sie und überraschte Anna mit ihrem perfekten Englisch. »Christos hat mehr Geduld als ich. Wenn du mitkommen willst, dann bitte jetzt.«

Anna nickte. Sie stand auf, nahm ihre Taschen und folgte Eirini zurück den Flur entlang und nach draußen. Inzwischen stand die Sonne tiefer, Anna musste Stunden geschlafen haben. Kein Wunder, dass ihr Nacken wehtat. Draußen parkte ein weißer Pick-up mit Christos auf dem Fahrersitz. Eirini zeigte auf die Ladefläche, auf der sich diverses Werkzeug und Baumaterial stapelte.

»Da soll ich sitzen?«, fragte Anna und suchte schon nach einem leeren Fleck, groß genug zum Sitzen.

»Natürlich nicht. Wirf deine Taschen rein, du sitzt zwischen Christos und mir.« Eirini seufzte und lehnte sich wartend an die offene Tür.

Anna lächelte zurückhaltend und nickte, stellte ihren Duffelbag und den Koffer vorsichtig auf der Ladefläche ab, wobei trotzdem Werkzeug umfiel und laut klapperte. Kurz schaute sie Eirini an, die augenrollend zu Christos sah, dann Anna in den Truck scheuchte und sich anschließend neben sie quetschte. Direkt an Christos gepresst saß Anna da. Er lächelte sie an, beide Hände schon am Lenkrad.

Als sie sich langsam vom Resort entfernten, hatte Anna zum ersten Mal einen Blick über die Insel. Sie konnte die Straßen von Kamari, durch die sie vorher geirrt war, nun deutlich erkennen. Alle führten zum strahlend blauen Meer hinunter. Es war nicht exakt so, wie sie sich Santorin vorgestellt hatte – mit verwinkelten Straßen zwischen weißen steinernen Häusern mit gewölbten blauen Dächern, die mit dem Himmel verschmolzen –, aber als sie zwischen den Feldern und Weinbergen entlangfuhren, erkannte sie dennoch, wie wunderschön alles war. Sie fragte sich, wie wohl der Ausblick vom Sommerhaus sein würde. Als sie dann einen Berg hinauffuhren und man den Flughafen sehen konnte, musste Anna daran denken, wie es überhaupt dazu gekommen war, dass sie sich auf die Reise nach Santorin gemacht hatte.

2. Kapitel

Manhattan, vier Tage zuvor

Bis zu diesem Tag war der schlimmste Moment in Annas Leben noch jener Abend kurz nach Neujahr gewesen, an dem sie erfuhr, dass ihr Vater gestorben war. Nur beiläufig hatte ihre Mutter es erzählt, eingeschoben zwischen einem Bericht über ihr letztes Yoga-Wochenende und unzähligen Fragen zu Annas Liebesleben. Anscheinend war die Nachricht, dass ihr Vater plötzlich an einem Herzinfarkt gestorben war, in etwa genauso wichtig wie die Feststellung, dass die anderen Möchtegern-Yoga-Gurus mittleren Alters besonders lange den nach unten schauenden Hund halten konnten.

Nicht, dass Anna und ihr Vater sich besonders nahegestanden hätten. Jedenfalls die letzten Jahre nicht. Er war abgehauen, als sie sechs Jahre alt war. In einem Taxi davongefahren, während Annas Mutter in ihrem weißen Satin-Morgenmantel, der sich im Wind aufblähte, ihm diverse Schimpfwörter über die Straße hinterherbrüllte. Lizzy, Annas Schwester, war zu der Zeit acht gewesen und hatte Anna fest an sich gedrückt, während sie das

Ganze durch das Fenster beobachtet hatten. Immer wieder hatte Lizzy etwas zu ihrer Mutter hinuntergerufen. Anna dachte lange Zeit, ihre Schwester habe damit Angst oder Traurigkeit ausdrücken wollen, aber in Wirklichkeit wollte Lizzy ihrer Mutter nur sagen, dass ihr Morgenmantel offen stand und auch die Nachbarn inzwischen aus ihren Fenstern guckten, um nachzusehen, was denn eigentlich los war. Zwanzig Jahre lang hatte Anna sich gefragt, wie eine Frau gleichzeitig so wütend, beschämt und verletzt sein konnte, dass sie überhaupt nicht mitbekam, wie sie mitten auf der Straße stand und eine Brust raushing.

Und dann stand Anna in der Fifth Avenue und schaute hoch zu dem Fenster im dritten Stock. Das Fenster ihres Bosses und gleichzeitig Liebhabers, gegen das gerade eine andere Frau gepresst wurde. Er hinter ihr, beide nackt, die Gesichter voller Leidenschaft, Schmerz und Genuss. Da verstand Anna es. Sie hätte genauso gut nur einen Morgenmantel tragen können, der sich im Wind löste, ganz Manhattan könnte sie anstarren und sie würde dennoch nur den einen Gedanken haben: »Du Idiotin. Idiotin, Idiotin, Idiotin! Du Riesenidiotin.« Wie ein Mantra wiederholte sich der gleiche Gedanke immer wieder in ihrem Kopf.

Sie war am Boden zerstört, aber nicht bloß aus dem offensichtlichen Grund: Marcus, der Mann, mit dem sie sich nun schon über ein Jahr lang traf, fickte direkt vor ihren Augen eine andere Frau. Natürlich wusste er nicht, dass sie da war, aber das machte es auch nicht besser. Die beiden anzustarren, ihre an die Scheibe gepressten Körper, die Schweißabdrücke, die sie hinterließen – Anna fühlte sich besiegt. Sie hatte sich nie irgendwelche romantischen Hoffnungen gemacht, aber erst in diesem Moment wurde ihr klar, was sie wirklich für ihn war: austauschbar.

Mit fünf Jahren wurde Anna in ihrer Vorschulgruppe zur Musterschülerin für den Mai gewählt. Das hieß, dass sie nett zu den anderen war, ihre Aufgaben immer gut erledigte und sich oft als Erste freiwillig meldete. Dabei war sie nie besonders offen gewesen, selbst als Kind war sie eher ruhig und schüchtern. Aber jeden Monat wurde ein neuer Musterschüler gewählt und es gab nur zwölf Kinder in ihrer Gruppe. Wenn man also diejenigen ausnahm, die viel Ärger machten, dann war nur logisch, dass Anna irgendwann den Titel bekommen musste, egal wie sozial sie sich in Wirklichkeit verhielt.

Aber die fünfjährige Anna interessierte das nicht. Stolz trug sie ihre leuchtend gelbe Schleife und präsentierte sie ihren Eltern, als sie aus der Vorschule nach Hause kam. Ihr Vater Giorgos – die beiden Mädchen nannten ihn nur Baba, aber ihre Mutter stellte ihn immer als George vor – hob sie hoch, umarmte sie und drehte sich jubelnd mit ihr im Kreis. Von Grace, Annas Mutter, kam nur ein »Gut gemacht«, während sie sich noch ein Glas Wein einschenkte.

Anna hatte gefragt, ob sie die Schleife an den Kühlschrank kleben durfte, woraufhin ihre Mutter ihr nur geantwortet hatte, dass der Platz am Kühlschrank für wichtigere Erinnerungen vorgesehen war. Giorgos hatte seine

Frau kühl angesehen und dann Annas Kopf geküsst und gelächelt. »Deine Mutter meint, dass der Kühlschrank für langweilige Sachen ist, und deine Schleife ist alles andere als langweilig, mein Schatz. Wollen wir sie in deinem Zimmer aufhängen?«

Am nächsten Morgen war Annas Mutter zur Arbeit abgehauen, ohne ein Wort zu irgendjemandem zu sagen. Giorgos hatte Anna, Lizzy und die Schulsachen der beiden wie immer in seinen Maler-Lieferwagen gepackt, um sie zur Schule zu bringen. Als sie vor der Schule standen, ließ er aber nur Lizzy aussteigen. Anna sollte im Auto sitzen bleiben, er wollte noch mit ihr reden.

»Baba, wieso? Kriege ich Ärger?«, fragte Anna und sah zu, wie ihre Schwester im Schulgebäude verschwand.

Sobald Lizzy drinnen war, fuhr Giorgos mit Anna in ein Diner und sie durfte so viele Schokoladen-Pancakes essen, wie sie wollte. »Musterschüler verdienen ein ordentliches Frühstück zur Feier des Tages«, erklärte er und nahm einen Bissen von seinem eigenen Berg Pancakes, bevor er einen Arm um Anna legte, die neben ihm saß und kaum über den Tisch schauen konnte. Beim Kauen lief ihm ein Tropfen Ahornsirup über das Kinn. Sofort zeigte Anna auf ihn und fing an, laut zu lachen. Giorgos tat, als wüsste er nicht, was sie meinte, und beugte sich dann zu ihr herunter, um ihr einen Kuss auf die Wange zu geben und den Sirup über ihr Gesicht zu schmieren. Sie erinnerte sich noch an das Kitzeln seines Bartes.

Als sie aufgegessen hatten, fuhr er Anna wieder zur Schule und gab ihr eine Entschuldigung mit, auf der stand, dass sie einen Termin beim Zahnarzt hatte. Anna wollte schon fragen, wieso er log, wenn doch alle Musterschüler so ein Frühstück bekamen, aber als sie seinen traurigen Blick sah, gab sie ihm nur eine Umarmung und einen Kuss, bevor sie in den Kindergarten ging.

Ein paar Wochen später, kurz nach Annas sechstem Geburtstag, wurde Giorgos aus dem Haus geworfen und Lizzy musste Anna festhalten, während sie alles vom Fenster aus beobachteten. Das Schuleschwänzen, ein paar Wutausbrüche und die Affären hatte Annas Mutter vor Gericht genutzt, um eine Scheidung und das alleinige Sorgerecht zu bekommen, was dann dazu geführt hatte, dass Giorgos zurück nach Griechenland geschickt wurde. Grace hatte den Nachnamen Xenakis nie angenommen und sobald die Scheidung durch war, hatte sie auch die Nachnamen ihrer Töchter zu Linton ändern lassen. Anna und Lizzy sollten ihren Vater nie wiedersehen.

Anfangs hatte Anna große Schwierigkeiten, die Untreue ihres Vaters als Tatsache anzunehmen. Es ergab einfach keinen Sinn für sie. »Baba liebt uns«, meinte sie zu ihrer Mutter. »Er würde so was nie tun, er würde uns nie verletzen.«

»Du bist noch ein Kind«, hatte Grace geantwortet. »Eines Tages wirst du sehen, was Männer alles Schreckliches tun, und dann wird dich gar nichts mehr überraschen. Bis dahin musst du mir einfach vertrauen.«

Auf dem Gehweg vor Marcus' Wohnung, das Mantra immer noch in ihrem Kopf, verstand Anna schließlich, was ihre Mutter gemeint hatte. Sie liebte diesen Mann nicht. Hatte keine Familie mit ihm. Und dennoch, als sie ihn durch das Fenster beobachtete, brach ihre gesamte Welt zusammen und zum ersten Mal fühlte sie sich so, wie ihre Mutter sich damals gefühlt haben musste: aussortiert.

Eine halbe Stunde später knallte Anna ihre Zimmertür zu und lehnte sich dagegen, als die Tränen kamen. Wahrscheinlich hatte sie auch ihre Mitbewohnerin aufgeweckt, aber das war ihr egal. Den ganzen Heimweg über hatte sie ihre Tränen zurückgehalten und sie konnte einfach nicht mehr. Kläglich versuchte sie, die Bilder aus ihrem Kopf zu schieben, aber sie konnte an nichts anderes mehr denken und weinte.

Es ging ihr nicht einmal darum, dass Marcus mit einer anderen schlief; Anna hatte von Anfang an gewusst, dass es nichts Exklusives zwischen ihnen war. Das Ganze hatte sogar durch und durch klischeehaft angefangen. Etwas über ein Jahr zuvor hatten sie sich bei einer Ausstellung in einer Galerie kennengelernt. Sie hatte schon ein paar Monate in der Galerie gearbeitet, aber das war das erste Mal, dass sie mit Marcus gesprochen hatte – dem berühmten Fotografen, dem die Galerie gehörte. Na ja, berühmt unter anderen Fotografen jedenfalls. Für Anna, die Fotografie studiert hatte und schon seit Jahren einen Job in seiner Galerie haben wollte, hätte es genauso gut Chris Hemsworth sein können. Sie wäre beinahe gestorben, als er bei der Ausstellung auf sie zugekommen war. Nur ein paar Stunden später landeten sie auch schon zusammen im Hotelzimmer.

Nein, das eigentlich Schlimme war, dass Anna ihre Zukunft mit jedem Stoß weiter zerbröckeln sah. Sie arbeitete nur als Assistentin in der Galerie mit dem Ziel, selbst Fotografin zu werden. Frauen wie sie gab es unzählige für Marcus. Auch wenn sie hart dafür gearbeitet hatte, den Job bei MarMac zu bekommen, wusste sie genau, dass er sie sofort rauswerfen und die nächste aus der langen Reihe an Bewerberinnen nehmen würde, sobald er keine Verwendung mehr für sie hatte. Jedenfalls war das ihre große Sorge. Nach ein paar Minuten kletterte Anna auf ihr Bett, legte sich einfach auf den Stapel frisch gewaschener Wäsche und ließ die Tränen weiter über ihre Wangen laufen. Mit den Bildern von den Brüsten der Frau, wie sie fest ans Fenster gepresst wurden, im Kopf weinte sie sich in den Schlaf.

3. Kapitel

Gefühlt nur wenige Sekunden später wachte Anna davon auf, dass ihr Ellenbogen vibrierte. Als sie die Augen öffnete, war sie erst mal verwirrt von dem Sonnenlicht, das grell durch das Fenster schien. Schnell kniff sie die Augen wieder zu. Das Vibrieren hörte auf, fing aber gleich darauf wieder an. Mit einer Hand tastete Anna nach ihrem Handy. Sie durchwühlte den Berg an Klamotten und zog es heraus, um dann den Anruf ihrer Schwester entgegenzunehmen.

»Es ist so früh«, nahm sie krächzend ab. »Was willst du?«

»Immer schön, mit dir zu reden, liebste Schwester«, kam von Lizzy zurück. Im Hintergrund hörte man Leute reden und Geschirr klirren. Anna musste an die Kantine zurückdenken, als sie das eine Mal im Betrieb gewesen war – gut besucht und karg eingerichtet, aber jede Menge verdächtig glücklicher Menschen. »Es ist fast neun, Banana. Nicht wirklich unmenschlich früh.«

Anna schrak auf, doch dann kamen die Bilder von letzter Nacht zu ihr zurück und sie verlor sofort wieder jegliche Motivation, zur Arbeit zu gehen.

»Für manche ist das früh. Also, was ist?«

»Wieso so gereizt?« Im Hintergrund wurde es ruhiger, als Lizzy anscheinend die Kantine verließ. »Alles in Ordnung, Anna? Du klingst, als hättest du die ganze Nacht geheult.«

Anna wusste genau, dass es sinnlos wäre, ihrer Schwester etwas vorzumachen, aber ihr war eigentlich nicht danach, ins Detail zu gehen. Irgendwie hatte sie es geschafft, Lizzy zu verheimlichen, dass sie sich seit achtzehn Monaten mit ihrem Chef traf. »Nicht die ganze Nacht«, antwortete sie. »Aber ich will nicht darüber reden. Also, was ist los?«

»Na gut, wahrscheinlich ist es besser, wenn du nicht bei der Arbeit bist«, fing sie an. »Ich muss dir was sagen.«

Anna richtete sich auf und schwang ihre Beine aus dem Bett, wurde nervös. Das waren die fünf schlimmsten Wörter, die aus dem Mund ihrer Schwester nur kommen konnten. »Was ist passiert?«

»Also«, begann Lizzy, »ich hatte einen Anruf von einer Anwältin aus Griechenland.«

»Griechenland?«, fragte Anna nach. »Santorin?«

»Die Kanzlei sitzt in Athen. Aber ja, es geht um Dad.«

Anna holte tief Luft. Über ihren Vater zu reden war wirklich das Letzte, was sie an diesem Morgen wollte. »Und?«

»Sieht so aus, als hätten wir ein kleines Erbe, um das wir uns kümmern müssen.«

»Was für ein Erbe?« Na gut, vielleicht waren es ja tatsächlich gute Nachrichten, Anna fielen sofort Tausende Sachen ein, die sie mit dem Erbe machen könnte. Gedanken an ein eigenes Loft, einen Shoppingtrip über die Fifth Avenue oder ein Erste-Klasse-Ticket zu irgendeinem entfernten Ort wurden allerdings sofort wieder durch den Hass auf ihren Vater verdrängt.

»Ein Haus«, erklärte Lizzy. »In Santorin.«

»Ich glaube, es heißt *auf* Santorin«, korrigierte Anna sie reflexartig. »Santorin ist eine Insel.«

»Das ist doch völlig egal«, sagte Lizzy. »Es geht darum, dass wir beide jetzt ein Haus in Griechenland besitzen.«

»Wie viel ist es wert?«, wollte Anna wissen, anscheinend kam die Frage aber zu schnell.

»Ernsthaft? Das ist deine erste Frage, Anna?«, meinte Lizzy fassungslos. »Nicht irgendwas zu Dad, oder wieso er es uns hinterlassen hat? Nicht mal, ob wir da Urlaub machen wollen?«

»Tut mir leid«, antwortete Anna lachend. »Aber du weißt, dass ich nicht der größte Griechenland-Fan bin, deswegen denke ich nicht, dass ich da so bald Urlaub machen möchte.«

Anna hätte schwören können, ein selbstgerechtes Grinsen in Lizzys Stimme rauszuhören. »Genau darum geht es, Schwesterchen. Wie es aussieht, wirst du sehr bald nach Griechenland müssen.«

»Was? Wieso?«

»Eine von uns muss persönlich kommen, um das Erbe anzunehmen.«

»Nach Athen?«

»Nein, direkt nach Santorin. Nach griechischem Gesetz muss man das Ganze von einem Notar aus der Region, wo die Immobilie steht, beglaubigen lassen.«

»Also muss einer von uns nach Santorin. Aber wieso muss ich das machen, wieso kannst nicht du gehen?«

Lizzy seufzte. »Ich wünschte, ich könnte hin, Anna. Seit Dads Beerdigung würde ich so gern mal wieder nach Griechenland, das weißt du, aber gerade ist Spargelsaison. Ich kann nicht weg.«

Anna konnte es nicht fassen. »Spargelsaison?«, schrie sie beinahe ungläubig. »Ist das dein Ernst? Du willst, dass ich, wo ich nicht einmal für Dads Beerdigung nach Griechenland geflogen bin, jetzt hinfliege, weil du Spargel ernten musst?«

»Anna, das ist unfair«, sagte Lizzy. »Du weißt genau, dass die Farm ohne mich nicht läuft.«

»Es ist doch eine Genossenschaft, du wirst nicht einmal bezahlt!« Jetzt schrie Anna definitiv. »Es ist bestimmt nicht das Ende der Welt, wenn du ein paar Tage freinimmst, um dich um was Wichtiges zu kümmern.«

Einen Moment lang schwieg Lizzy, dann antwortete sie ruhig: »Es tut mir wirklich leid, Anna. Ich weiß, wie sehr du Dad und alles, womit er zu tun hatte, hasst, aber damit wir das Haus bekommen, musst du es persönlich annehmen. Und was die Farm angeht – ich hoffe, du wirst eines Tages verstehen, wie es ist, Teil einer Gemeinschaft zu sein, einer Familie, in der niemand den anderen im Stich lässt. Aber bis dahin hast du doch keine Ahnung, was für eine Verpflichtung ich gegenüber den Leuten hier habe.«

Danach herrschte eine lange Zeit Stille, bis Lizzy erneut seufzte und Anna wusste, dass ihre Schwester nicht allzu sauer war.

»Es tut mir leid, Liz. Ich wollte nicht wütend werden. Ich will einfach nicht dahin. Ich weiß, dass du gern ein Ferienhaus in Griechenland hättest, aber mir ist das einfach nicht so wichtig. Außerdem muss ich arbeiten. Ich bräuchte Monate, um genug Urlaub zusammenzukriegen.«

»Wenn du deinen Chef fragst und die Situation erklärst, wird er dir bestimmt eine Weile Urlaub geben. Er mag dich doch, oder? Wie heißt er noch mal? Marvin?«

»Marcus«, antwortete Anna und verzog bei dem Namen das Gesicht. »Ich weiß nicht, Liz.«

»Wie wäre das: Wenn du eine Woche dort verbringst und es immer noch schrecklich findest, dann verkaufen wir das Haus. Wie klingt das?«

Der Gedanke, eine ganze Woche im Haus ihres Vaters zu verbringen, war grauenvoll. Mit seiner Familie reden, in seinem Bett schlafen. Nachdem sie ihn schon so viele Jahre lang hasste, fühlte es sich komisch an. »Ich weiß nicht. Ich denke noch mal darüber nach, okay?«

»Das ist alles, was ich möchte«, sagte Lizzy noch, während im Hintergrund eine Glocke läutete. »Ich muss jetzt los, sonst kriege ich kein Frühstück mehr. Aber sag mir bald Bescheid. Es gibt noch eine Frist, innerhalb der wir das Erbe annehmen müssen, und unsere Großeltern machen es auch nicht einfacher. Ich glaube, sie haben nicht damit gerechnet, dass irgendjemand anderes als Dad das Haus jemals besitzen würde.«

»Okay, gut zu wissen, danke. Hab dich lieb.«

»Ich dich auch. Bis dann, Banana.«

Anna hielt das Handy noch ein paar Sekunden regungslos in der Hand. Sie wusste nicht, was sie tun sollte, und fühlte sich wie gelähmt. Allerdings musste sie unabhängig von dem Familiendrama und der Sache mit Marcus trotzdem zur Arbeit, also stand sie schließlich auf und zog sich an. Beim Fertigmachen gab sie sich deutlich weniger Mühe als sonst, was schon einiges aussagte. Sie griff in ihren Schrank und warf sich einfach nur das Erste über, was sie zu fassen bekam, und eilte dann los.

Den ganzen Weg überlegte sie hin und her, ob sie nach Griechenland fliegen sollte und ob sie Marcus zur Rede stellen sollte. Auf der einen Seite wollte sie nichts mit dem Erbe ihres untreuen Vaters zu tun haben und die Sache mit Marcus hatte sie verletzt, obwohl sie vorher gewusst hatte, dass es zwischen ihnen nichts Exklusives war. Auf der anderen Seite schuldete ihr Vater es ihr und Marcus hatte genau genommen nichts Falsches getan. Das waren die Gedanken, die in ihrem Kopf herumschwirrten, als sie in SoHo ausstieg und die Stufen zur Galerie MarMac hinaufging.

Drinnen wurde sie fast sofort von einer der anderen Assistentinnen begrüßt, die ihr direkt einen USB-Stick zuwarf, den Anna gerade noch auffangen konnte.

»Das sind die ersten Bewerber für den Nachwuchstalent-Contest. Marcus will, dass wir erst mal alles durchgehen, damit er nicht alle Hunderte selbst angucken muss. Und anonymisier die Sachen. Er will seiner Schwester sagen können, dass ihr Sohn nicht gewonnen hat, weil er ein miserabler Fotograf ist, und nicht, weil Marcus sie ärgern will.«

Anna nickte und betrachtete den USB-Stick in ihrer Hand, während sie die Treppe zum Büro hochging. Vor ein paar Jahren hätte sie noch selbst alles dafür getan, an dem Contest teilzunehmen. Auch wenn es diverse solcher Contests für junge Fotografen gab, bei Marcus schafften es die Gewinner meist tatsächlich, in der Szene Fuß zu fassen. Sie hatte sogar eine Kollektion, die ihm gefallen würde. Eine Reihe Fotos von einem Forgotten Manhattan Landmarks Shooting, noch aus der Zeit, bevor sie bei ihm angefangen hatte. Aber jetzt war sie seine Assistentin und keine Fotografin, außerdem arbeitete sie für ihn, also durfte sie nicht teilnehmen.

Sie setzte sich an einen der Tische, von dem aus man in die Galerie unten schauen konnte. Eine Käuferin war schon unten, sie erkannte die Frau von früheren Vernissagen. Gerüchten zufolge zählten Blake Lively und Ryan Reynolds zu ihren Kunden. Als sie sah, wie der Manager der Frau die Hand schüttelte und einen »Verkauft«-Sticker neben eines der Bilder klebte, wünschte Anna – nicht zum ersten Mal –, dass auch ihre Fotos von so einflussreichen Menschen gesehen werden würden. Fast alle, die bei MarMac ausstellen durften, wurden auch erfolgreich. Und sie saß stattdessen am Schreibtisch und arbeitete daran, alle Einsendungen für den Contest zu anonymisieren.

Anna holte ihren Arbeitslaptop heraus und loggte sich auf dem Server ein, um als Erstes ihre E-Mails zu checken, wie jeden Morgen. Sofort kam eine E-Mail von Marcus rein.

Alles gut?

Sie schaute hoch zu seinem Büro und sah, dass er sie durch das Fenster beobachtete.

»Nicht wirklich«, tippte sie erst ein, brachte es aber nicht über sich, auf »Senden« zu klicken. Ihn damit zu konfrontieren, kam ihr falsch vor. Stattdessen stand sie auf, um zur Toilette zu gehen, wobei sie bewusst nicht zu seinem Büro schaute. Als sie an dem Durchgang vorbeiging, der die Galerie von den Büros trennte, drehte sie ihr ungeschminktes Gesicht absichtlich weg von den Leuten, die gerade durch die Eingangstür kamen, und eilte über den Marmorboden.

Im Bad angekommen, beugte Anna sich über das Waschbecken und spritzte sich kaltes Wasser ins Gesicht. Was sollte sie Marcus sagen? Im Lügen war sie unheimlich schlecht – schon früher hatte Lizzy ihr immer beim Poker die ganzen Süßigkeiten von Halloween wieder abgenommen. Sie wurde sofort rot, das verriet sie meistens. Aber würde sie es aushalten, den ganzen Tag über mit Marcus zu arbeiten, ohne zu erwähnen, was sie gesehen hatte?

Ihr blieb allerdings gar keine Zeit, sich einen Plan zu überlegen, denn die Tür vom Badezimmer knarzte leise, Marcus steckte erst den Kopf durch den Spalt und kam dann ganz herein, als er sah, dass Anna allein war.

So vor ihm stehend konnte Anna gut verstehen, wieso sie sich auf ihn eingelassen hatte. Er hatte dieses gewisse Etwas, wirkte elegant und gleichzeitig irgendwie rau, männlich. Die wenigen Male, die er mit Anna in der Öffentlichkeit unterwegs gewesen war, hatten sowohl Männer als auch Frauen ihn angestarrt oder ihr böse Blicke zugeworfen.

Jetzt war es aber Anna, die ihn wütend ansah, auch wenn sie mit aller Kraft versuchte, sich nichts anmerken zu lassen.

»Willst du mir nicht sagen, was los ist?«, fragte Marcus, wobei sein dezenter Südstaatenakzent stark durchkam, bei dem Anna ziemlich sicher war, dass er aufgesetzt war.

»Was meinst du?«

Marcus lächelte und schaute runter auf den Boden. »Ich meine, dass du fast zwei Stunden zu spät bist und aussiehst, als wärst du vom Bus angefahren worden. Du schläfst zwar mit dem Chef, aber es soll doch nicht so aussehen, als würdest du das ausnutzen, oder?«

Anna wurde schlecht. Normalerweise hätte sie einfach darüber gelacht, aber gerade hatte sie viel zu viele andere Dinge im Kopf. »Ist das ein Scherz?«, fing sie an. »Ich habe niemals um irgendwelche Gefallen gebeten, erst recht nicht seit unserem kleinen Arrangement. Tut mir leid, dass ich einen schlechten Tag habe.«

Das Lächeln wich aus Marcus' Gesicht und er machte einen Schritt auf sie zu, strich ihr über die Arme. »Hey, was ist denn los? Ich wollte dich nicht kränken.«

»Alles in Ordnung«, meinte sie nur. Sie wollte mehr sagen, hatte den Mund schon geöffnet, aber sie merkte, wie all die Emotionen von gestern Abend hochkamen, und so schwieg sie lieber.

»Du weißt, dass du mit mir über alles reden kannst, oder, Anna?«, sagte er. Seine Worte trieften vor Herablassung, als wäre sie ein kleines Kind, das nicht zugeben wollte, den letzten Keks gegessen zu haben.

»Hast du das auch zu der Frau gesagt, die du gestern Abend gefickt hast?«, platzte es aus ihr heraus. Sie wollte die Worte noch aufhalten, sie zurücknehmen, aber es war zu spät. Marcus wirkte recht gelassen, aber an dem leichten Zucken an seinem einen Auge merkte sie, dass sie ihn damit überrascht hatte.

»Du warst im Theater?«

»Nein, ich war bei deiner Wohnung. Jedenfalls auf dem Weg dahin, als ich euch durch das Fenster gesehen habe.« *Aber schön zu wissen, dass du sie auch im Theater präsentiert hast.*

Marcus schwieg einen Moment, dann riss er die Augen auf, als ihm anscheinend erst einfiel, was sie gesehen haben musste. Er fasste sich allerdings direkt wieder. »Anna, es tut mir leid, dass du das gesehen hast, aber du dachtest doch bestimmt nicht, dass ich mich nur mit dir treffe, oder?« Er machte seine Schultern breit, zeigte Dominanz. Er musste so wenig von ihr halten.

In dem Augenblick wurde ihr bewusst, wie egal sie ihm war. Solange sie einfach ersetzbar für ihn war, würde sie auch im Job nie weiterkommen. Letzten Abend war sie sich schon austauschbar vorgekommen, aber jetzt kam sie sich komplett verstoßen vor. Es gab einiges, worüber sie nachdenken musste.

»Marcus, ich nehme mir eine Weile frei«, verkündete sie.

»Schön«, antwortete er. »Deinen Antrag kannst du in der Personalabteilung abgeben.«

»Nein«, widersprach sie. »Ich muss sofort weg. Ich habe fast drei Wochen an Überstunden angesammelt und die werde ich jetzt nehmen. Und dann werde ich meine Kündigung einreichen.«

Er sah sie stirnrunzelnd an. »So viel dazu, dass du die Situation nicht ausnutzt.«

Sie funkelte ihn wütend an. »Ich nutze nichts aus. Mein Vater ist vor ein paar Monaten gestorben und hat mir ein Haus in Griechenland vererbt. Ich muss dahin und es annehmen und ich habe nicht so viel Zeit, bis die Frist ausläuft und es an jemand anderen geht, deswegen muss ich direkt los.«

»Du musst also so dringend verreisen, dass du deinen Job riskierst?«, fragte er lachend. »Ernsthaft?«

»Ja, ernsthaft«, antwortete sie und blieb standhaft. »Und es ist kein Urlaub, ich habe es doch gerade erklärt.«

Er nickte langsam. »Ich hoffe, dir ist bewusst, dass du dir damit gerade die Zukunft versaut hast«, drohte er, aber Anna entdeckte auch einen Funken Schmerz, der über sein Gesicht huschte, und spürte ein winziges bisschen Stolz darüber, selbst die Kontrolle übernommen zu haben – sie hatte ihn verletzt, bevor er sie noch einmal verletzen konnte.

Ohne ein weiteres Wort zu sagen, verschwand er wieder durch die Tür und Anna stand allein da, die Hände immer noch nass von dem Wasser.

Sie starrte noch eine ganze Weile lang einfach auf die Tür. Wie hatte eigentlich ihre Wut auf Marcus dazu geführt, dass sie jetzt nach Griechenland flog? Aber sie hatte es angekündigt, jetzt konnte sie es nicht mehr zurücknehmen. Sie würde nicht angekrochen kommen, um ihren Job wiederzubekommen. Sie wollte auch nicht, dass

Marcus noch dachte, sie würde die Situation ausnutzen. Nicht nach dem Gespräch eben.

Anna trocknete ihre Hände ab, zog ihr Handy aus der Tasche und schrieb Lizzy eine Nachricht.

Du hast gewonnen. Ich fliege in ein paar Tagen los.

Anscheinend musste sie also nach Santorin, ob sie wollte oder nicht.

4. Kapitel

Santorin

Von vorn sah das Haus richtig malerisch aus, dachte Anna sich. Es lag zwischen zwei kleinen Bergen in einer Art Minital. Drei mit Efeu bedeckte Torbögen rahmten die Tür in der Mitte und ein Fenster an jeder Seite. Neben dem Haus verliefen an beiden Seiten Steinmauern, ein paar Meter links davon war ein Tor in die Mauer eingelassen, ein Stück weiter noch ein zweites. Anna ging zu dem mittleren Torbogen und schaute sich alles genau an. Auch das Haus selbst war mit Kletterpflanzen bedeckt, die unten in Sträuchern endeten. Die massive Holztür sah wunderschön und etwas verwittert aus, als wäre sie schon Hunderte Jahre alt, aber immer noch stark und robust.

Eirini rief ihr zu, dass sie ihr durch das Tor folgen sollte, und kurz darauf stand Anna in einem quadratischen Innenhof, etwa fünf mal fünf Meter groß, mit einem Tisch in der Mitte und einer Tür zum großen Haus. Die Mauer war mit den gleichen Kletterpflanzen bedeckt wie die Vorderseite des Hauses, die weiße Farbe darunter konnte man nur noch erahnen.

Anna folgte Eirini durch ein weiteres Tor in den Hintergarten und vor ihr tauchte auf einmal das wunderschönste kleine Cottage auf, das sie je gesehen hatte. Es war aus dem gleichen ausgeblichenen Stein wie das große Haus, aber bedeckt von traumhaften rosa Blumen. Es war klein – nicht mehr als ein oder zwei Zimmer, würde sie schätzen –, aber Anna hätte es sofort gebucht, hätte sie es online irgendwo gesehen.

»Ist das …?« Anna zeigte auf das Cottage und schaute zu Eirini, um sich zu vergewissern, dass es auch wirklich das Sommerhaus war, was sie sehr hoffte.

»Das ist das Cottage von deinem Vater«, bestätigte Eirini, »also, ja, dann ist es wohl offiziell deins. Wieso auch immer.«

Den letzten Teil ignorierte Anna und ging stattdessen zum Sommerhaus, um einen Blick durch das Fenster neben der Eingangstür zu werfen. Drinnen war es dreckig, aber sie konnte ein Bett ausmachen und eine Tür. Sie drehte sich wieder um und schaute in den Garten, sah aber keinen Grundstückseingang. »Kommt man nur durch den Innenhof her?«

Eirini seufzte. »Also man kann durch den Innenhof gehen oder außen rum durch das zweite Tor, aber das ist umständlich. Langfristig solltest du da einen eigenen Durchgang bauen. Der Innenhof ist der einzige Teil von unserem Grundstück, auf den du direkten Zugriff hast.«

Anna nickte verständnisvoll. Mit dieser Frau wollte sie sich bestimmt nicht anlegen. Nur was den Durchgang anging, müsste sie noch mal mit ihr sprechen. Vielleicht könnte man auch einen Zaun durch den Garten zwischen den Häusern ziehen.

Eirini hielt Anna die Schlüssel hin. Anna ging zu ihr und nahm sie entgegen, woraufhin Eirini sich abrupt umdrehte, in ihr Haus ging und die Tür hinter sich zuzog.

Kaum war Eirini weg, steckte auch schon Christos vom Innenhof aus den Kopf durch das Tor und kam in den Garten. »Ist Giorgos' Haus«, sagte er langsam. »Eirini liebt Giorgos … sehr. Ist schwer.« Dann folgte er Eirini auch schon nach drinnen.

Anna schaute ihrem Großvater noch hinterher, wünschte sich, er könnte besser Englisch sprechen, damit es für sie leichter gewesen wäre, Eirini aus dem Weg zu gehen. Aber das war sinnlos. Sie drehte sich um und begutachtete ihr neues Haus. Bei dem Anblick freute sie sich direkt wieder – das würden sie definitiv leicht vermietet bekommen. Ja, vielleicht könnten sie eine Agentur mit der Vermietung beauftragen, dann müssten sie das Haus nicht verkaufen. So könnten auch Lizzy und sie herkommen, wenn sie wollten, und …

… nichts. Sie wären hier niemals willkommen, wenn es nach Eirini ging, das war offensichtlich. Von dem Sommerhaus sollte sie sich also trennen. Das bedeutete aber nicht, dass sie nicht die paar Tage hier genießen könnte. Sie sollte es einfach so machen wie all die anderen Touristen hier auf der Insel.

Anna öffnete die Tür und ging in ihr Haus. Wie sie sich schon gedacht hatte, war es nur ein großes Zimmer, von dem in einer Ecke ein kleines Bad abging. Allerdings war auf den ersten Blick klar, dass man es so niemals vermietet oder verkauft bekommen würde. In der Kochnische in der rechten Ecke stapelte sich verrostetes Besteck und anderes Küchenzubehör, die Tür von einem der Schränke hing schief runter. Die Matratze auf dem Bett sah aus wie eine Schlafgelegenheit, wie Anna sie sonst eher aus den düsteren Seitenstraßen Manhattans kannte. Der gesamte Boden war von einer dicken Staubschicht bedeckt. Das Bad konnte zwar eine hübsche freistehende Badewanne vorzeigen, war allerdings überhaupt nicht gefliest und es fehlte das Waschbecken. Das musste wohl Nikos damit gemeint haben, dass man das Haus niemals in einer Woche verkaufen könnte – das würde noch einiges an Arbeit brauchen. Jetzt musste Anna nur noch entscheiden, ob das wirklich ihre Aufgabe war.

Sie zog ihr Handy hervor, um Lizzy anzurufen und als sie sich mit dem Internet verband, leuchteten gleich dutzendweise neue Nachrichten auf. Da sie Benachrichtigungen nicht einfach ignorieren konnte, ging sie jede einzeln durch: Eine Bestätigung, dass ihr Zimmer, das sie gemietet hatte, für sie freigehalten wurde, eine Nachricht von dem Pizzalieferservice in der Nähe ihrer Wohnung in New York, dass sie die nächsten drei Tage 15 % Rabatt bekam, und dann noch die Benachrichtigung, dass sie die letzte Runde Words With Friends gegen Lizzy gewonnen hatte.

Als Nächstes öffnete sie widerwillig das E-Mail-Konto ihrer Arbeit. Eigentlich wollte sie nur gucken, ob etwas Wichtiges angekommen war, aber ihr fiel direkt die E-Mail von Marcus' Assistentin in ihrer Inbox auf. Im Betreff stand nur »Weiterentwicklung«, deshalb klickte Anna drauf.

Hi Anna. Aufgrund Ihrer erneuten Verspätung vor Kurzem …

Mit dem ersten Mal war wohl der Tag gemeint, nachdem sie gerade erfahren hatte, dass ihr Vater gestorben war. Und da war sie nur zwanzig Minuten zu spät gewesen. Beim zweiten Verstoß hatte sie nicht einmal mitbekommen, dass sie aktenkundig geworden war. Sie las weiter.

… sind wir zu dem Entschluss gekommen, dass Sie für die Arbeit bei MarMac nicht geeignet sind. Hiermit kündigen wir Ihnen offiziell mit der regulären Kündigungsfrist von zwei Wochen. Uns ist bewusst, dass Sie gerade aus privaten Gründen verreist sind, weswegen Ihnen die zwei Wochen noch bezahlt werden, allerdings ist Ihre Beschäftigung bei MarMac Inc. hiermit beendet. Bitte senden Sie uns die unterschriebenen Dokumente im Anhang zurück, damit wir Ihnen das Gehalt für die letzten beiden Wochen überweisen können.

Anna konnte es nicht fassen. Er feuerte sie, noch bevor sie ihre Kündigung einreichen konnte. Das war wirklich ein neuer Tiefpunkt für Marcus – es reichte ihm nicht, Anna einfach links liegen zu lassen, als er mit ihr fertig war, er musste auch noch unbedingt das letzte Wort haben. Sie stellte auf ihrem Handy eine Erinnerung ein, dass sie sich morgen um den Papierkram kümmern würde, bevor sie ihre Antwort eintippte.

Sehr niveauvoll, Marcus. Danke für die Vorwarnung.

Direkt kam eine Antwort von ihm zurück.

Sei nicht kindisch, Anna. Immerhin bekommst du so eine Abfindung. Dir sollte aber klar sein, dass aus dir niemals eine Fotografin wird, wenn du deine Arbeit nicht ernst nimmst.

Anna seufzte und steckte ihr Handy wieder weg. Er machte sie so wütend. Aber wenigstens konnte sie etwas länger hierbleiben und sich um das Haus kümmern. Sie schaute sich ein weiteres Mal um und erstellte gedanklich schon mal eine Liste mit den Sachen, die auf den neuen Besitzer zukamen: eine neue Matratze besorgen, das Badezimmer fliesen, ein Waschbecken einbauen, die Schränke reparieren, den Ofen erneuern, den Kühlschrank reinigen, den Boden wischen, die Fenster putzen … okay, alles putzen. Und einiges austauschen. Vielleicht sollte sie das alles machen, bevor sie das Haus zum Verkauf anbot? Falls ja, würde sie das eine Menge Zeit und Geld kosten. Auf der anderen Seite hatte sie gerade glücklicherweise von beidem ein bisschen was übrig.

Sie holte ihr Handy wieder raus, diesmal um Lizzy anzurufen.

»Hey, Banana!«, rief Lizzy. »Bist du schon da? Ich habe mir schon Sorgen gemacht.«

»Ja, ich bin angekommen«, sagte Anna. »Ich war kurz eingeschlafen, tut mir leid. Aber jetzt stehe ich im Sommerhaus.«

»Wie bist du vom Flughafen weggekommen?«, bohrte Lizzy nach und Anna hörte sofort an ihrer Stimme, dass sie dabei grinste.

»Grausam«, fing sie an. »Ein Mann, Nikos, hat mich abgeholt und wir mussten den gesamten Weg zu dem Hotel, in dem Christos arbeitet, zu Fuß gehen.«

»Ich habe ihm gesagt, er soll dich fahren!«

»Du hast ihn zum Flughafen geschickt?«, wollte Anna wissen. »Woher kennst du Nikos?«

»Ich habe ihn auf Dads Beerdigung kennengelernt«, erklärte Lizzy. »Ich dachte, du freust dich vielleicht über die Begleitung.«

»Sehr lustig«, meinte Anna. »Ich hatte es nicht wirklich auf einen Booty Call von einem Griechen abgesehen. Das Sommerhaus macht mehr als genug Arbeit.«

»Na gut«, gab Lizzy mit einem Seufzen nach. »Und was sagst du zu dem Haus?«

»Na ja … Es hat Potenzial.«

»Potenzial? Sagt man das nicht immer über die Bruchbuden bei diesen Heimwerkershows?«

»Ja, das passt schon ganz gut. Im Moment sieht es eher nach einer Crackhöhle aus.«

Nebenbei ging Anna im Zimmer umher und schaute in die Schränke, neugierig, was so da war. Dabei versuchte sie, sich nicht vor den rumliegenden Tellern zu ekeln, die man wahrscheinlich eher wegschmeißen als abwaschen sollte.

Lizzy seufzte. »Oh, Anna, das tut mir leid. Ich dachte wirklich, dass es in einem besseren Zustand sei. Eirini und Christos waren wahrscheinlich seit Dads Tod nicht mehr drinnen.«

Anna öffnete schon den Mund, um zu antworten, aber genau in dem Moment entdeckte sie eine Luftmatratze, die sogar elektrisch aufblasbar zu sein schien, und Bettwäsche in einem der Schränke, die verglichen mit allem anderen erstaunlich sauber aussahen.

»Da wäre ich mir nicht so sicher«, kommentierte sie und bedankte sich in Gedanken bei Christos dafür, dass sie nicht auf der Matratze in dem Bett schlafen musste. »Aber das schaffe ich schon. Ich muss nur erst mal etwas Geld reinstecken für die Renovierung …«

»Wie viel etwa?«

Anna überschlug alles kurz im Kopf. »Vielleicht ein paar Tausend? Wir brauchen neue Möbel, einen neuen Ofen, ein Waschbecken für das Bad, Fliesen.«

»Anna, das ist eine Menge Geld für uns hier«, meinte Lizzy. »Du weißt ja, dass wir nicht bezahlt werden. Außerdem, wie willst du das alles schaffen, bevor du wieder zur Arbeit musst?«

»Na ja«, stammelte Anna, »was das angeht …«

»Was ist los? Hast du länger Urlaub bekommen?«

»Mehr oder weniger«, sagte Anna. Sie wollte ihrer Schwester nicht erzählen, dass sie gefeuert worden war dann hätte sie ihr auch die ganze Geschichte mit Marcus erklären müssen. »Jedenfalls kann ich so lange bleiben wie nötig. Ich habe ein bisschen Erspartes und bald kommt auch wieder Gehalt. Das Geld für die Renovierung kann ich dann einfach von dem Erlös nach dem Verkauf abziehen, bevor wir teilen.«

»Das klingt gut«, stimmte Lizzy zu. »Du bist die Beste.« Anna hörte laute Geräusche im Hintergrund. »Hey, Banana, ich muss weg. Danke, dass du dich um alles kümmerst. Aber versuch auch Verständnis für Dads Familie zu haben – jede Geschichte hat zwei Seiten.«

»Ja, wie auch immer«, antwortete Anna und rollte mit den Augen. Seit der Beerdigung sagte Lizzy das andauernd. Nur, dass Anna sich nicht für die andere Seite interessierte, sondern eigentlich nur dafür, so schnell wie möglich wieder aus Griechenland abzuhauen.

»Sag Bescheid, wenn du noch irgendetwas brauchst. Hab dich lieb!«

»Hab dich auch lieb«, rief Anna noch, aber der Anruf war schon beendet worden. Sie legte ihr Handy wieder weg und rollte die Luftmatratze aus, als ihr Magen anfing zu grummeln. Erst da fiel ihr auf, dass sie seit Stunden nichts mehr gegessen hatte. Sie inspizierte die Schränke und den Kühlschrank, aber das war alles leer, also kramte sie einen Müsliriegel aus ihrer Tasche, entschied dann aber, ihn sich für das Frühstück aufzuheben. Wenn sie am nächsten Tag einkaufen wollte, dann brauchte sie etwas Energie.

Sie schloss die Luftmatratze an und die fing sofort an, sich selbst aufzublasen, allerdings extrem langsam. Gelangweilt setzte Anna sich an den Tisch und begann eine neue Runde Words With Friends. Einige Minuten später, als die Matratze etwa zu zwei Drittel voll war und Anna gerade sehr zögerlich das Wort »Team« ausspielte, hörte sie ein leises Klopfen an der Tür. Sie ging hin, öffnete und sah gerade noch, wie sich die Hintertür vom anderen Haus schloss. Vor ihrer Tür stand ein Pappkarton mit einem Tablett darauf, auf dem eine Schale Eintopf und ein großes Stück Brot lagen. Anna lächelte und brachte das Essen nach drinnen. Sie sollte sich wirklich eine Möglichkeit überlegen, um sich bei Christos zu bedanken. Sie stellte das Tablett auf dem Tisch ab und holte dann den Karton rein. Den legte sie aufs Bett und schaute hinein. Er war gefüllt mit ein paar sauberen Gläsern, Handtüchern, einem Handfeger, ein paar Lappen und unterschiedlichen Reinigungsmitteln. Ganz unten lag noch ein kleiner Zettel, auf dem stand, dass sie das Geschirr behalten sollte.

In der Ecke fing die Pumpe der Luftmatratze an, ein hohes Fiepen von sich zu geben, die Anzeige, dass die Matratze voll war. Anna stellte die Pumpe aus. Fast sofort hörte sie ein leises Pfeifen – ein Loch war also daran schuld, dass sie sich nur so langsam aufpumpte. Anna ahnte schon, dass eine lange Nacht vor ihr lag.

Sie setzte sich an den Tisch und aß den Eintopf. Es war eines der besten Gerichte, das sie seit Ewigkeiten gegessen hatte. Definitiv besser als die Sachen vom Falafelstand bei ihr in New York und sogar leckerer als die Sachen in ein paar der edlen Restaurants, in denen sie schon mit Marcus gewesen war. Sie aß erst das meiste mit dem Löffel, um dann noch mit dem Brot auch den letzten Rest aufzustippen.

Nach dem Essen nahm sie sich einen Lappen und Spülmittel aus dem Karton und spülte ihr Geschirr ab, musste aber vorher die Arbeitsfläche abwischen, um überhaupt einen sauberen Fleck zu haben, wo sie dann das abgewaschene Geschirr auf einem Geschirrtuch zum Trocknen ablegte.

Anna ging ins Badezimmer und als sie sich umdrehte, fiel ihr zum ersten Mal das Panoramafenster gegenüber der Badewanne auf, von wo aus man einen Blick über die Insel hatte. Bei dem Anblick wurde ihr auch noch mal bewusst, wie hoch das Haus lag, inmitten der Berge, die sie hochgestiegen waren. Zwischen zwei weiteren Bergen konnte Anna die Caldera auf der anderen Seite der Insel erahnen. Ihr Vater muss das Sommerhaus mit dem Fenster absichtlich so gebaut haben, dass man genau diesen Blick hatte. Wieso allerdings gerade vom Badezimmer aus, konnte sie nicht ganz verstehen.

Am Himmel leuchteten Unmengen an Sternen und einen Moment lang genoss Anna den Ausblick und das Wissen, dass sie weiter weg von zu Hause war als jemals zuvor. Lizzy war für die Beerdigung ihres Vaters nach Griechenland gereist, aber Anna hatte entschieden, in Amerika zu bleiben, statt um den Mann zu trauern, der sie als Kind im Stich gelassen hatte. Ansonsten war sie noch nie weit weg von zu Hause gewesen – einmal, als Teenager, mit ihrer Mutter in Vancouver, und einen Spring Break hatte sie in Cancún verbracht. Sie wollte immer raus in die Welt, aber von ihrem Gehalt in Manhattan zu leben war schon schwierig genug. Nur mit viel Disziplin hatte sie es geschafft, die fünftausend Dollar anzusparen, die sie auf dem Konto hatte, und das meiste davon war für die Rückzahlung des Studienkredits bestimmt. Oft konnte sie nur gerade so ihre Miete zusammenkratzen, von einem Flugticket für die Reise zu einem anderen Kontinent ganz zu schweigen.

Ihr Flug hierher zeigte nun auch schon seine Nachwirkungen, daher warf Anna schnell das Bettlaken über die Luftmatratze und stellte noch mal kurz die Pumpe an, obwohl sie genau wusste, wie sinnlos das war. Da sie kein Kissen hatte, stopfte sie ein paar Klamotten in den Kissenbezug und versuchte es sich so gut es ging gemütlich zu machen. Auch wenn es das wahrscheinlich ungemütlichste Bett war, in dem sie seit Pyjamapartys als Kind gelegen hatte, schlief Anna fast sofort ein, als sie den Kopf auf das improvisierte Kissen legte.

5. Kapitel

Am nächsten Morgen wurde Anna von einem Klopfen an der Tür geweckt. Sie drehte sich auf der fast leeren Luftmatratze um, ihre Haare zerzaust, ihr Mund trocken, und fragte sich, wie spät es war. Der Sonne nach, die hell durch das Fenster schien, musste es schon Mittag sein. Auch den Temperaturen nach würde das passen. Anna merkte, wie eine kleine Schweißperle an ihrem Bein runterlief.

»Anna«, hörte sie beim nächsten Klopfen eine dumpfe Stimme rufen. »Anna, bist du da drin?«

Sie raunte etwas, aber die Person an der Tür schien sie nicht zu hören, also richtete Anna sich auf und pustete erst mal eine Haarsträhne aus ihrem Gesicht.

»Wer ist da und was willst du?«, murmelte sie verschlafen und versuchte dabei angestrengt, ihre Augen offen zu halten. Das alles half nichts, letztlich musste sie aufstehen, ihren Pyjama zurechtzupfen und zur Tür gehen. Vor der Tür stand ein viel zu munterer Nikos mit einem Becher Kaffee in der Hand. Sie nahm den Becher, machte die Tür wieder zu und schloss ab, um sich dann zurück auf die Matratze zu setzen, wobei ihr Po sofort auf den Boden sank.

»Anna, lass mich rein!«, rief Nikos durch die Tür.

»Geh weg«, rief sie so laut sie gerade konnte zurück. »Es ist viel zu früh!« Dann zog sie sich die Decke über den Kopf.

Sie hörte nur sein leises Lachen durch die Tür, an das sie sich inzwischen gewöhnt hatte. »Früh? Es ist schon Mittag.«

Anna drehte sich wieder um und schaute auf ihr Handy. Groß leuchtete die »11:47« auf.

Sie schrak auf. Wie konnte sie so lange geschlafen haben? Verdammter Jetlag, dachte sie sich.

Sie schlurfte zurück zur Tür und schloss wieder auf, rechnete schon fest mit einem selbstgefälligen Grinsen auf Nikos' Gesicht, aber als sie die Tür öffnete, lächelte er sie einfach nur freundlich an.

»Kaputt vom Flug?«, riet er.

»Sieht so aus.«

»Verständlich«, meinte er und zeigte dann nach drinnen. »Also, kann ich reinkommen?«

Anna machte einen Schritt zur Seite, um ihn reinzulassen, und schloss hinter ihm die Tür. Er zog sich einen Stuhl ran und setzte sich an den Tisch, während Anna ihren Becher Kaffee wieder nahm und sich dann auch ihm gegenüber an den Tisch setzte.

»Hast du denn gut geschlafen?«, fragte er.

Anna warf einen vielsagenden Blick auf die fast leere Luftmatratze. »Nicht wirklich«, meinte sie und rieb sich den Nacken. »Aber alles ist besser, als auf dem ranzigen Teil da zu schlafen.« Sie zeigte auf die Matratze, die auf dem Bett lag.

»Ja, die wollte dein Dad schon seit Ewigkeiten austauschen. Daraus ist wohl nichts mehr geworden.«

Bei dem Thema wurde Anna sofort angespannt. »Du kanntest Giorgos?«

Nikos lächelte und schaute sie neugierig an. »Du nennst deinen Vater Giorgos?«

»Na ja, er war nicht wirklich wie ein Vater«, erklärte Anna und trank einen Schluck Kaffee. Sie starrte auf den Tisch, hatte die Lippen leicht gespitzt, zum Teil wegen des starken Kaffees, aber auch wegen des Themas. Die ersten zwanzig Prozent ihres Lebens war er ein guter Vater gewesen, aber danach hatte er nicht gerade geglänzt, da er quasi nicht existent für sie war.

»Für dich vielleicht nicht.«

Anna sah hoch und bemerkte, dass Nikos sie anstarrte. Auf seinem Gesicht erkannte sie etwas, das verdächtig wie Mitleid aussah.

»Verrätst du mir auch noch, wieso du hier bist?«

»Ich bin hier, um dir zu helfen«, sagte er. »Du willst doch das Haus wieder in Schuss bringen und ich kann dir helfen.«

»Danke«, antwortete Anna, »aber ich weiß noch nicht wirklich, wo ich anfangen soll.«

»Also, Christos meinte, wir könnten sein Werkzeug benutzen, und heute haben wir auch den Truck. Du musst also zuerst alles an Material kaufen«, fing Nikos an und ging dann im Raum auf und ab. »Mach doch schon mal eine Liste, ich hole den Truck und wir treffen uns vorn wieder.«

Sie nickte.

»Perfekt. Also in fünf Minuten vorn.«

Als Nikos weg war, zog Anna einen Stift aus der Tasche. Sie hatte kein Papier, daher riss sie eine Lasche vom Pappkarton ab und schrieb alles auf, was sie brauchen würde:

Matratze
Kissen
Ofen
Waschbecken
Rohre etc.
Fliesen für das Bad
Vorhänge
Gardinenstangen 2x
Staubsauger
Geschirr
Töpfe, Pfannen usw.
Tischsets
Mülleimer
Toilettenpapier
Essen
Hygieneartikel
Papier
Bilder für die Wände
Badematte
Wäschekorb
Kleiderbügel
Teppich

Beim Erstellen der Liste fiel Anna nach einer Weile auf, dass sie viel mehr Luxusartikel aufgeschrieben hatte als nur das Nötigste, um das Haus zu verkaufen. Dinge, die sie nur brauchen würde, wenn sie länger bleiben würde. Sie strich all die Sachen wieder durch. Einen Wäschekorb brauchte sie sicherlich nicht, wenn sie nur ein paar Wochen blieb.

Umgezogen und mit der überarbeiteten Liste ging Anna vor das Haus, wo sie den Truck und Nikos entdeckte. Nikos redete gerade mit Eirini, die fröhlich wirkte. Jedenfalls genau bis zu dem Moment, als sie Anna bemerkte. Dann verschwand ihr Lächeln abrupt und sie zog sich sofort wieder in den Innenhof zurück.

»Unglaublich, oder?«, kommentierte Anna und zeigte ungezielt hinter sich, während sie in den Truck kletterte. »Man würde doch denken, dass sie sich freut, endlich ihre Enkelin kennenzulernen.«

Nikos schüttelte den Kopf, stieg auch ein und startete den Motor. »Es liegt nicht an dir«, versuchte er zu erklären. »Es ist die Gesamtsituation. Sie wussten nicht, dass Giorgos das Sommerhaus jemandem vererbt hat, und es ist ja auch nicht so, als hättest du sie vorher nie besuchen können, oder?«

»Das ist aber nicht ganz fair«, sagte Anna, als Nikos rückwärts aus der Einfahrt fuhr. »Tut mir leid, dass ich nichts mit der Familie von dem Mann zu tun haben wollte, der meine Mutter betrogen und seine Familie im Stich gelassen hat.«

Nikos trat so stark auf die Bremse, dass Anna in ihrem Sitz nach vorn geworfen wurde.

»Was zum Teufel sollte das?«, schrie sie und drehte sich zu ihm.

»Vielleicht ist es besser, wenn wir nicht über Giorgos reden, okay?«, schlug er mit düsterem Blick vor. »Ich verstehe ja, dass du ihn nicht leiden kannst wegen der ganzen Geschichte, aber ich habe ihn ganz anders kennengelernt und ich werde nicht einfach rumsitzen und mir anhören, wie du schlecht über ihn redest, wenn du ganz offensichtlich nur eine Seite der Geschichte kennst.«

Anna wurde rot und schaute nach unten. Eigentlich war sie der Meinung, dass sie jedes Recht hatte, sich über ihren Vater zu beschweren, aber vielleicht musste sie sich daran gewöhnen, dass die Leute hier das anders sahen. Außerdem wollte sie Nikos nicht vergraulen. Sie brauchte dringend seine Hilfe, wenn sie so schnell wie möglich wieder aus Griechenland verschwinden wollte.

»Schön«, sagte sie. »Wir kümmern uns einfach um das Sommerhaus, ohne jemals über ihn zu reden. Wird bestimmt einfach.« Sie schaute wieder zu Nikos, der immer noch wütend aussah und die Augen verdrehte. »Na gut, schön, wirklich. Kein Wort über Giorgos.«

Nikos nickte, schaltete wieder in den ersten Gang und fuhr los.

»Also, dann erzähl doch was über dich«, begann er, als sie auf die Hauptstraße abbogen.

»Da gibt es nicht viel zu erzählen«, antwortete Anna. »Ich bin aus Connecticut, was du sicher von dem, dessen Name nicht genannt werden darf, weißt. Vor etwa eineinhalb Jahren bin ich nach New York gezogen und hab da angefangen, in einer Galerie zu arbeiten. Da habe ich dann viel zu viel gearbeitet, meine Schwester zu wenig gesehen und zu viel von meinem Geld für billigen Wein und Falafel ausgegeben. Und jetzt bin ich um die halbe Welt gereist, um das Erbe anzunehmen. Reicht das?«

»Hast du einen Freund?«, hakte Nikos nach und lächelte sie doppeldeutig an.

»Nein«, sagte sie daraufhin, anscheinend aber etwas zu schroff, was Nikos sofort bemerkte.

»Klingt nach einer längeren Geschichte.«

»Ja?« Darauf fiel sie sicherlich nicht rein. »Kein Freund, versprochen.«

»Na gut. Wann musst du denn zurück zu deinem Job in der Galerie?«, wollte er dann wissen.

»Na ja, die Sache ist …« Anna war nicht ganz sicher, was sie sagen sollte. Nicht einmal Lizzy hatte sie erzählt, dass sie gefeuert worden war. Aber sie wollte auch sicherlich nicht angekrochen kommen und Marcus zu überzeugen versuchen, ihr den Job zurückzugeben. Allein bei dem Gedanken wurde ihr schlecht. Also konnte sie es doch auch ruhig erzählen, oder? »Ehrlich gesagt, habe ich keinen Job mehr, zu dem ich zurückmuss«, gestand sie.

»Also kannst du so lange bleiben, wie du willst?«, fragte Nikos nach, wobei er fast schon aufgeregt klang. »Vielleicht solltest du dir ein bisschen mehr von der Insel ansehen, das ganze Paket, bevor du zurück nach New York fliegst.«

»Mal sehen«, meinte Anna daraufhin. »Ich will eigentlich nur so lange bleiben wie nötig, bis das Sommerhaus verkauft werden kann.«

Nikos lachte. »Das wird wahrscheinlich erheblich länger als ein paar Wochen dauern. Hier auf der Insel läuft alles noch mal etwas langsamer als auf dem Festland.«

»So schlimm?«

Wieder lachte Nikos leise. »Sagen wir mal so, du wirst hier viel Freizeit damit verbringen, auf Leute zu warten.«

Anna zuckte mit den Schultern. »Mal abwarten. Ich habe sowieso nicht vor, mir hier ein Sozialleben aufzubauen.«

»Werden wir sehen«, meinte er noch, als er auf einen Parkplatz fuhr. »Okay, das Wichtigste zuerst. Als Allererstes holen wir dir ein richtiges Bett.«

Ein paar Stunden später kam Anna mit einer fettigen braunen Papiertüte und zwei Getränken aus dem McDonald's. Sie hatten es erst im Drive-In probiert, aber Annas neue Matratze hinten auf dem Auto war zu hoch, daher musste sie nach drinnen laufen und hatte Essen für sich und Nikos geholt – die einzige Entschädigung, die er für seine Hilfe haben wollte.

»Zwei Big Macs, Chicken Nuggets mit Süß-Sauer-Sauce, zwei große Pommes und eine Cola«, zählte Anna auf, während ihr eigener Burger und die kleinen Pommes nur wenig Platz in der Tüte einnahmen. »Dass du so viel essen kannst … unglaublich.«

»Ich kann es dir gern beweisen«, antwortete Nikos. »Lass uns zurück zum Haus von deinem Dad, dann kannst du zusehen.«

»Es ist mein Haus«, korrigierte Anna ihn leise.

»Was?«

»Es ist jetzt mein Haus«, wiederholte Anna diesmal lauter. »Ich weiß, dass alle sich wünschten, ich wäre nie hergekommen, aber das Haus gehört mir. Und ich denke, ich habe es auch verdient, nachdem ich die letzten zwanzig Jahre ohne Vater leben musste.«

Nikos seufzte und starrte nach vorn auf die Straße. »Ich glaube nicht, dass irgendjemand sich wünscht, dass du nie hergekommen wärst.«

Anna schnaubte. »Ja, genau. Du willst mir erzählen, dass Eirini ihren Garten nicht lieber ohne ungewollte Enkelkinder genießen würde?«

Er hielt einen kurzen Moment inne, bevor er antwortete. »Ich dachte, wir reden nicht darüber?«

»Ja, na gut, tun wir nicht«, meinte Anna und verschränkte ihre Arme vor der Brust. »Aber die Antwort bestätigt irgendwie auch, was ich sage.« *Außerdem ist es echt toll, wenn die einzige Familie, die man hier hat, einen komplett ignoriert.*

Die restliche Fahrt über sagte keiner von beiden ein Wort. Beim Haus angekommen, nahm Anna das Essen und ein paar der Einkaufstüten von hinten, während Nikos sich die Matratze schnappte, sie über seinen Kopf hievte und Anna damit hinterherging.

»Soll ich dir dabei nicht lieber helfen, wenn ich den Kram hier reingebracht habe?«, fragte Anna.

»Schon gut. Nimm du die leichten Sachen und überlass den schweren Kram den Profis«, kam von Nikos, wobei Anna die Anspannung in seiner Stimme bemerkte. Sie lachte nur kurz und ging weiter in Richtung Sommerhaus, wobei sie die Tore für Nikos offen ließ. Kurz vor dem Haus drehte sie sich noch mal um und musste lachen, als sie zusah, wie Nikos versuchte, die Matratze durch das Tor zu quetschen.

Vor der Haustür vom Sommerhaus entdeckte sie dann noch eine Schale Eintopf auf dem Boden. Mit einem etwas schlechten Gewissen schaute sie auf die McDonald's-Tüte in ihrer Hand und hoffte, Nikos würde wirklich so viel essen, wie er angekündigt hatte. Sie schloss die Tür auf und stieg über die Schale hinweg, um drinnen erst mal die Tüten abzustellen.

Kurz darauf hörte sie hinter sich ein lautes Knirschen. Sie drehte sich um und sah Nikos, der mit dem Rücken zu ihr wie erstarrt dastand, die Matratze festhielt, während er mit einem Bein auf der zerbrochenen Schale stand, den Fuß in Eintopf getränkt.

Anna lachte.

»Das ist nicht lustig«, schimpfte Nikos, musste jedoch selbst anfangen zu lachen. Er hob sein Bein und musterte es.

»Halte still«, brachte sie kichernd heraus. »Ich will nicht, dass du Scherben mit ins Haus schleppst.« Sie griff in eine der Einkaufstüten und holte ein Geschirrtuch raus, an dem noch das Preisschild hing, um damit die Überreste der Schale aufzusammeln und sie auf das Tablett zu legen.

»Riecht nach Karotte«, meinte Nikos immer noch lachend. »Echt schade.«

Anna musste sich zusammenreißen, um die Scherben aus der Sohle von Nikos' Schuh zu pulen. Als sie das Bein näher zu sich zog, um besser sehen zu können, verlor er kurz das Gleichgewicht und schaffte es nur gerade so, sich mit der Matratze abzufangen. Wieder prusteten beide vor Lachen los.

Als sie es schließlich nach drinnen geschafft hatten, tauschte Nikos die Matratze auf dem Bettgestell und ließ sich dann auf die neue fallen, während Anna sich weiter um die Sauerei kümmerte.

»Hey, nicht faul rumliegen! Wir müssen noch den Ofen und das Waschbecken vom Truck holen.«

»Komm schon, Anna, Zeit für ein Nickerchen. Wir haben schon so viel gemacht.«

»Auf keinen Fall«, widersprach Anna und zerrte an seinem Arm, aber er scheuchte sie weg. »Ich habe nur zwei Wochen, um das Haus auf Vordermann zu bringen. Da will ich keine Zeit mit Ausruhen verschwenden.«

»Sagt die, die bis mittags geschlafen hat.« Er rührte sich nicht, fing stattdessen an, Schnarchgeräusche nachzumachen. Einen Moment lang stand Anna einfach nur da und genoss den Anblick, wie er auf ihrem Bett lag. Es gefiel ihr, aber diesen Gedanken schob sie ganz schnell wieder beiseite. Es gab gerade wichtigere Dinge, auf die sie sich konzentrieren sollte.

»Na schön«, sagte Anna schließlich und ging zurück zum Tisch. »Dann muss ich das wohl alles allein essen.«

Nikos drehte sich um und stützte sich auf einen Ellenbogen. »Kannst es gerne versuchen.«

»Das müsste ich nicht, wenn du einfach herkommen und deine Portion selbst essen würdest«, antwortete sie und hielt ihm eine Tüte Pommes hin, wedelte den Duft in seine Richtung.

»Na gut.« Nikos gab auf, sprang hoch und versuchte, ihr die Pommes aus der Hand zu reißen, aber Anna zog ihren Arm rechtzeitig wieder zurück.

»Erst wenn du mir hilfst, den Rest reinzuholen«, meinte sie.

»Aber dann ist alles kalt!«, meckerte er und verzog das Gesicht.

»Vielleicht hättest du dann nicht in den Eintopf treten und dich hinlegen sollen.«

Nikos stöhnte. »Ich wusste doch, dass es ein Fehler war, dich das Essen kaufen zu lassen.«

»Das stimmt«, sagte Anna und packte die Pommes zurück in die Tüte, bevor sie ihn zur Tür schob. »Und jetzt geh dir dein Essen verdienen.«

6. Kapitel

Ein paar Tage später standen Anna und Nikos in einem Vodafone Store an, um ein griechisches Handy für Anna zu besorgen. Auch wenn sie nur kurz hierbleiben wollte – schon jetzt hatte sich eine beeindruckende Handyrechnung für Mai angesammelt. Sie musste dringend weniger telefonieren und nicht so viel Datenvolumen verbrauchen. Im Moment nutzte sie jede Gelegenheit mit WLAN dafür, krampfhaft den Instagram Feed runterzuscrollen und alle Fotos von Leuten zu liken, die ihr Memorial Day Weekend in den Hamptons oder Nantucket verbrachten.

»Sind das da deine Freunde?«, fragte Nikos, der ihr über die Schulter guckte.

»Nicht wirklich«, antwortete Anna. »Ein paar davon kenne ich von der High School oder aus New York, aber die meisten sind Blogger oder YouTuber.«

Nikos rollte mit den Augen. »Instagram ist echt das Beste und Schlimmste, das dieser Insel jemals passiert ist. Der ganze Tourismus ist ja schön und gut, aber in Oía alle paar Meter stehen zu bleiben oder irgendjemandem ins Bild zu laufen, der auf irgendeiner verdammten Mauer posiert, ist unfassbar nervig.«

Anna musste lachen. »Das scheint dich ja sehr zu beschäftigen.«

Er schaute sie an. »Wirklich, hör bloß auf damit. Ich könnte mich den ganzen Tag lang über ›Influencer‹«, dabei machte er Anführungszeichen in der Luft, »aufregen.«

Dann waren sie am Schalter und Anna legte das Klapphandy auf den Tresen, das sie sich ausgesucht hatte, überließ aber Nikos das Sprechen. Sie wollte sich nichts aufschwatzen lassen, nur weil sie kein Griechisch konnte. Als Nikos dann zahlen wollte, versuchte Anna ihm ihre Kreditkarte in die Hand zu drücken, aber er schüttelte den Kopf und drückte kurz ihre Hand.

»Wieso hast du gezahlt?«, fragte sie sofort, als sie den Laden verließen, das neue Klapphandy neben ihrem iPhone in ihrer Handtasche.

»Dein Großvater hat gesehen, was wir neulich alles gekauft haben, und meinte, dass ich alle weiteren Ausgaben vom Geschäftskonto bezahlen soll.«

»Was? Echt? Aber wieso?«, hakte Anna nach, obwohl sie sich die Antwort schon fast denken konnte. Sie musste lächeln, als sie sich daran erinnerte, wie glücklich er gewirkt hatte, als er sie zum ersten Mal gesehen hatte.

»Nicht alle hier stehen der neuen Xenakis-Generation so kritisch gegenüber wie Eirini.«

Anna verzog dezent das Gesicht. »Ich heiße Linton«, korrigierte sie ihn, wobei ihr schon als die Worte aus ihrem Mund kamen auffiel, wie undankbar sie wirkte. Es war immer noch ihre Familie, um die es ging.

Nikos sah sie aus dem Augenwinkel an. Er hielt ganz offensichtlich genauso wenig von ihrem Kommentar wie sie selbst. »Wie auch immer, dein Großvater freut sich sehr, dass du hier bist, und ich denke, dass es ihn verletzen würde, wie du von seinem Sohn und seiner Familie denkst. Zwei Dinge, auf die er extrem stolz ist.«

Anna starrte auf den Boden, während sie weitergingen. Ihr gefiel nicht, wie Nikos sie zurechtwies, aber als sie doch wieder zu ihm hochsah, bemerkte sie, dass er nicht wütend wirkte, sondern sie anlächelte. Etwas zaghaft erwiderte sie sein Lächeln.

»Also, wenn er es überhaupt verstehen würde, was schon ein Wunder wäre«, fügte er noch hinzu und lockerte damit die Stimmung wieder etwas auf. Beide lachten und damit schien seine kleine Maßregelung wieder vergessen. Danach kletterten beide in den Truck, wo Anna das Thema allerdings direkt wieder ansprach, diesmal aber weniger defensiv.

»Kanntest du Giorgos …« Nikos warf ihr vom Fahrersitz einen Blick zu. »Entschuldige, ich meine, kanntest du meinen Dad gut?«

Er nickte. »Sehr gut. Meinen eigenen Vater kannte ich so gut wie gar nicht und meine Mutter ist bei der Geburt gestorben. Sie waren arm, deswegen konnten sie nicht ins Krankenhaus. Ich hatte nur meine Tante, sie hat mich zusammen mit meiner Cousine großgezogen, obwohl sie selbst alleinerziehend war. Als sie gestorben ist, wollte ich erst mein Studium abbrechen, aber dein Vater hat mich gedrängt, weiter zur Uni zu gehen, und hat sich allein um alles gekümmert. Erst als er dann seinen ersten Herzinfarkt hatte, musste ich doch zurückkommen, um auszuhelfen. Dein Vater hat deinen Großvater überredet, mir einen Job zu geben. Ich hatte vorher noch nie einen Hammer in der Hand gehabt, und jetzt sieh an, was aus mir geworden ist.«

Er grinste und streckte seine Brust vor, Anna musste kichern. Nikos schaute zu ihr rüber und lächelte.

»Ich mag dein Lachen«, sagte er, woraufhin Anna sofort merkte, wie sie rot wurde.

»Das machst du oft, merkst du das?«, fragte er, den Blick immer noch auf sie gerichtet.

»Was? Lachen?«

»Nein. Du wirst rot, wenn ich dich ansehe.«

Natürlich führte das nur dazu, dass sich das Rot noch vertiefte. Sie drehte sich weg und schaute aus dem Fenster, kurbelte es einen Spalt auf, um etwas frische Luft zu bekommen.

»Jedenfalls«, fuhr Nikos fort, »hat dein Vater sich ein bisschen um mich gekümmert, hat mir alles beigebracht. Nicht nur bei der Arbeit, auch zu Hause. Er hat mir gezeigt, wie ich für meine Tante und Cousine koche, wie ich mit Geld umgehe. Er hat mir sogar geholfen, online meinen Abschluss in nachhaltiger Landwirtschaft nachzuholen.«

»Wirklich?«, fragte Anna nach und sah wieder zu Nikos. »Ich hätte nicht gedacht, dass er sich damit so gut auskannte.«

»Das ist es ja, hat er auch nicht«, erklärte Nikos. »Er hat genau wie ich bis in die Nacht Lehrbücher gewälzt, mich über die Auswirkungen von Atomkraftwerken auf die Umwelt abgefragt. Als dann meine Tante gestorben ist und ich es tagelang nicht aus dem Bett geschafft habe, hat er sogar online einen Test für mich mitgeschrieben. Er hat auch noch eine Eins bekommen.«

Anna starrte auf ihre Hände. Das passte zu dem Vater, den sie aus ihrer Kindheit in Erinnerung hatte. Mitfühlend. Fürsorglich. Rücksichtsvoll. Nicht wie der Mann, der ihre Mutter betrogen hatte und dann abgehauen war. »So wie du über ihn redest, klingt er nach so einem tollen Mann.«

»War er auch«, antwortete Nikos überzeugt. »Der Beste. Und auch ein großartiger Vater, egal was du darüber zu wissen glaubst. Der Tag, an dem sein Herz stehen geblieben ist, war der traurigste Tag in meinem Leben.«

Ihr ganzes Leben lang durfte Anna nicht über ihren Vater reden, ihn in Gegenwart ihrer Mutter nie erwähnen, bis sie es irgendwann auch überhaupt nicht mehr wollte. Aber nun war er plötzlich Teil ihres Lebens, sie wohnte in seinem Haus, teilte sich den Garten mit seinen Eltern. Verbrachte Zeit mit einem Mann, mit dem auch er anscheinend viel Zeit verbracht hatte. Langsam wollte sie mehr über ihren Vater herausfinden.

»Vielleicht kannst du mir irgendwann noch mehr über ihn erzählen«, sagte sie, als sie gerade auf die Einfahrt fuhren.

»Sehr gern«, antwortete Nikos mit einem Lächeln. Er parkte den Truck und legte Anna dann eine Hand sanft auf das Knie. Sie war warm, Anna spürte seine raue Haut auf ihrem Bein. Sie erstarrte, war noch nicht bereit, etwas zu erwidern, wollte ihn aber auch nicht abschrecken.

»Aber zuerst«, meinte er dann und zog seine Hand wieder zurück, »müssen wir uns um die Fliesen im Bad kümmern.« Damit drehte er sich weg, stieg aus dem Truck und verschwand durch das Tor. Anna fühlte seine Hand immer noch auf ihrem Knie.

Schließlich stieg auch sie aus dem Auto und holte noch ein Paket Fliesen von der Ladefläche, das sie nur gerade so schaffte hochzuheben. Als sie durch den Innenhof ging, hörte sie Nikos, der mit irgendjemandem zu streiten schien – einer Frau, auf Griechisch. Als sie durch das zweite Tor ging, fielen ihr beinahe die Fliesen runter. Eine der wahrscheinlich schönsten Frauen, die Anna je gesehen hatte, stand da und schrie Nikos an. Sie hatte so langes Haar, dass es bis zum Bund ihrer Jeansshorts reichte, es hatte das gleiche dunkle Braun wie Nikos' Haare. Sie sah auch aus, als wäre sie etwa in seinem Alter. Anna fragte sich, wer sie war und wieso sie sich stritten, aber sie vermutete schon, dass sie mitten in ein Beziehungsdrama geraten war.

Die Frau entdeckte Anna und lächelte aufgesetzt. »Ach, jetzt ergibt alles Sinn«, sagte sie auf einmal in perfektem Englisch.

»Tut mir leid«, meinte Anna, »zwischen uns ist nichts. Nikos arbeitet nur für meinen Großvater und er hat mir geholfen, ein paar Besorgungen zu machen. Da ist nichts, wirklich …«

Anna verstummte, als sie bemerkte, dass Nikos und die mysteriöse Frau anfingen zu lachen.

»Um das klarzustellen«, fing die Frau an und kam auf Anna zu. »Du denkst, ich mache mir Sorgen, dass zwischen euch was läuft, weil ich seine Freundin bin?« Sie lächelte etwas selbstgefällig und Anna hatte sofort das

Gefühl, sich verteidigen zu müssen. Wieder merkte sie, wie sie rot wurde.

»Also, ja … ich sehe vielleicht nicht so aus wie du, aber es ist auch nicht so, als hätte noch nie jemand Interesse an mir gehabt …«

»Gott sei Dank siehst du nicht aus wie sie«, kommentierte Nikos und schlug der anderen Frau leicht auf den Arm, als die sich vor Lachen krümmte. Inzwischen hatte Anna das Gefühl, komplett in Flammen zu stehen.

»Ach ja? Wieso das?«

»Weil es komisch wäre, wenn ich meine Cousine attraktiv finden würde«, antwortete er und nahm Anna die Fliesen ab, um sie dann ins Sommerhaus zu bringen.

»Du bist seine Cousine?«, fragte sie die Frau. *Also die Tochter seiner Tante, bei der er aufgewachsen ist – praktisch seine Schwester?*

Die Frau machte noch einen Schritt auf Anna zu und streckte ihre Hand aus. »Genau. Elena.«

»Ich bin Anna.« Sie schüttelte Elena die Hand und war seltsam erleichtert. »Warte, also wenn ihr nicht zusammen seid, wieso bist du dann wütend auf ihn, weil er mir geholfen hat?«

»Mir ist völlig egal, mit wem Nikos seine Zeit verbringt«, fing Elena an. »Aber mir ist nicht egal, dass er versprochen hatte, mich vor einer Stunde zur Arbeit zu fahren, und es dann vergessen hat. Das ergibt jetzt aber Sinn.«

Anna runzelte die Stirn. »Tut es?«

»Oh ja«, sagte Elena und ging in Richtung Truck. »Er hat einen ganz bestimmten Typ Frau, auf den er steht.

Schön, dich kennenzulernen, Anna.« Dann verschwand sie durch das Tor.

Anna überlegte noch, was sie wohl gemeint hatte. Traf Nikos viele Amerikanerinnen? Vielleicht war seine Beziehung zu »Influencern« ja auch anders, als sie ursprünglich gedacht hatte.

Nikos kam wieder aus dem Haus und zurück zu Anna. »Alles gut, Linton?«, fragte er und zeigte ihr damit, dass er ihren Wunsch respektierte, Linton genannt zu werden. »Keine Sorge, in zwanzig Minuten bin ich wieder da. Ich hole sogar die restlichen Fliesen vom Truck, wenn du schon mal mit dem Mörtel anfängst.«

Anna nickte nur. Direkt neben ihr blieb er kurz stehen und beugte sich zu ihr. »Du machst es schon wieder«, flüsterte er ihr zu.

Sie drehte sich zu ihm, das Gesicht nur Zentimeter von seinem entfernt. So nah, dass sie seine Körperwärme spürte. »Was?«

»Rot werden«, antwortete er mit einem Zwinkern, bevor er wegging.

Anna blieb regungslos stehen, bis sie den Truck losfahren hörte, dann ging sie ins Sommerhaus und setzte sich auf ihr Bett. Sie legte eine Hand an ihre Wange. Sie fühlte sich warm an, aber nicht nur von der Hitze auf Santorin.

Dann wollte sie Lizzy schreiben, was gerade passiert war, aber eine Benachrichtigung über eine neue E-Mail lenkte sie ab. Die E-Mail kam von der Anwältin, die sich um den Nachlass ihres Vaters kümmerte. Seufzend öffnete Anna die Nachricht. Zeit, sich wieder auf das

Wichtige zu konzentrieren, weswegen sie eigentlich hier war, statt sich Gedanken über irgendwelche Männer zu machen.

Eine halbe Stunde später kam Nikos zurück. »Tut mir leid, es hat doch etwas länger gedauert«, sagte er, als Anna ihn mit den drei Boxen Fliesen reinließ. Anna beobachtete, wie sein Blick erst zum unberührten Mörtel und dann zu ihrem offenen Laptop wanderte, der auf ihrem Bett lag und auf dem die Website eines örtlichen Maklers geöffnet war. »Was hast du in der Zwischenzeit so gemacht?«

»Ich habe meine E-Mails gecheckt«, erklärte sie. »Ich hatte eine Mail von der Anwältin. Sie will morgen herkommen, damit ich die Erbschaftspapiere unterschreiben kann, aber anscheinend müssen wir noch Erbschaftssteuer auf den Wert des Grundstückes zahlen, der sich natürlich erhöht, je mehr wir daran machen.«

»Und was heißt das jetzt?«

Anna holte tief Luft. »Das heißt, dass wir noch warten müssen, bis wir weiter renovieren können. Ich muss es im jetzigen Zustand schätzen lassen, damit die Steuer so gering wie möglich ist. Dann renovieren, bevor ich es auf den Markt bringe, um so viel wie möglich wieder rauszuholen. Das Ganze wird ewig dauern.«

Anna versuchte ruhig zu bleiben, aber langsam stieg Panik in ihr hoch. Schon seit der E-Mail, kurz nachdem Nikos weggefahren war. Sofern sie sich nicht verschätzt hatte, würde sie das Haus frühestens in einem Monat zum Verkauf anbieten können. Und selbst dann blieb fragwürdig, ob sie genug dafür bekommen würden, dass sich die Erbschaftssteuer und ihre Reise hierher gelohnt hätten. Einen Job hatte sie inzwischen auch nicht mehr.

So viel zu einem kurzen Ausflug nach Griechenland.

Zumindest hatte ihre Panik sie von Nikos abgelenkt und davon, was zwischen ihnen eigentlich lief. Denn das konnte sie gerade überhaupt nicht gebrauchen, erst recht jetzt nicht, wo sie wusste, dass sie länger als geplant hierbleiben müsste.

Anna dachte daran, wie ihre Großmutter sie empfangen hatte. Es kamen inzwischen auch keine Schalen mit Eintopf mehr, vermutlich weil Christos gesehen hatte, dass sie selbst Lebensmittel besorgt hatte. Niemand wollte sie hier haben und sie wollte auch überhaupt nicht hier sein. Wie sollte sie es noch einen Monat an einem Ort aushalten, wo sie weder Job noch Auto hatte, die Sprache nicht verstand und nur eine Person kannte, die überhaupt Zeit mit ihr verbringen wollte? Sie stellte sich vor, wie sie ganz allein einen Monat lang in dem winzigen Sommerhaus hockte, und dann brach plötzlich alles auf einmal über sie herein – die ganze Sache mit Marcus, dass sie ihren Job verloren hatte, das Erbe. Sie fing an zu weinen.

»Oh, Anna«, sagte Nikos und schloss sie in seine Arme. »Ich weiß, dass es schwierig ist. Aber Christos wird bei den Ausgaben helfen. Das ist zwar nicht ideal, aber du hast Leute auf deiner Seite.«

Anna schob ihn weg. »Nein, verstehst du das nicht? Das habe ich nicht.« Überrascht fiel ihr auf, dass sie brüllte. »Ich bin komplett allein, die ganze verdammte Insel ist gegen mich. Ich will hier nicht noch einen Monat bleiben. Ich will hier nicht einmal noch einen Tag bleiben. Ich will mein normales Leben zurück.«

Nikos machte einen Schritt nach hinten und runzelte die Stirn. »Tut mir leid, dass du so denkst«, sagte er. Dann schwieg er einen Moment, bevor er fortfuhr. »Sag Bescheid, wenn du mit dem Renovieren weitermachen willst, dann helfe ich.«

»Wirklich?«, fragte Anna nach.

»Natürlich«, antwortete er. »Ich will doch nicht, dass du länger als nötig hier festsitzt.« Er drehte sich um und verließ das Haus, ließ die Tür hinter sich zufallen.

Anna spürte, wie eine Träne auf ihre Brust tropfte, und wischte sich über die Wangen. Dann ließ sie sich auf das Bett sinken und schob den Laptop zur Seite, um unter die Decke zu kriechen.

Jetzt hatte sie wirklich niemanden mehr. Sie könnte versuchen, das mit Nikos noch zu retten, aber wollte sie das überhaupt?

Natürlich, dachte sie sich und bereute sofort, was sie zu ihm gesagt hatte. Er hatte ihr die ersten Tage so viel erträglicher gemacht und es war so lieb, wie er ihr half. Allerdings konnte sie auch nicht leugnen, dass sie sich zu ihm hingezogen fühlte. Und nach der Szene mit seiner Cousine Elena wäre es wohl auch das Beste, wenn sie nicht die ganze Zeit mit einem gut aussehenden Griechen verbrachte. Urlaubsflirts sollte man nur im Urlaub haben, und das hier war kein Urlaub. Sie hatte Arbeit vor sich.

In dem Moment konnte Anna aber nur noch auf dem Bett liegen und weinen. Das würde ein langer Monat werden.

7. Kapitel

»Bullshit!«, brüllte Lizzy durch das Telefon. »Das glaube ich Ihnen keine Sekunde.«

»Es ist mir egal, ob Sie es glauben«, entgegnete die Anwältin, »aber es stimmt.« Sofia Kafatos saß Anna gegenüber an dem Tisch im Sommerhaus. Sie war die erste Person, die Anna auf der Insel in einem Kostüm gesehen hatte.

»Sie wollen mir erzählen, dass die Bruchbude über dem Zwanzigtausend-Euro-Freibetrag liegt?«

Anna zuckte bei der Bezeichnung »Bruchbude« leicht zusammen, wirklich widersprechen konnte sie allerdings auch nicht.

»Vermutlich tut sie das«, antwortete die Anwältin.

»Selbst ohne eigenen Zugang?«, hakte Anna nach.

»Es ist ein schönes Stück Land«, erklärte Sofia. »Und man könnte leicht eine eigene Verbindung zur Straße anlegen. Es ist vielleicht nicht im besten Zustand, aber allein das Grundstück ist wahrscheinlich mindestens um die achtzigtausend Euro wert. Wäre es in einer noch beliebteren Gegend oder auf der anderen Seite der Berge, wäre es noch mal das Doppelte wert, selbst in diesem Zustand.

Man muss nur noch eine eigene Einfahrt anbauen, um es vom anderen Haus abzutrennen, bevor man es auf den Markt bringt.«

Anna hörte Lizzy am anderen Ende der Leitung seufzen, auch wenn es sich bei der schlechten Verbindung eher wie Rauschen anhörte.

»Aber denken Sie daran«, fuhr die Anwältin fort, »auf die ersten zwanzigtausend Euro zahlen Sie keine Steuern, selbst wenn es insgesamt über dem Freibetrag liegt. Danach sind es fünf Prozent auf die nächsten vierzig und zehn Prozent auf die nächsten hundertsechzig. Wenn das Grundstück also etwa bei achtzigtausend Euro liegt – worauf ich mich aber nicht festlegen würde, denn ich bin nicht befugt, den Wert offiziell zu schätzen – dann würden Sie nur viertausend Euro an Steuern zahlen. Da Sie zusätzlich noch keine griechischen Bürger sind, hätten Sie ein Jahr, um den Betrag zu zahlen. Wenn Sie allerdings davon ausgehen, dass der Wert vor dem Verkauf noch steigt, sollten Sie die Abgaben direkt zahlen. Jede spätere Wertsteigerung könnte dazu führen, dass der Betrag sich erhöht.«

Anna schloss die Augen und ließ kurz ihre Schultern kreisen. All die Zahlen und Fristen überforderten sie. Sie hatte keine Ahnung, was gerade das Richtige war und ob sie überhaupt eine Wahl hatte.

Lizzy räusperte sich. »Miss Kafatos?«, fing sie an und die Anwältin beugte sich vor. »Ist es noch möglich, das Erbe auszuschlagen?«

»Was?«, rief Anna entsetzt. »Nach dem ganzen Stress, den wir schon gehabt haben, um es anzunehmen?«

Sofia hielt eine Hand hoch. »Das Testament Ihres Vaters wurde vor knapp drei Monaten verifiziert, also haben Sie theoretisch noch ein paar Wochen Zeit, bevor Sie endgültig etwas unterschreiben müssen.«

Anna schüttelte den Kopf. Als würde sie es merken, sagte Lizzy: »Banana, wir reden später noch mal. Miss Kafatos, ich denke, wir sind für heute fertig. Wir melden uns bei Ihnen, wenn wir eine Entscheidung getroffen haben.«

»Natürlich«, antwortete Sofia und packte ihren Papierkram wieder zusammen. Dann schaute sie Anna an. »Sie wissen, wo Sie mich finden.«

Als die Anwältin weg war, nahm Anna ihr Handy und stellte den Lautsprecher wieder aus. »Was zum Teufel sollte das?«, fing sie wütend an. »Ich bin extra hierhergeflogen, habe über tausend Dollar für das ganze Material zur Renovierung ausgegeben, und jetzt fällt dir ein, dass du das Haus doch nicht mehr willst?« Anna hatte schon überlegt, Christos' Angebot, die Materialien zu zahlen, anzunehmen, aber es hatte sich einfach falsch angefühlt. Also hatte sie ihr Konto mehr oder weniger leer geräumt, weil sie fest davon ausgegangen war, dass sie das Haus verkaufen und ihr Konto dann sowieso überquellen würde. Jetzt war sie fast pleite.

»Zweitausend Euro sind eine Menge Geld, Banana. Das haben wir gerade einfach nicht.«

»Ach, aber dass ich mein ganzes Erspartes für das Flugticket und die ganze Arbeit am Haus ausgebe, war noch in Ordnung? Genau. Das Geld war auch für mich alles, was ich noch hatte.«

»Immerhin hast du einen Job, bei dem du Geld bekommst!«

Anna seufzte. Sie schwieg. Sie wusste genau, dass sie Lizzy von Marcus erzählen sollte. Von ihrem Job. Von allem. Aber sie konnte es einfach nicht. Sie wusste nicht, wie.

Doch anscheinend war das auch gar nicht mehr nötig.

»Du hast deinen Job verloren, oder, Banana?«

Anna antwortete nicht.

»Hat das irgendetwas mit Marcus zu tun?«

Wieder Schweigen.

»Na schön, Anna, dann antworte mir nicht.« Es war seltsam, dass Lizzy sie nicht Banana nannte, wie sonst. »Aber du solltest wissen, dass ich das nicht sagen würde, wenn es nicht leider stimmen würde. Martin und ich haben gerade einfach keine zweitausend Euro. Wir haben so viele andere Ausgaben. Wenn du es zahlen willst und es nach dem Verkauf abziehst, ist das in Ordnung. Wenn du das Erbe ausschlagen willst, ist das auch in Ordnung, und wenn du willst, dass ich dir das ganze Ding überschreibe und es nur an dich geht, dann geht auch das. Was immer du willst, aber wir haben das Geld einfach nicht.«

Anna fing an zu weinen. Das hatte sie während der letzten Woche oft getan. »Lizzy, was soll ich denn machen? Sag mir, was das Richtige ist.«

»Das kann ich nicht«, antwortete sie. »Es ist dein Geld. Deine Entscheidung.«

Danach schwiegen beide eine lange Zeit, Lizzys Atmung war Annas einziger Hinweis darauf, dass sie noch am Telefon war. Darin waren sie schon immer gut gewesen – sich anzuschweigen, um alles zu verarbeiten. Einige Minuten verstrichen, bevor Lizzy das Schweigen brach.

»Banana, ich muss weg. Sag Bescheid, wenn du dich entschieden hast.«

»Hab di…«, fing Anna an, aber Lizzy hatte schon aufgelegt.

Anna wurde von einem Klopfen an der Tür geweckt. Nach ihrem Telefonat mit Lizzy hatte sie sich auf ihr Bett gelegt. Überfordert und emotional erschöpft, musste sie eingeschlafen sein.

Sie stand auf und schlurfte zur Tür, bis sie kurz vor der Tür plötzlich einen stechenden Schmerz in ihrem Zeh spürte, der bis in den Fuß ausstrahlte. Sie schrie auf und fiel auf den Boden, umklammerte ihr Bein.

Die Tür wurde aufgerissen und Elena rauschte mit wehenden Haaren herein. »Was zum Teufel ist passiert?«, fragte sie und hielt eine Hand unter Annas Fuß, von dem inzwischen Blut tropfte.

»Das ist bestimmt noch eine Scherbe von der Schale, auf die Nikos neulich getreten ist«, antwortete Anna mit zusammengebissenen Zähnen.

»Ne, das macht man nur bei jüdischen Hochzeiten, glaube ich«, scherzte Elena. »Bei den Griechen sind es Teller und wir machen das auch nicht mehr wirklich.«

»Was?«, fragte Anna verwirrt, die nur an den pochenden Schmerz in ihrem Zeh denken konnte.

»Egal«, meinte Elena und lief in die Küche, von wo sie ein sauberes feuchtes Tuch holte. »Du musst mir später erklären, wie das passiert ist, jetzt verarzte ich dich erst mal.« Sie griff in ihre Handtasche und kramte ihren Make-up-Beutel heraus. Nach kurzem Suchen hielt sie eine Pinzette hoch. Mit dem Tuch tupfte sie auf Annas Zeh, wobei die vor Schmerz zusammenzuckte.

»Tut mir leid«, sagte Elena, »Ich versuche es so schnell wie möglich zu machen.« Dann ging sie mit der Pinzette an Annas Zeh, drückte sie zusammen und zog. Anna schrie auf, als Elena einen fast ein Zentimeter langen Porzellansplitter herauszog. Elena wickelte das Tuch um Annas Fuß und drückte die Stelle zusammen. Der Druck half etwas gegen den Schmerz.

Dann hielt sie Anna die Pinzette mit dem Splitter hin, damit sie ihn besser sehen konnte.

»Ich habe es gefühlt«, meinte Anna daraufhin. »Ich muss mir das Teil nicht noch angucken.«

»Ach bitte«, entgegnete Elena, »ich hatte schon Augenbrauenhaare, die schlimmer waren als das hier.« Sie lächelte.

»Komm, ich helfe dir zum Tisch«, fügte sie noch hinzu und hielt Anna eine Hand hin. Anna nahm an und Elena zog sie hoch. Auf ihrem guten Fuß hüpfte Anna die paar Schritte rüber zum Tisch und setzte sich auf einen der Stühle.

»Ich komme gleich wieder«, sagte Elena und verschwand genauso schnell, wie sie gekommen war.

Anna schaute auf ihr Handy, das auf dem Tisch lag. Es war schon fast zehn Uhr abends – ihr Nickerchen musste beinahe acht Stunden gedauert haben. Das galt dann vermutlich gar nicht mehr als Nickerchen, sondern einfach als Schlafen.

Sie entsperrte das Handy, um ihre restlichen verfügbaren Daten für einen kurzen Blick auf Instagram zu verwenden, allerdings hatte sie schon eine Benachrichtigung, dass sie ihr Datenvolumen aufgebraucht hatte. Dann wählte sie sich in das WLAN ein.

Zum ersten Mal fragte Anna sich, wie es eigentlich mit den ganzen Nebenkosten geregelt war. Offiziell war das Grundstück von dem von Christos und Eirini getrennt, aber sie zahlten offensichtlich noch das Wasser, den Strom und alles andere. Kurz überlegte sie, einfach zu hoffen, dass ihnen der Gedanke gar nicht kommen würde, aber langfristig würde das wohl nicht funktionieren. Also sollte sie vielleicht anfangen, sich bei ihnen einzuschleimen, damit sie nicht bald im Dunkeln sitzen würde.

In dem Moment kam auch schon Elena mit einem Verbandskasten durch die Tür gestürmt. Sie kniete sich vor Anna hin und löste das Tuch wieder von deren Fuß, um sich die Wunde anzusehen.

»Du bist doch bestimmt nicht nur hergekommen, um meinen Fuß zu verbinden«, sagte Anna. »Wolltest du irgendetwas Bestimmtes, oder wolltest du einfach nur kurz vorbeischauen?«

»Nikos hat mir erzählt, was gestern passiert ist«, erklärte Elena und wühlte dabei in dem Verbandszeug. »Was du gesagt hast. Darüber wollte ich mit dir reden.«

Anna zuckte mit den Schultern. »Ich war vielleicht ein bisschen emotional, aber ich hatte doch recht.«

Elena hielt inne und schaute zu Anna hoch. »Genau das ist es ja. Du hast nicht recht. Es ist nicht die ganze Insel gegen dich. Nikos hat sich so viel Mühe gegeben, damit du weißt, dass du hier eben nicht allein bist.« Dann sah sie wieder runter und tupfte mit einem antiseptischen Wattepad auf die Wunde an Annas Zeh.

Anna verzog kurz das Gesicht, weil der Alkohol brannte, und musste sich zusammenreißen, um ihren Fuß nicht zu bewegen – sie wollte Elena ungern ins Gesicht treten, während die ihr half. Leute, die auf ihrer Seite standen, wollte sie nicht gleich wieder verlieren.

»Es tut mir leid, dass ich das gesagt habe, aber es fühlt sich einfach so an, als wäre ich mit allem ganz allein. Ich muss diese Riesenentscheidung allein treffen und Nikos würde die Entscheidung beeinflussen.«

Elena runzelte die Stirn. »Ach ja? Stehst du etwa ein bisschen auf meinen Cousin?«

Anna rollte mit den Augen. »Das ist es nicht. Ich meinte nur, dass er Giorgos so nahestand und für Christos arbeitet. Er wäre nicht wirklich objektiv, was das Ganze angeht.« *Und ja, ich stehe auf ihn, das macht es nur noch komplizierter.*

»Natürlich.« Elena spitzte ihre Lippen, während sie einen Verband um die abgedeckte Wunde und den Rest von Annas Fuß wickelte. »So, fertig. Dann zeig mal, ob du auch darauf gehen kannst.«

Sie half Anna hoch und wies sie an, ein paar Schritte zu machen. Da die Wunde nur in dem mittleren Zeh war, der sowieso nicht stark belastet wurde, konnte Anna einigermaßen normal gehen.

»Danke«, meinte Anna. »Ich weiß nicht, was ich gemacht hätte, wenn du nicht da gewesen wärst.«

»Na ja, es wäre wahrscheinlich gar nicht heute passiert, hätte ich nicht angeklopft.«

Anna lachte. »Trotzdem, lieber so, als wenn ich allein gewesen wäre. Ich kann Blut nicht so gut ab und erst recht nicht mein eigenes. Aber du hast das echt gut gemacht.«

»Ja, na gut, meine Mutter war immerhin Krankenschwester«, erklärte Elena. »Sie hat mir jahrelang eingeprägt, dass man jederzeit auf so was vorbereitet sein sollte.«

Anna setzte sich auf ihr Bett und drückte sich ein Kissen an die Brust. Elena setzte sich neben sie und legte ihr eine Hand auf das Knie.

»Weißt du, wieso lässt du mich nicht bei der Entscheidung helfen?«, schlug Elena vor. »Ich bin immer ehrlich und ich kannte deinen Vater nicht so gut. Außerdem habe ich das Haus meiner Mutter geerbt, als sie gestorben ist, also habe ich etwas Ähnliches hinter mir.«

Elena wirkte so sachlich und unvoreingenommen, dass Anna das Gefühl hatte, ihr vertrauen zu können. Vielleicht würde es ja helfen, über das Ganze noch mal mit jemandem zu reden.

»Also, das Problem ist, dass meine Schwester die Steuer auf das Erbe nicht zahlen kann. Es ist allerdings besser, die Zahlung gleich jetzt zu leisten, bevor wir was an dem Haus tun, sonst wird die Steuer nur noch höher. Und das Geld, das ich jetzt schon für den Flug und die ganzen Materialien ausgegeben habe, bekomme ich auch nicht zurück.«

Elena nickte. »Wieso renovierst du das Haus, statt es so, wie es jetzt ist, zu verkaufen? Ich weiß, du würdest natürlich weniger dafür bekommen, aber loswerden würde man es bestimmt.«

»Ich weiß nicht«, antwortete Anna. »Wenn ich schon hierbleiben muss, bis es verkauft ist, will ich auch nicht die ganze Zeit so leben. Außerdem habe ich schon mal überschlagen und wenn ich hier und da etwas renoviere, könnte ich den Wert verdoppeln.«

»Aber du hast nicht genug Geld, um allein für alles aufzukommen?«

»Na ja«, gestand Anna. »Genau genommen schon, aber das würde bedeuten, dass ich mein ganzes Erspartes ausgeben muss und auf das Geld vom Verkauf angewiesen bin, um meinen Rückflug zu buchen. Was ja in Ordnung wäre, allerdings habe ich auch keinen Job mehr und mein letztes Gehalt kommt diese Woche. Davon müsste ich dann leben, bis ich wieder abreise, aber das ist nicht mal genug für einen Flug, also glaube ich nicht, dass ich damit auskommen würde.«

Elena nickte wieder und überlegte.

»Oder«, fuhr Anna fort, »ich könnte in zwei Tagen meinen Rückflug nehmen und das Erbe ausschlagen. Dann würde das Haus an Christos und Eirini gehen.«

»Aber das willst du nicht?«

Anna schwieg einen Moment, bevor sie antwortete, auch wenn ihr schon länger klar war, wie ihre Antwort auf diese Frage lauten würde. »Nein, will ich nicht. Ich bin den ganzen Weg hierhergekommen und habe auch schon viel investiert. Außerdem wäre es nur fair, wenn wir das Geld vom Haus kriegen, nachdem Giorgos einfach abgehauen ist.«

»Okay«, sagte Elena und ignorierte den Kommentar über Giorgos einfach. Sie schien sich also daran zu halten, objektiv zu bleiben. »Ich denke, du solltest es tun.«

»Wirklich?«

»Ja, natürlich. Es ist das, was du willst, und es ist am sinnvollsten. Wir schaffen das schon.«

»Wir?«

»Ja, klar. Nikos und ich helfen dir bei den Arbeiten am Haus und weder Christos noch ich würden dich verhungern lassen, versprochen. Und dann einfach eins nach dem anderen.«

Anna atmete tief durch. Vielleicht könnte sie es wirklich schaffen. »Ich weiß nicht«, sagte sie. »Ich bin noch total durcheinander und es sind auch immer noch alle gegen mich, selbst wenn ihr beide mir helfen wollt. Und das auch nur, wenn Nikos mir verzeiht, was ich gesagt habe.«

»Ach, übertreib mal nicht. Wir sind alle erwachsen und die Leute werden schon mit deiner Entscheidung leben müssen. Das Leben geht weiter. Am besten legst du dich erst mal hin und schläfst eine Nacht drüber. Dann komme ich morgen früh mit Kaffee vorbei. Ich habe sowieso frei, dann können wir auch die Zahlen und alles noch mal durchgehen. Wir schaffen das schon. Deinen Verband wechseln kann ich dann auch gleich.«

Anna nickte. Obwohl sie so lange geschlafen hatte, war sie schon wieder müde. Die letzten Tage mussten wirklich zu viel für sie gewesen sein, fiel ihr auf. Die ganze körperliche Arbeit, um alles für die Renovierung zu besorgen, und dann noch der emotionale Stress der Entscheidung. Etwas Ruhe würde ihr guttun.

»Dann bis morgen«, sagte Elena und drückte noch kurz Annas Knie beim Aufstehen.

»Ja, bis dann«, antwortete Anna und winkte Elena, während die durch die Tür verschwand. Anna bemerkte, dass Elena ihren Verbandskasten auf dem Tisch liegen gelassen hatte, wahrscheinlich für den Fall, dass noch irgendetwas passierte. Zumindest würde sie morgen wiederkommen.

Ein paar Minuten später humpelte Anna in die Küche, um sich einen kleinen Mitternachtssnack zu holen, beschloss dann aber, einfach das ganze Tablett mit dem Gebäck mitzunehmen, damit sie nicht wieder aufstehen müsste. Im Bett, während sie ein Stück Bougatsa aß und sich fragte, ob man in ein Gebäck verliebt sein konnte, klappte sie ihren Laptop auf. Allein wegen des Essens war die Versuchung groß, doch noch auf Santorin zu bleiben. Sie beugte sich über das Tablett, um die neue Bettwäsche nicht mit der Cremefüllung oder Blätterteigkrümeln einzusauen.

Nebenbei scrollte sie sich durch Manhattans Stellenanzeigen, die sie geöffnet hatte. Allerdings schien ihr Jahr als Galerieassistenz sie nur für eine einzige Sache zu qualifizieren – Galerieassistenz. Und genau das wollte sie nicht mehr machen.

Annas Blick wanderte zu ihrer Kamera, die sie ausgepackt und in das Bücherregal neben der Tür gestellt hatte. Früher oder später müsste sie damit raus, da führte kein Weg dran vorbei. Die Insel war viel zu schön, um keine Fotos zu machen. Aber im Moment starrte sie die Kamera einfach nur gedankenverloren an.

Schon seit sie in der Galerie arbeitete, hatte sie kein einziges Bild mehr geschossen. Ab und zu hatte sie daran gedacht, sich gefragt, wieso sie am Wochenende nicht einfach rausging und fotografierte. Sie hatte es immer auf ihren Job geschoben, wo sie von so viel Talent umgeben war, dass sie sich davon total einschüchtern ließ. Inzwischen war ihr jedoch aufgefallen, dass es an Marcus lag. Sie wollte ihm nie den Eindruck geben, dass sie ihren Job oder ihn nur benutzte, um selbst als Fotografin bekannt zu werden, auch wenn das eigentlich ihr Traum war.

Jetzt fragte sie sich allerdings, ob sie ihre Stellung nicht vielleicht hätte ausnutzen sollen. So oft hatte sie nur daran gedacht, was er wohl von ihr hielt – hatte bei der Arbeit mehr gemacht als sonst irgendjemand und abends bei ihm war sie immer so locker und freundlich wie möglich gewesen. Aber inzwischen war ihr bewusst, dass sie ihm wirklich völlig egal war.

Einfach so tippte Anna »MarMac Nachwuchstalent Contest« in die Suchleiste ein. Sie öffnete die Website und las sich die Anforderungen durch. Der Contest lief noch elf Tage und in zehn Tagen würde sie offiziell nicht mehr dort arbeiten. In den Anforderungen stand nichts von ehemaligen Angestellten oder Leuten, die eine Beziehung mit Marcus hatten. Also lud Anna sich das Formular runter und füllte es aus, wobei sie das Datum vom letzten Tag der Frist eintrug, damit es auch gültig war. Zusammen mit den Fotos von ihrem Forgotten Manhattan Landmarks Shooting packte sie das ausgefüllte Formular in den Anhang einer Mail und stellte alles so ein, dass die Mail am achten Juni, in genau elf Tagen, abgeschickt wurde.

Anna atmete tief durch. Wenn sie schon auf die andere Seite der Welt reisen musste, damit sie sich um das Grundstück ihres Versagervaters kümmern konnte und deswegen noch ihren Job verlor, dann wollte sie sich zumindest nicht mehr selbst immer im Weg stehen. Es gab genug andere Dinge, die das übernahmen. Vielleicht könnte sie das Geld vom Verkauf des Hauses benutzen, um endlich das zu tun, was sie eigentlich wollte.

Anna stand auf und ging rüber zum Regal, aus dem sie ihre Kamera nahm. Überraschenderweise war der Akku noch nicht leer, also klickte sie sich durch ein paar ihrer alten Fotos. Vielleicht war sie da nicht ganz unvoreingenommen, aber sie fand die Bilder ziemlich gut. Auch wenn sie gleichzeitig dachte, dass sie inzwischen bessere hinkriegen würde. Sie nahm die Speicherkarte aus der Kamera und ging damit zurück zum Bett, steckte sie in ihren Laptop und nahm sich die Bilder vor.

Am Ende saß sie die ganze Nacht wach und bearbeitete die Fotos. Es waren welche vom Urlaub in Cape Cod und welche von der High School Reunion vor ein paar Jahren dabei. Sie veränderte die Presets, schnitt ein paar Touristen raus und probierte sogar ein bisschen mit Fotomanipulation herum. Gefühlt vergingen nur ein paar Minuten, bis schon die Sonne durch die Fenster schien, als Anna schließlich unter ihre Decke krabbelte und einschlief.

»Also, bist du weitergekommen mit der Entscheidung?«, wollte Elena direkt wissen, während sie an ihrem Kaffee nippte. Auch wenn Anna nur ein paar Stunden geschlafen hatte, fühlte sie sich so energiegeladen wie schon lange nicht mehr.

»Ja, tatsächlich«, antwortete Anna. »Ich werde es machen. Lizzy hat vorgeschlagen, dass ich das Haus allein behalten kann, da sie und ihr Mann die Steuer nicht zahlen können. Ich denke, ich mache ein bisschen was daran und dann bekomme ich genug Geld beim Verkauf, um eine Weile davon leben zu können und endlich das zu tun, was ich schon immer wollte.« Lächelnd nahm sie den Deckel von dem Kaffeebecher, den Elena ihr mitgebracht hatte, und pustete drauf, bevor sie auch einen Schluck nahm.

»So so«, meinte Elena und lächelte ebenfalls. »So selbstbewusst und überzeugt. Woher kommt denn das plötzlich?«

Anna überlegte einen Moment. »Ich habe es einfach satt, zu warten, bis mir Sachen passieren. Ich will es lieber selbst in die Hand nehmen.«

Nickend lächelte Elena weiter. »Und was genau ist es, das du schon immer tun wolltest?«

»Also …«, fing Anna an und drehte ihren Laptop um, sodass Elena ein paar der bearbeiteten Fotos sehen konnte. »Fotografie. Ich wollte schon immer Fotografin werden.«

Elena riss die Augen auf und zog den Laptop näher zu sich, klickte sich durch die Fotos. »Anna, die sind unglaublich«, platzte sie heraus. »Die hast wirklich du gemacht?«

»Danke«, sagte Anna und lehnte sich zufrieden zurück. »Die sind aber recht stark bearbeitet.«

»Ja, aber das hast du auch gemacht«, meinte Elena, die sich weiter durch die Fotos klickte. Dann klatschte sie in die Hände und schaute Anna an. »O mein Gott, du musst Fotos von mir machen!«

Anna lachte. »Was? Wieso?«

»Für Instagram!«, erklärte Elena. »Ich will genügend Follower bekommen, sodass ich Sachen umsonst kriege.«

Anna musste daran denken, was Nikos über Influencer gesagt hatte, und prustete gleich wieder los. »Was für Fotos willst du denn?«

»Keine Ahnung«, antwortete Elena und zuckte mit den Schultern. »Ganz unterschiedliche. Ein paar gestellte, ein paar spontane unterwegs, so was eben. Eigentlich wäre es perfekt, wenn du quasi mein persönlicher Paparazzo wirst.«

Beide fingen an zu kichern, aber Anna fand die Idee gar nicht so schlecht. Dann hätte sie wenigstens was zu tun und würde auch mal rauskommen, dann noch zur Abwechslung mit jemand anderem als Nikos.

»Ich würde mich geehrt fühlen, dein Paparazzo zu sein«, entschied sie und sie stießen mit ihren To-go-Kaffeebechern an. »Aber zuerst muss ich ein offizielles Gutachten für das Grundstück beantragen. Irgendeine Idee?«

»Hm, ja«, antwortete Elena. »Ein Bekannter hat das damals für mich gemacht, als ich das Haus von meiner Mutter geerbt habe. Er macht dir sicher einen guten Preis, wenn ich mit ihm rede.«

»Das wäre super«, sagte Anna und schaute auf ihre To-do-Liste, die sie auch letzte Nacht noch zusammengestellt hatte. Ein paar Sachen darauf waren vermutlich unnötig – einen Pool brauchte das Sommerhaus wohl nicht und sie wusste auch nicht mehr genau, was mit »Marokkanisches Muster« gemeint war – aber um andere Dinge, wie zum Beispiel die Schätzung des Grundstücks und der Nebenkosten, sollte sie sich bald kümmern.

Elena warf auch einen Blick auf die Liste und riss die Augen auf. »Wow, da haben wir ja einiges vor uns«, kommentierte sie.

»Ja, aber die meisten Sachen davon sind nicht dringend«, räumte Anna ein. »Für den Anfang ist nur der Steuerkram wichtig.«

»Kein Problem«, sagte Elena und holte ihr Handy raus. »Ich schreibe Vasilios direkt mal.«

Anna ging die Liste noch mal durch und strich alle unnötigen Punkte wieder. Sie hatte bereits mehr als tausend Dollar für das ganze Material ausgegeben und ihr restliches Erspartes reichte gerade so für die Vorauszahlung. Dann blieb nur noch ihr nächstes Gehalt und damit war wirklich bloß das Nötigste von der Liste drin.

»Ich glaube, ich brauche einen Job«, meinte sie seufzend.

»Hast du schon mal gekellnert?«, fragte Elena nach, ohne dabei von ihrem Handy hochzusehen. Anna schaute sie an.

»Wieso?«

»Das Café vom Resort sucht eigentlich immer Leute über den Sommer. Es ist Urlaubssaison, wir sind sowieso schon unterbesetzt und Einheimische für Saisonarbeit zu finden ist schwierig. Xenia würde dir bestimmt ein paar Schichten geben, wenn du fragst.«

»Na ja, ich bin nicht wirklich einheimisch. Aber würde sie das denn machen, unter der Hand?«, hakte Anna nach. »Mit dem Touristenvisum darf ich bestimmt nicht arbeiten.«

Elena griff in ihre Handtasche und zog ein Bündel Scheine heraus, das sie dann grinsend hochhielt. »Das würde sie definitiv machen.«

8. Kapitel

Annas erster Tag im Café war gleichzeitig der leichteste und härteste erste Arbeitstag, den sie jemals hatte.

Der leichteste, da Kellnern im Strandcafé anscheinend wirklich nicht besonders schwierig war. Zumindest war die Speisekarte auch auf Englisch.

Der härteste, weil ihr noch nie in ihrem Leben die Füße so sehr wehgetan hatten und die Sohlen ihrer Laufschuhe auch noch klebrig wurden. Nicht, dass sie besonders viel Laufen gewesen wäre, seit sie hier war. Die Berge hoch- und runterzusteigen reichte als Workout. Dennoch tat es weh, mit anzusehen, wie die Schuhe mit Sirup und was auch immer sonst auf dem Boden so klebte eingesaut wurden.

Am meisten überraschte Anna aber, wie zufrieden sie nach einem Tag harter Arbeit war, ganz anders als nach ihrer Tätigkeit in der Galerie. Auch wenn die Arbeit hier nicht wirklich wichtiger war, kam sie sich irgendwie produktiver vor. Nützlicher.

Anna wischte gerade noch den Boden, ihre Schicht war fast vorbei, als Nikos in das Café kam. Auch er hatte offensichtlich gerade erst Feierabend gemacht. Seine

Klamotten waren voller Farbkleckse und Mörtel, selbst das löchrige T-Shirt, das er trug. Beim genauen Hinsehen konnte Anna durch eines der größeren Löcher sogar einen Blick auf seine Bauchmuskeln erhaschen.

Erst als ihr auffiel, wie sie ihn anstarrte, wurde sie rot und drehte sich schnell weg. Sie wischte weiter den Boden und winkte ihm kurz über die Schulter zu, während er an ihr vorbeiging und sich an die Bar setzte. Elena nahm seine Bestellung entgegen und gab sie an die Küche weiter, bevor sie verschwand, um noch mehr Servietten aus dem Lager zu holen.

»Steht der Plan, einkaufen zu fahren, noch?«, fragte Anna Nikos und versuchte zu lächeln, als wäre nichts gewesen. Sie hatten geplant, den Abend noch mehr Kram für das Haus zu besorgen.

In der letzten Woche hatte sich die Stimmung zwischen den beiden auch etwas verbessert, aber jetzt waren sie das erste Mal seit ihrem Streit allein. Einmal war er vorbeigekommen, aber Elena und ihr Bekannter waren dabei gewesen, um den Wert des Grundstücks zu schätzen. Sofia hatte mit ihrer Bewertung auch recht behalten, selbst wenn sie nicht qualifiziert war. Die viertausend Euro – also fast viertausenddreihundert Dollar – hatte Anna so schnell wie möglich überwiesen, damit sie sich um den ganzen Rest auf ihrer Liste kümmern konnte.

»Ja, klar«, sagte Nikos, als der Koch ihm gerade das Essen hingestellt hatte. »Hast du deine Liste dabei?«

Anna zog das leicht feuchte Stück Papier aus der hinteren Tasche ihrer Jeansshorts. Zum Glück war noch alles lesbar. »Jap, nur Fenster und Wandfarbe.«

»Hast du dich schon für eine Farbe entschieden?«

Anna seufzte. »Nicht wirklich«, gab sie zu und zeigte Nikos die drei Muster aus ihrer Liste. »Mir gefallen alle drei so gut.« Sie stellte den Wischmopp zur Seite und setzte sich neben Nikos. Elenas Ansage, dass dienstags meist nicht viel los sei, war sogar noch untertrieben. Außer ihnen saß niemand mehr im Café.

Nikos nahm Anna den Zettel ab, wobei er flüchtig ihre Finger berührte, aber er schaute weder zu ihr hoch, noch zwinkerte er ihr zu. Sein Blick lag nur auf den Mustern. Eines war ein modernes Smaragdgrün, dann noch ein gräulicher Lavendelton und ein recht knalliges Blau.

»Das Grün finde ich gut«, fing er an, »aber das könnte zu dunkel sein. Das Haus ist klein und in der Farbe würde alles nur noch enger wirken.«

Anna nickte. »Ja, ergibt Sinn.«

»Das Grau sieht aus wie das, was wir in den Hotelzimmern gerade benutzen«, fuhr er fort und hielt das Muster neben einen der Farbkleckse an seinem T-Shirt. Beide lachten.

»Ja, das hat mich auch auf die Idee gebracht. Ich mag die Farbe, aber ist das nicht ein bisschen langweilig?«

»Ich weiß nicht«, antwortete Nikos, »ich finde sie eigentlich gut. Und mit dem Blau hättest du wieder das gleiche Problem wie mit dem Grün. Letztlich kannst du immer noch blaue Deko holen.«

Anna nickte erneut. »Ja, das klingt gut.«

Sie hielt einen Moment inne, überlegte, ob sie überhaupt irgendetwas sagen sollte, aber wenn sie wieder mehr Zeit miteinander verbringen würden, dann wollte sie die Sache aus dem Weg haben.

»Also, Nikos, wegen letzter Woche …«

»Nein«, unterbrach er sie, »ist egal. Ich kann dich da schon verstehen.«

»Doch«, erwiderte sie. »Ich muss mich bei dir entschuldigen. Elena hatte recht – du hast so viel für mich gemacht, mir so viel geholfen, und ich habe dir mehr oder weniger gesagt, dass es nichts bedeutet. Das tut mir leid.«

»Danke«, sagte Nikos mit einem Lächeln. »Elena sollte sich um ihren eigenen Kram kümmern, aber ich weiß es zu schätzen. Ich möchte nicht, dass du denkst, dass du hier ganz allein bist. Giorgos hat dir nicht umsonst das Haus hinterlassen und du bist auch nicht die Böse hier – ein gekringelter Bösewicht-Schnurrbart wäre mir bisher auch nicht aufgefallen.«

Anna musste lachen. »Dann warte mal ab, wenn du mich an einem schlechten Tag überraschst.« Nikos sah sie einfach nur an und sie wurde sofort wieder rot. Alles schien wieder wie vorher – genauso verwirrend.

»Na, gab es schon den Versöhnungskuss?«, fragte Elena, die mit einem Stapel Servietten unter dem Arm von hinten kam.

»Was?« Anna sprang auf und griff wieder nach dem Wischmopp. »Natürlich nicht.«

Nikos lachte. »Ja, Anna hat sich dafür entschuldigt, der schlimmste Mensch auf der Welt zu sein und hat zugegeben, dass sie eigentlich einen Bart trägt.«

»Natürlich«, antwortete Elena. »Klingt alles plausibel. Also, lasst uns hier dichtmachen und los!«

Ein paar Stunden später marschierte Anna mit einem Eimer Farbe in jeder Hand auf das Sommerhaus zu, bis sie Eirini entdeckte, die vor der Tür wartete.

»Hallo, Anna«, begrüßte ihre Großmutter sie etwas formell. Allerdings hatten die beiden sich seit Annas erstem Tag auf der Insel auch erst zweimal gesehen, also passte das irgendwie. Christos hatte Anna mehrfach zwischendurch getroffen, aber Eirini hatte sich die letzten zwei Wochen konsequent nicht blicken lassen.

»Hi, Eirini«, antwortete Anna, während die Griffe der Farbeimer in ihre Finger schnitten. Unauffällig versuchte sie, das Gewicht etwas zu verlagern, ohne Eirini dabei das Gefühl zu geben, sie wollte sie loswerden, aber auch nicht ganz sicher, wie lange sie hier stehen bleiben würden.

»Dein Großvater würde dich gern morgen Abend zum Essen bei uns einladen.«

Anna fiel sofort auf, dass Eirini sich selbst bewusst ausließ, aber erkannte dennoch eine Art Annäherung darin, und außerdem war sie auf die Hilfe der beiden angewiesen, wenn sie das Haus so bald wie möglich zum Verkauf freigeben wollte.

»Natürlich, sehr gern. Um wie viel Uhr soll ich rüberkommen?«

»Um neun Uhr darfst du zu uns kommen. Und bitte sei pünktlich.« Damit ging Eirini auch schon an Anna vorbei und zurück in ihr Haus.

»Was war das denn?«, wollte Elena sofort wissen, die gerade mit den Farbrollen und Abstreifgittern dazukam.

»Anscheinend wurde ich gerade zum Essen eingeladen«, erklärte Anna und stellte die Farbeimer ab, um die Tür aufzuschließen. »Morgen Abend.«

»Das ist doch super«, freute Elena sich. »Vielleicht hilft das deiner Beziehung zu deinen Großeltern.«

»Irgendwann muss ich ja mehr mit ihnen reden. Auch wegen der Nebenkosten und so.«

»Das sprichst du vielleicht nicht direkt beim Essen an, okay? Gib ihnen ein wenig Zeit.«

»Ist gut, klar.« Anna ging ins Haus und stellte die Farbeimer auf dem Tisch ab. »Aber irgendwann muss ich es ansprechen.«

»Was musst du irgendwann ansprechen?«, wollte Nikos wissen, als er durch die offene Tür geschlendert kam, eine große Glasscheibe in den Händen. Anna antwortete ihm nicht – viel zu hypnotisiert vom Anblick seiner Bauchmuskeln. Diesmal musste sie nicht einmal durch irgendwelche Löcher in seinem T-Shirt linsen.

»Es gibt wirklich gar keinen Grund, hier ohne Shirt rumzulaufen«, kommentierte Elena und verdrehte die Augen.

»Ach, komm, stell dich nicht so an. Die Ecke von der Fensterscheibe hat sich ständig in dem einen Loch vom T-Shirt verhakt, deswegen habe ich es einfach ausgezogen.«

»Natürlich«, antwortete Elena und warf ihm einen ungläubigen Blick zu, als sie an ihm vorbeiging. »Ich hole die restlichen Taschen aus dem Auto. Wenn ich wiederkomme, habt ihr bitte noch genauso viele Klamotten an wie jetzt, oder mehr.« Anna lachte, bis Elena sich noch mal umdrehte und auf sie zeigte. »Das gilt auch für dich.« Sie hielt sich zwei Finger vor die Augen und zeigte dann damit auf die beiden, um zu signalisieren, dass sie alles im Blick hatte, während sie rückwärts nach draußen ging und die Tür hinter sich schloss.

»Eine ziemlich dünne Ausrede«, meinte Anna noch. Sie fing an, die Sachen auf dem Tisch auszupacken.

»Oh, tut mir leid.« Nikos stellte die Scheibe an die Wand, da wo sie später noch eingesetzt werden sollte, und kam dann zu Anna rüber. »Eben hatte ich noch den Eindruck, dass dir der Anblick gefällt. Liege ich da etwa falsch? Ist es dir unangenehm?«

»Unsinn«, entgegnete Anna, aber sie wusste genau, dass ihr Gesicht sie verriet.

Nikos kam näher, Anna spürte die Hitze seines Körpers.

»Ih, du bist ganz verschwitzt!«, rief sie und schob ihn sanft zurück, wobei sie mit den Händen über seinen Bauch glitt. Ein kurzes Kribbeln durchfuhr ihren ganzen Körper, als wäre er elektrisch geladen. Es war schon lange her, dass ein Mann sie derart nervös gemacht hatte. Wahrscheinlich seit dem ersten Abend mit Marcus, und selbst da kam es viel mehr daher, dass sie so beeindruckt von Marcus gewesen war. Was sie jetzt fühlte, schien eher pure körperliche Anziehung.

»Ja, na gut, du auch«, sagte er daraufhin, aber machte einen Schritt zurück, wofür Anna sehr dankbar war. Auch wenn es schön war, wieder mit Nikos reden und rumalbern zu können, konnte sie gerade wirklich keine Gefühle gebrauchen, das würde alles viel zu kompliziert machen. Und doch fand sie ihn ziemlich unwiderstehlich …

»Wer will abdichten?«, rief Elena, als sie wieder durch die Tür kam. Anna brauchte einen Moment, um überhaupt zu verstehen, was sie meinte. Sie drehte sich gerade rechtzeitig, um noch die Flasche mit Dichtungsmasse aufzufangen, die auf sie zugeflogen kam.

»Ein Glück sind alle noch angezogen«, meinte Elena. »Und jetzt lasst uns als Erstes das Fenster einsetzen.«

Am Abend saß Anna voll bekleidet in der Badewanne und starrte aus dem neuen Fenster hinaus über die Insel, während sie sich ihr Handy ans Ohr hielt. Von dieser Seite der Insel aus sah man den Sonnenuntergang leider nicht direkt, aber zumindest den Himmel, der in wunderschönen Farben leuchtete.

»Ich verstehe einfach nicht, wieso du mit dieser schrecklichen Frau reden musst«, sagte Annas Mutter Grace gerade, wobei im Hintergrund Besteck auf Geschirr klirrte.

»Sie lebt auf *deren* Grundstück«, schaltete Lizzy sich ein. »Benutzt *ihr* WLAN, um gerade mit uns zu reden.«

»Genau genommen ist es Annas Grundstück«, korrigierte Grace.

»Mom hat schon recht«, fügte Anna schließlich von der Badewanne aus hinzu. »Aber du auch, Lizzy. Ich bin mehr oder weniger in ihrem Garten. Wenn ich hier entspannt wohnen will, muss ich mich mit ihnen vertragen. Und sie haben schon so viel für mich gemacht, lassen mich das Internet und so benutzen, und Christos leiht

Nikos den Wagen, damit der mit mir alle Besorgungen machen kann.«

»Uuh, Nikos!«, neckte Lizzy sofort. »Er sieht gut aus, oder? Ich wusste, dass ihr euch verstehen würdet.«

»Er ist nett«, antwortete Anna. »Er und seine Cousine Elena sind die einzigen Freunde, die ich hier habe, und die helfen mir beide echt viel.«

»Klar, Freunde.« Allein an dem Tonfall hörte Anna das breite Grinsen in Lizzys Gesicht.

»Ich rate dir, dich von griechischen Männern fernzuhalten«, meinte Grace, gefolgt von einem Schlürfen – so, wie Anna sie kannte, vermutlich irgendein Cocktail. »Da kann nichts Gutes bei rauskommen.«

»Außer, ich weiß nicht, zwei wunderschöne Kinder?«, sagte Lizzy noch, aber Grace schien inzwischen mit irgendjemandem im Hintergrund zu reden.

»Mom? Bist du noch da?«, hakte Anna nach.

»Oh, Entschuldigung, ihr Lieben, aber ich muss jetzt los. Versuch, nicht in Griechenland zu sterben, Anna. Dann wäre all meine Arbeit, dich von dem schrecklichen Land fernzuhalten, umsonst gewesen.« Die Hintergrundgeräusche verstummten und dann waren Anna und Lizzy allein am Telefon.

»Das war ja mal wieder eine Freude mit ihr.«

»Danke, dass du dabei warst«, fing Anna an. »Ohne dich hätte ich mich nie getraut, mit ihr zu reden.« Auch wenn sie der einzige Elternteil war, den Anna wirklich kannte, hatte sie sich noch nie besonders gut mit ihrer Mutter verstanden. Erst recht nicht, wenn es um wichtige Angelegenheiten ging. Seit sie nicht mehr zu Hause wohnte, wollte Anna deswegen immer, dass Lizzy dabei war, wenn es irgendeine große Neuigkeit oder etwas Wichtiges gab.

»Jederzeit, Banana.«

Einen Augenblick lang schwiegen beide, bevor Anna wieder etwas sagte.

»Liz, tut mir leid, wie ich letztes Mal zu dir war. Ich war so gestresst und fertig, aber da kannst du ja nichts dafür.«

»Ach, Quatsch«, antwortete Lizzy. »Du hattest allen Grund, frustriert zu sein. Ich habe dich gedrängt, da hinzufliegen, und dich dann einfach hängen lassen.«

»Na ja, vielleicht war das alles gar nicht so schlecht«, meinte Anna. »Mein Job hat mir sowieso nicht gutgetan und ich war auch eigentlich nie ein Großstadtmensch.«

»Also gefällt es dir langsam da draußen?«

»Es ist nicht schrecklich«, gab Anna zu. »Jedenfalls über den Sommer nicht. Auch wenn ich mich schon auf eine richtige Dusche freue, wenn ich zurück bin. Im Sommerhaus steht nur eine Badewanne.«

»Ja, daran erinnere ich mich noch«, stimmte Lizzy zu. »Bei unseren Großeltern ist aber eine schöne Dusche.«

»Okay. Aber ich glaube nicht, dass ich da so bald duschen werde.« Anna seufzte. In der Hitze des warmen Sommerabends sehnte sie sich nach einer kühlen Dusche. »Du hast mir nie viel von deiner Zeit hier erzählt, als du zur Beerdigung hier warst.«

»Nur, weil du mich nicht gelassen hast.«

»Das stimmt doch gar nicht.«

»Oh doch«, bestand Lizzy. »Ich war so begeistert, als ich zurückgekommen bin, aber immer, wenn ich darüber mit dir reden wollte, hast du mich nur gefragt, wieso ich überhaupt hingeflogen bin. Irgendwann habe ich dann aufgegeben. Ich weiß, dass es komisch für dich war. Dass du nicht findest, dass er unsere Trauer verdient – Moms Worte, übrigens –, aber ich hätte so gern mit dir darüber gesprochen und du hast mich nur abgewimmelt.«

»Okay«, sagte Anna, »dann erzähl mir jetzt davon.«

»Wie es war oder wieso ich hingeflogen bin?«

Anna überlegte kurz. »Beides.«

Kurz schwiegen beide. Anna wusste, dass Lizzy nachdachte. Sie konnte sich ihre Schwester genau vorstellen – den Kopf leicht schräg, die Augenbrauen dicht zusammengezogen. So sah sie schon, seit sie ein Kind gewesen war, aus, wenn sie in Gedanken versunken war.

»Also, ich wollte zur Beerdigung, weil ich Moms Geschichte, wie das alles abgelaufen ist, irgendwie nicht ganz geglaubt habe.«

»Wieso nicht?«

»Ich weiß nicht«, versuchte Lizzy zu erklären. »Es passte einfach nicht. Ich kannte Dad ja zehn Jahre lang und war alt genug, um mitzubekommen, dass alles nicht so einfach war. Dass sie uns nicht alles erzählte. Vor ein paar Jahren hatte ich noch mal nachgehakt, als sie mir dann auch alles hätte erzählen können, aber es kamen nur die gleichen Sachen wie damals. Daher wurde ich misstrauisch.«

»Hast du denn herausgefunden, worüber sie gelogen hat?«

»Nein. Erst, als ich nach Griechenland geflogen bin. Die Leute auf Santorin haben definitiv eine ganz andere Sicht darauf, was zwischen Mom und Dad passiert ist.«

»Na gut, natürlich haben sie die«, räumte Anna ein. »Sie sind auch *seine* Familie und *seine* Freunde. Die müssen halt auf seiner Seite stehen.«

»Ich weiß nicht, Banana. Ich glaube, dass mehr dahintersteckt.«

Anna schüttelte den Kopf. Irgendwelche Verschwörungstheorien über die Vergangenheit ihrer Eltern brachten auch nichts. »Okay, also wie war es dann, als du hier warst?«

»Es war wunderschön, aber das weißt du ja inzwischen. Und die Leute waren alle so lieb zu mir.«

»Und du hast Nikos kennengelernt?«

»Ja, Nikos habe ich auch kennengelernt«, bestätigte Lizzy, wobei Anna wieder das Lächeln ihrer Schwester hören konnte. »Er war auch so süß. Er hat Dad wohl echt geliebt.«

»Ja, die beiden standen sich anscheinend ziemlich nahe.«

»Ich denke, Dad hat all die Liebe und Fürsorge in Nikos gesteckt, die er uns nicht mehr geben konnte. Wusstest du, dass er ihn auf eine Universität in England geschickt hat, damit er auf der London School of Economics studieren konnte?«

»Was?« Das war definitiv neu für Anna. »Aber wieso arbeitet er dann immer noch für Christos?«

»Na ja, er wollte das Studium erst abbrechen, als seine Tante gestorben ist, aber das hat Dad nicht zugelassen. Er hat sich selbst um Elena gekümmert, während Nikos noch weg war. Kurz vor Nikos' Abschluss hatte Dad dann seinen ersten Herzinfarkt und deswegen ist Nikos doch noch zurückgekommen und hat seinen Job übernommen. Wahrscheinlich ist er dann einfach nie wieder weg.«

Anna saß mit weit offen stehendem Mund da und versuchte das alles zu verarbeiten. Wie Giorgos und Lizzy ihn beschrieben, passte das alles so viel besser zu dem Mann, an den Anna sich noch aus ihrer Kindheit erinnerte, auch wenn sie die Erinnerungen tief in ihrem Kopf vergraben hatte. Ihre Mutter hatte ihr immer eingeredet, dass sie ihm nicht vertrauen könne, daher hatte sie auch ihren Erinnerungen an ihn irgendwann nicht mehr getraut.

»Wie hast du das alles herausgefunden?«

»Griechen sind ganz schön gesprächig nach ein paar Gläsern Ouzo.«

Anna verzog das Gesicht. Elena hatte sie bei der Arbeit gezwungen, etwas Ouzo zu probieren, der ein bisschen wie Lakritz schmeckte. Allein bei dem Gedanken daran wurde ihr wieder schlecht.

»Nikos ist ein netter Mann, Banana«, sagte Lizzy dann.

»Das weiß ich. Aber ich habe einfach gerade keine Zeit für was anderes als Freundschaft.«

Lizzy seufzte. »Wenn du das sagst ... Ich meine ja nur, wenn ich nicht schon verheiratet gewesen wäre, hätte mein Trip sich vielleicht komplett anders entwickelt.«

»Du warst zu Giorgos' Beerdigung hier!«

Lizzy lachte. »Ich weiß. Ist doch nur Spaß. Irgendwie. Aber trotzdem – er wäre eine gute Partie.«

Anna nickte, auch wenn sie wusste, dass Lizzy es nicht sehen konnte. Sie wusste auch, dass Nikos wirklich einer von den Guten war. Er war freundlich, lustig, klug und außerdem noch unfassbar gut aussehend. Das war schon vom ersten Moment klar, als er sie am Flughafen abgeholt hatte. Aber er war eben auch nicht *zu* nett, was sich auch direkt am Flughafen schon herausgestellt hatte. Anna gehörte leider zu den Frauen, die überhaupt nicht auf nette Typen standen – was alle anderen um sie herum genauso verrückt machte wie sie selbst. Marcus war jedenfalls definitiv kein netter Typ gewesen. Nikos schon, aber bei ihm fühlte es sich nicht so erzwungen an wie bei so vielen anderen, die sie in Manhattan kennengelernt hatte. Es war einfach eine Seite an ihm, genau wie der Sarkasmus und seine Ungeduld. Das alles machte ihn verdammt unwiderstehlich.

»Jedenfalls«, fuhr Lizzy fort, »weißt du, was für ein guter Mann er ist. Aber wenn du in diese Richtung nichts unternehmen willst, dann lern ihn wenigstens besser kennen, um mehr über Dad herauszufinden. Dann wirst du bestimmt merken, dass nicht alles so ist, wie Grace Linton es dir einredet.«

9. Kapitel

Anna hielt das Tablett mit Baklava, das bei der Arbeit noch übrig geblieben war, in der einen Hand und mit der anderen klopfte sie an die Haustür ihrer Großeltern. Sie war sich nicht sicher gewesen, ob sie einfach durch den Garten oder vorn rum zur Haustür kommen sollte. Um nichts falsch zu machen, hatte sie sich dann für die Haustür entschieden.

Kurz nach dem Klopfen öffnete Eirini ihr die Tür. Sie schien etwas aus der Puste und auf ihrer Schürze waren Flecken von Saft und Fett.

»Wieso benutzt du die Haustür?«, fragte sie direkt. »Komm rein, komm rein.« Sie scheuchte Anna nach drinnen.

Sofort als sie über die Schwelle trat, fiel Anna auf, wie angenehm kühl es im Haus war. Ihr Sommerhaus hatte zwar eine kleine, etwas heruntergekommene Klimaanlage, aber Eirinis und Christos' Haus schien eher auf natürliche Weise isoliert, wie eine Höhle. Die Wände waren alle strahlend weiß und glatt, die Decke wölbte sich über dem Wohnzimmer, in dem Anna jetzt stand.

Sie schlüpfte schnell aus ihren Schuhen und folgte

Eirini durch das Zimmer. Vier weitere Räume gingen vom Wohnzimmer ab. Die Tür ganz links stand offen und Anna sah Christos, der am Tisch in der Mitte der Küche Pita schnitt. Sanftes Sonnenlicht schien ihn noch von der Seite an, weshalb Anna davon ausging, dass die Tür zum Innenhof von der Küche ausgehen musste.

Eirini winkte Anna durch die Küche und zeigte auf einen der Stühle. Anna streckte ihr das Baklava entgegen. »Das habe ich von der Arbeit mitgebracht.«

Eirini nickte nur und nahm ihr das Tablett ab, um es dann auf dem Tresen abzustellen.

»Anna!«, rief Christos, legte sofort das Messer und das Brot weg und kam mit ausgebreiteten Armen auf sie zu. Wortlos umarmte Anna ihn. Sie konnten vielleicht nicht wirklich miteinander reden, aber Anna war dennoch dankbar für die Geste. Für den Schweiß von seiner Stirn weniger, aber auch der störte sie nicht großartig.

»Es riecht wirklich fantastisch«, sagte Anna, als Christos sie losließ und ihr der Duft in der Küche auffiel. »Was gibt es denn zu essen?«

»Traditionell griechisches Essen«, antwortete Eirini, wischte sich ihre Hände an der Schürze ab und hob kurz den Deckel von einem Topf auf dem Herd, um etwas darin umzurühren, bevor sie ihn wieder abdeckte. Danach stupste sie ein paar Hackbällchen in einer Pfanne an und sagte irgendetwas auf Griechisch zu Christos, der daraufhin anfing, den Tisch zu decken. Drei Schalen, drei Teller, drei Wassergläser und drei Weingläser stellte er ordentlich auf den Tisch, bevor er das Besteck und blau-weiß karierte Servietten aus der Schublade neben der Spüle holte und auch die dazulegte.

Als er mit dem Tisch fertig war, stellte Eirini gerade den Herd aus und holte etwas, das aussah wie ein Auflauf, aus dem Ofen, wobei sie nur ihre Schürze als Schutz benutzte, um die wahrscheinlich brühend heiße Form anzufassen. Sie stellte die Form auf einem Topfuntersetzer in der Mitte des Tisches ab. Die cremige, käsige Oberfläche blubberte sogar noch. Das ganze Essen würde locker reichen, um zehn Leute durchzufüttern. Kurz danach kam sogar noch ein Teller mit irgendwelchen frittierten Scheiben dazu, zusammen mit einer Schale, in der ein gelbes Mus mit roten Zwiebeln und Kapern darauf war. Zum Schluss stellte Eirini dann noch eine Form mit den Hackbällchen und eine Flasche Wein auf den Tisch.

»Moussaka«, erklärte sie und zeigte auf den Auflauf, gefolgt von »Hackbällchen, Tomaten, Bohnen«. Anscheinend war das gelbe Mus also aus Bohnen.

»Wein?«, fragte Christos und hielt lächelnd die Flasche hoch. Anna erwiderte sein Lächeln und nickte.

Alle drei setzten sich an die gedeckten Plätze, Anna nahm am Kopfende Platz, ihre Großeltern jeweils zu einer Seite, darauf hatte Christos bestanden. Er fing auch direkt an, allen aufzufüllen. Auf ihrem Teller landete eine riesige Portion Moussaka, dann noch ein halbes Dutzend Hackbällchen, drei frittierte Tomatenscheiben und eine großzügige Portion des Muses. Sie schluckte kurz und fragte sich, wie sie auch nur einen Bruchteil davon schaffen sollte. Sie wusste auch nicht, ob es in Griechenland als unfreundlich galt, Essen übrig zu lassen. Hoffentlich nicht.

Aber darüber hätte sie sich gar keine Sorgen machen müssen, da das Essen so köstlich schmeckte, dass sie mühelos alles verschlang, ohne überhaupt nachzudenken. Das Moussaka war cremig und mächtig, die frittierten Tomatenscheiben frisch und perfekt gewürzt, die Hackbällchen saftig … selbst das Bohnenmus war unglaublich gut, mit einer dezenten Zitrusnote, Knoblauch und Salz. Sie war so mit Essen beschäftigt, dass sie die ganze Zeit über kaum ein Wort sagte, nur nickte, während ihre Großeltern über die Pläne für das Sommerhaus redeten. Die Reste auf ihrem Teller nahm sie noch mit dem Pita-Brot auf, bis er wie neu aussah.

»Eirini, das war hervorragend«, meinte sie zu ihrer Großmutter, woraufhin sie zum ersten Mal den Hauch eines Lächelns in ihrem Gesicht sah.

»Freut mich, dass es dir geschmeckt hat«, antwortete sie. »Das sind alles traditionelle Rezepte hier von der Insel und ich war nicht sicher, wie viel traditionelle Gerichte du im Café oder allein bekommst. Wir wissen alle, dass Nikos dir bestimmt nicht so was serviert.«

Eirini rollte mit den Augen und Anna musste grinsen, als sie an ihre ersten beiden Mahlzeiten in Griechenland zurückdachte – McDonald's. Im Vergleich hierzu war das wirklich erbärmlich.

»Jetzt weiß ich ja, wonach ich fragen muss«, meinte Anna.

Eirini und Christos murmelten kurz etwas über den Tisch auf Griechisch, bis Christos mit den Schultern zuckte und Eirini sich wieder zu Anna drehte.

»Anna, wir haben mitbekommen, dass du das Erbe

angenommen hast«, fing sie an. »Und dass du am Haus arbeitest. Stimmt das?«

Anna war etwas überrascht. Irgendwie war sie davon ausgegangen, dass Eirini und Christos sowieso auf dem Laufenden gehalten wurden. Jetzt musste sie sich nicht nur Sorgen machen, dass sie wütend sein würden, weil sie das Haus verkaufen wollte, sondern auch noch, weil sie ihnen nichts davon erzählt hatte.

»Ja, das stimmt«, antwortete sie, »tut mir leid, dass ich nichts erzählt habe, ich dachte, die Anwältin würde es euch sagen oder so.«

Sie bereitete sich innerlich schon auf die negative Reaktion vor, aber die kam nicht. Stattdessen lächelte Eirini erst Christos an und dann Anna.

»Oh, das freut uns sehr«, sagte Eirini.

»Ach ja?«, hakte Anna ungläubig nach.

»Natürlich«, erklärte Eirini. »Wir hatten gehofft, dass du etwas länger hierbleibst. Es war immer so schlimm für uns, deine Schwester und dich nicht kennenzulernen.«

»Okay, ich freue mich auch, mehr von der Insel zu sehen. Nikos und Elena wollen mir nächste Woche Oía zeigen.«

»Oía!«, wiederholte Christos und langsam vermutete Anna, dass er doch mehr verstand, als sie dachte.

»Hast du denn alles, was du sonst für das Haus noch brauchst?«, wechselte Eirini das Thema. »Können wir dir irgendwie helfen?«

Anna schwieg einen Augenblick. Elena hatte gesagt, sie sollte die Nebenkosten lieber nicht ansprechen, aber da dachte sie auch noch, dass Eirini und Christos wütend wären. Jetzt, wo sie es mehr oder weniger selbst ansprachen, wäre es vielleicht sinnvoll, darüber zu reden.

»Also«, begann sie, »da gibt es wirklich etwas, wobei ich eure Hilfe brauche.«

»Immer gern.«

»Alle Nebenkosten laufen im Moment noch über euer Haus. Nikos hat schon mit ein paar Leuten geredet, die beim Aufteilen helfen könnten. Ich würde natürlich alles bezahlen, aber dafür brauche ich erst mal alle Daten und Zugang zu eurem Grundstück.«

Eirini winkte sofort ab. »Unsinn, das bleibt einfach zusammen. Du verbrauchst so wenig, dass es wahrscheinlich gar keinen Unterschied macht. Du kannst natürlich dann die Monate, die du hier bist, einfach einen Teil dazuzahlen.«

Anna zog ihre Augenbrauen zusammen. »Ja, aber was ist, wenn ich abreise?«

»Dann verbrauchst du doch auch kein Wasser und keinen Strom, oder?«, meinte Eirini lachend, als wäre die Vorstellung absurd, und da wurde Anna plötzlich klar, was los war. Eirini dachte, sie würde das Haus für sich selbst renovieren. Sie wussten noch nicht, dass Anna es verkaufen wollte. Das war wirklich das Letzte, worüber sie jetzt reden wollte, aber sie waren schon beim Thema und sie musste es klarstellen.

»Das ist sehr großzügig, aber wenn ich das Haus verkaufen will, dann müssen die Abrechnungen getrennt werden und ich muss noch eine eigene Einfahrt anlegen.«

Langsam drangen Annas Worte zu Eirini durch und das Lächeln wich aus ihrem Gesicht.

»Du willst das Haus verkaufen?«, fragte sie leise mit strenger Miene nach.

Anna nickte. »Das ist der Plan.«

Wieder fingen Eirini und Christos an, auf Griechisch miteinander zu reden, aber diesmal lauter und hastiger. Selbst ohne ein Wort zu verstehen konnte Anna sehen, dass Christos versuchte, Eirini zu beruhigen, die nur immer wütender wurde, aufstand und in der Küche auf und ab ging. Dann wurde sie noch lauter und fing auf einmal an, Englisch zu sprechen.

»Ihr Linton-Frauen, ihr kommt hierher und nehmt uns alles weg. Erst nehmt ihr meinen Sohn weg und dann ist er ein komplett anderer Mensch, als er Jahre später wiederkommt. Dann stirbt er, ihr könnt ihn nicht noch mal wegreißen, und stattdessen wollt ihr sein Haus haben, alles, was wir noch von ihm haben.«

Fassungslos versuchte Anna, sich tiefer in ihren Stuhl zu drücken. Sie wusste ja, dass ihre Großeltern ihrer Mutter die Schuld an allem gaben, das war offensichtlich, aber dass sie es jetzt der ganzen Linton-Familie zuschrieben, selbst ihren eigenen Enkeltöchtern, war ihr neu.

»Das ist nicht ganz fair«, wollte Anna sich kläglich rechtfertigen.

»Nein, ist es nicht«, sagte Eirini und seufzte. »Aber dass ich meinen Sohn verloren habe und jetzt seine Tochter ankommt, um unser halbes Grundstück zu verkaufen und alle restlichen Spuren unseres Sohnes auszulöschen, ist auch nicht fair. Also entschuldige, aber mich interessiert nicht wirklich, was du fair findest.«

Auch Anna seufzte, bevor sie anfing, etwas lauter zu

reden, um sich Eirini anzupassen. »Es tut mir leid, dass du so denkst, aber ich habe auch nicht um das Haus gebeten. Er wollte es meiner Schwester und mir hinterlassen, also ist es allein meine Entscheidung, was ich mit meinem Haus mache. Es tut mir auch wirklich leid, dass es jetzt blöd für euch ist, aber nach allem, was wir wegen eurem Sohn durchmachen mussten, haben wir doch wenigstens die kleine Wiedergutmachung verdient.«

Mehrere Sekunden vergingen. Eirini sah erst zu Christos, der komplett überfordert aussah, dann zu Anna und runzelte die Stirn, bevor sie anfing zu sprechen.

»Dein Vater hat mir einmal gesagt, dass er nicht sicher ist, was eure Mutter euch über ihn erzählt, aber da ihr auch nie versucht habt, Kontakt aufzunehmen, muss es wirklich schlimm gewesen sein. Er hat immer gehofft, dass ihr euch eines Tages meldet, auch wenn er euch nie vorgehalten hat, dass nichts kam. Er wusste, dass eure Mutter euch sicher schreckliche Dinge erzählt hat. All die Sachen stimmen natürlich nicht, das kannst du mir glauben, wir kennen unseren Sohn.«

Anna musste mit den Tränen kämpfen, während sie ihrer Großmutter zuhörte. So was Ähnliches hatte auch Lizzy angedeutet, als sie von der Beerdigung zurückgekommen war, und dann noch mal bei ihrem letzten Telefonat – dass nicht alles, was ihre Mutter ihnen erzählt hatte, der Wahrheit entsprach. Die Möglichkeit hatte Anna allerdings direkt verworfen. Der Gedanke, dass sie all die Zeit mit ihrem Vater verpasst hatte, weil ihre Mutter sie angelogen hatte, war viel zu schmerzhaft. An ihrem Hass festzuhalten, war einfacher.

Christos sagte irgendetwas zu Eirini, die daraufhin nickte. Er ging aus der Küche. Anna und ihre Großmutter schwiegen sich an, bis er ein paar Minuten später mit einem verstaubten Schuhkarton zurückkam. Er gab ihn Eirini und küsste sie auf die Wange, während sie leise anfing zu weinen. Sie setzte sich hin, Tränen liefen ihr über das Gesicht und es dauerte beinahe zwei Minuten, bis sie nickte und ihre Hände auf den Schuhkarton legte.

»Hier drin sind Briefe, die dein Vater an deine Mutter geschrieben hat. Alle sind ungeöffnet zurückgekommen. Wir haben sie nie gelesen, aber nach seinem Tod haben wir sie aufbewahrt. Vielleicht helfen sie dir, zu verstehen, wer er war. Besser als die Geschichten deiner Mutter.« Sie stellte den Schuhkarton vor Anna ab. »Und ich werde mich jetzt lieber einen Moment hinlegen. Bis bald, Anna.«

Eirini ging aus dem Zimmer und Christos holte noch eine Vorratsdose aus dem Schrank, um Anna von den Resten etwas mitzugeben. Auch ein paar Stücke Baklava legte er noch dazu. Er drückte den Deckel auf die Dose und öffnete danach die Tür zum Innenhof.

»Gute Nacht, Anna«, sagte er und hielt ihr die Dose mit Essen hin.

Anna nahm den Schuhkarton vom Tisch und ging zu ihm rüber. Von Eirini angeschrien zu werden war schon nicht schön, aber von Christos rausgeschmissen zu werden war noch um einiges schlimmer. Sie nahm ihm die Vorratsdose ab und machte einen Schritt nach draußen. Sie überlegte noch kurz, ob sie ihn umarmen sollte, aber er war schon dabei, die Tür zu schließen. Sie wich zurück und dann eilte sie so schnell wie möglich durch den Innenhof. Ihre Wangen glühten. Wieder im Sommerhaus, stellte sie zuerst das Essen in den Kühlschrank, bevor sie sich mit dem Schuhkarton an den Tisch setzte.

Im Karton lagen mehrere ungeöffnete Briefe, genau wie Eirini gesagt hatte. Außerdem waren einige lose Zettel drin sowie Ausschnitte aus Zeitungen und Magazinen. Die konnte Anna natürlich alle nicht lesen. Etwas enttäuscht war sie, dass gar keine Fotos von ihm drin waren. Sie erinnerte sich nur noch daran, wie er ausgesehen hatte, als sie klein war – trotz ihrer Wut auf ihn hatte sie immer an dem Bild festgehalten, die ganzen zwanzig Jahre lang, nur konnte sie sich nicht wirklich vorstellen, wie er in älter ausgesehen haben musste. Im Haus von Christos und Eirini hatte sie auch keine Fotos gesehen. Wahrscheinlich zu schmerzhaft für sie.

Als sie die Briefe durchging, fielen ihr all die an ihre Mutter adressierten Umschläge auf, auf denen in fetter roter Schrift »Zurück an den Absender« gestempelt war. Auch wenn sie sich unmöglich noch an die Handschrift ihres Vaters erinnern konnte, erkannte Anna sie doch sofort. Riesige Buchstaben, alles großgeschrieben, genau wie er geredet hatte. Dicke Linien, als würde ein schweres Gewicht auf jedem einzelnen Wort liegen. Die Schrift war leicht nach links geneigt, Wörter und Linien zusammengedrückt. Ihr Vater auf Papier. Anna strich mit den Fingern über die Schrift, dachte an die kleinen Zettelchen, die er Lizzy und ihr oft in ihre Brotboxen für die

Schule gesteckt hatte. Sie fühlte sich wieder wie fünf Jahre alt.

Vielleicht hatte Eirini recht. Vielleicht sollte sie nicht alles glauben, was ihre Mutter ihr erzählt hatte. Ehrlich gesagt hatte ein Teil von ihr es immer schon gewusst. Die Beziehung zu ihrer Mutter war noch nie die beste gewesen, aber jetzt war es Zeit, dass sie selbst die Wahrheit herausfand.

Sie schüttelte den gesamten Inhalt des Schuhkartons auf dem Tisch aus und legte die Briefe zur Seite. Es waren sechs Stück, dazu noch ein paar Papierfetzen und Notizen. Die Briefe sortierte sie nach dem Datum auf der Briefmarke. Der älteste war abgeschickt worden wenige Tage, nachdem er die Familie verlassen hatte. Sie griff nach dem Schlitzschraubenzieher im Regal und benutzte ihn als Brieföffner. Damit glitt sie über die Kante des Umschlages, wobei eine kleine Staubwolke aufstieg. Sie zog das vergilbte Papier aus dem Umschlag, faltete es auseinander, setzte sich auf ihr Bett und fing an zu lesen.

Liebe Grace,
ich bin noch nicht einmal eine Woche hier und ich halte es jetzt schon nicht mehr aus. Ich verstehe, dass du nicht glücklich bist, aber musstest du solche schrecklichen Lügen über mich verbreiten? Wenn du mich loswerden wolltest, wieso hast du dich nicht einfach von mir getrennt? Dann müsste ich wenigstens meine Kinder nicht im Stich lassen. Ich wäre nicht ganz allein auf dieser Insel. Meine Eltern sind froh, mich zu sehen, aber sie

sind auch verwirrt und ich weiß nicht, wie ich es ihnen erklären soll.

Als du mich rausgeworfen hast, hast du behauptet, ich würde dich betrügen. Ich weiß, dass du nur eine Szene machen wolltest, um als Opfer dazustehen. Darin bist du sehr gut. Aber ist dir überhaupt klar, was du unseren Töchtern damit antust? Selbst wenn sie dein Geschrei nicht gehört haben, dann hat ihnen bestimmt jemand davon erzählt – wenn du das nicht schon längst selbst übernommen hast. Bitte setz meinen Töchtern keine Lügen über mich in den Kopf. Besonders Anna nicht. Sie ist noch zu jung. Wenn du ihr erzählst, ich hätte dich verletzt, die ganze Familie verraten, dann wird sie mich für immer hassen, das weiß ich. Bitte erzähle ihnen nicht das, was du geschrien hast. Wir wissen beide, dass es nicht stimmt, und ich könnte es einfach nicht ertragen, meine Kinder wegen einer Lüge nie wiederzusehen.

Ich verstehe, wenn du nicht mehr mit mir zusammen sein willst. Ich weiß, dass du dir dein Leben anders vorgestellt hast. Um ehrlich zu sein, ist es auch nicht mein Traumleben. Aber meine Töchter bedeuten mir alles. Ich will bei ihnen sein. Bitte reiche keine Scheidung ein, ich würde nie zurückkommen dürfen, und das weißt du genau. Ich ziehe auch weg, du kannst das alleinige Sorgerecht bekommen, solange ich sie ab und zu sehen darf. Du kannst zusammen sein, mit wem du willst, aber dafür brauchtest du meine Erlaubnis auch noch nie. Wenn ich mit meinem Verdacht richtigliege, dann bist du das sowieso schon. Aber Grace, Liebes, das ist mir alles egal. Du bist mir wichtig, aber unsere Ehe ist vorbei. Nur bitte, ich flehe dich an, bitte lass mich ein Vater für unsere beiden perfekten Mädchen sein. Ich weiß überhaupt nicht, wer ich bin, wenn ich nicht ihr Vater sein kann.

Bitte!
Giorgos

10. Kapitel

»Also, was bedeutet das alles?«, fragte sie. »Denkst du, das heißt, dass meine Mutter diejenige war, die ihn betrogen hat?«

Nikos seufzte. »Willst du eine ehrliche Antwort?«

Anna nickte.

»So hat er es mir jedenfalls erklärt«, fuhr er fort. »Immer, wenn wir darüber geredet haben, meinte er, dass sie ihn betrogen hat. Aber auch nicht, dass er sie noch besonders geliebt hat. Ich hatte eher den Eindruck, er wollte die Ehe nur euretwegen nicht aufgeben. Er hat sie nie betrogen, jedenfalls hat er nie etwas davon erzählt. Wieso warst du so überzeugt davon?«

Anna zuckte mit den Schultern. »Wahrscheinlich war ich einfach verwirrt und verletzt, als er uns verlassen hat. Ich wusste nur, dass er nicht da war und nicht da sein wollte. Ich war noch zu jung, um die Hintergründe zu verstehen. Als meine Mutter dann anfing, es zu erklären, habe ich es einfach so akzeptiert. Außerdem war es leichter, wütend auf ihn zu sein, als beide Seiten zu sehen, selbst wenn ein paar Sachen an ihrer Geschichte nicht ganz passten.«

»Na ja, anscheinend hat sie ziemlich viel erfunden.«

»Ich kann echt nicht nachvollziehen, wie sich jemand so was einfach ausdenken kann«, sagte Anna, legte den Brief weg und nahm sich stattdessen eine Brechstange.

Die alten Fliesen waren zum Glück inzwischen fast komplett weg. Die nächsten zwei Tage wollten sie den Mörtel auf dem Boden verteilen und überall die neuen Fliesen legen. Solange musste Anna im Hotel wohnen. Sie hatte Xenia dazu überreden können, sie in einem der leeren Zimmer unterzubringen, auch wenn sie versprechen musste, auszuziehen, sollten neue Gäste kommen. Aber die waren gerade eher knapp, da das Hotel noch mitten im Umbau steckte und sie online eine Warnung für diese Zeit reingestellt hatten. Daher war das Resort fast schon gespenstisch leer, obwohl die Touristensaison bereits angefangen hatte. Was Annas Trinkgeld im Café anging, half das auch nicht gerade.

»Aber egal, was hast du eigentlich heute Abend geplant?«, fragte sie Nikos. »Steht Zocken mit Kostas noch?«

»Nein, nicht mehr«, antwortete er. »Er hat mir heute Morgen abgesagt. Er meint, er fühlt sich nicht gut, aber so wie ich ihn kenne, hat er ein Date oder so.«

»Oh, wie blöd.« Anna zögerte einen Moment, bevor sie weitersprach. Langsam wurde das zwischen den beiden wieder entspannter, aber vielleicht sollte sie gerade deswegen eigentlich nicht weiterreden.

»Weißt du, ich habe heute auch nichts vor«, sagte sie nichtsdestotrotz. »Hast du Lust, einen Film zu gucken oder so?«

Nikos sah sie an und ein freches Grinsen tauchte auf seinem Gesicht auf. Sofort bereute Anna ihren Vorschlag. Er dachte hundertprozentig, dass sie ihn anmachen wollte.

»Du zwingst mich aber nicht, irgendeinen dummen Film zu gucken, oder?«, hakte er nach.

Anna rollte mit den Augen. »Was, etwa so was wie *Wie ein einziger Tag* oder *Schlaflos in Seattle*?«

»Nicht dein Ernst, oder?«, fragte Nikos und stand auf. »Die Ryans sind absolute Legenden.«

»Die Ryans?«

»Ryan Gosling und Meg Ryan natürlich«, erklärte er mit einem Zwinkern. »Ich meinte aber, dass du mich nicht zwingen willst, einen billigen Actionfilm zu gucken, weil du denkst, dass ich auf den Kram stehe, und ich dann so tun muss, als ob ich den gut finde, oder?«

»Das würde ich niemals tun«, entgegnete Anna gespielt entsetzt. »Wie wäre es dann, wenn du den Film aussuchst?«

»Na gut, aber ich hoffe, du bist bereit, dich richtig auszuheulen«, meinte er und bückte sich wieder, um die letzte Fliese vom Boden zu lösen. »Denn wenn du nicht jedes Mal weinst, wenn Jennifer Garner einen von Gerard Butlers Briefen liest, dann treffe ich mich nie wieder mit dir.«

Anna lachte und schaute zu, wie Nikos die letzte Fliese löste und auf die Schubkarre warf.

»Und fertig«, verkündete er mit einer kleinen Verbeugung. Anna klemmte sich die Brechstange unter den Arm und klatschte leise.

»Bravo!«

»Vielen Dank«, sagte er, stand auf und wischte sich über die Stirn. »Also, wenn wir noch einen Film gucken wollen, sollten wir uns vielleicht erst noch mal umziehen.«

Anna hörte auf zu klatschen. »Musst du dann nach Hause?«

Nikos schüttelte den Kopf. »Nein, ich habe Wechselklamotten im Truck.«

»Ah, okay«, meinte Anna nur und versuchte dabei angestrengt, sich nicht bildlich vorzustellen, wie er sich umzog. Während sie damit beschäftigt war, ihn *nicht* anzuschmachten, brachte Nikos die Schubkarre nach draußen und kam kurz darauf mit einem Beutel zurück, mit dem er dann im Badezimmer verschwand.

Kurz überlegte Anna, Elena zu schreiben und sie zu bitten, als Puffer auch zu kommen, entschied sich aber dagegen. Wenn sie wirklich mit Nikos befreundet sein wollte, dann sollten sie es auch schaffen, allein was zu machen, ohne dass es unangenehm wurde. Sie musste nur aufpassen, dass sie sich nicht zu nahekommen würden, während sie noch die Freundschaft aufbauten.

Sie stand auf und fing an, aufzuräumen, auch wenn das keinen großen Unterschied machte, mit aufgerissenem Boden. Sie wischte über alle Oberflächen, stellte alles an Werkzeug zur Seite und nahm die große Plastikplane vom Bett und dem Sofa.

Aus dem Bad hörte sie das Wasser laufen, anscheinend wollte Nikos kurz in die Badewanne und Anna musste sich zusammenreißen, sich das nicht allzu genau vorzustellen und stattdessen an ihre To-do-Liste zu denken.

Die alten Fliesen waren inzwischen draußen, die neuen Fenster hatten sie auch schon eingesetzt. Nächste Woche würden sie dann die neuen Fliesen verlegen und konnten mit dem Streichen anfangen. Die neuen Haushaltsgeräte und Möbel standen alle bei Nikos, damit nichts dreckig wurde. Außerdem sollte in den nächsten Wochen ein Klempner kommen, um die Dusche einzubauen und sich die Leitungen anzusehen. Danach fehlten nur noch die eigenen Anschlüsse und die Zufahrt, vielleicht noch etwas Deko und Bettwäsche.

Während sie auf Nikos wartete, schnappte sich Anna ihren Laptop vom Tisch und setzte sich damit auf das Sofa, um kurz in ihr Bankkonto zu schauen. Zum Glück durfte sie weiter das WLAN von Eirini und Christos nutzen. Sie loggte sich also beim Online Banking ein und öffnete ihre Kontoübersicht. Den Kostenvoranschlägen nach musste sie gerade so genug Geld haben, um alle Arbeiten zu bezahlen, jedenfalls solange sie bei der Deko nicht übertrieb. Wenn ihr Gehalt vom Café so blieb wie im Moment – so *wenig* –, dann würde sie bis zum Verkauf nur knapp über die Runden kommen.

Sie loggte sich aus und wollte den Laptop gerade wieder schließen, als ihr plötzlich das Datum auffiel: achter Juni. Heute war ihre Bewerbung für den MarMac Contest rausgegangen. Sie lächelte. Ein Teil von ihr hoffte, dass ihre Fotos gut ankommen würden. Ein Sieg wäre natürlich überragend für ihre Karriere, aber zum ersten Mal, seit sie hier war, interessierte sie sich nicht wirklich dafür, was die Leute in New York von ihr dachten. Auch wenn sie erst gegen das alles gewesen war, half ihr die Zeit hier, einen anderen Blick auf die Dinge zu bekommen. Im Gegensatz zu den Leuten bei ihr zu Hause waren die Menschen auf der Insel nicht alle so versessen darauf, beruflich aufzusteigen und Karriere zu machen. Sie genossen einfach ihr Leben so, wie es war, und das färbte langsam auch auf Anna ab. Sie machte sich immer weniger Gedanken darüber, wie andere sie wahrnahmen oder was sie mit ihrem Leben anfangen sollte, sondern genoss einfach den Moment. Nicht, dass sie gar nicht mehr an die Zukunft dachte, aber es stresste sie nicht mehr so sehr wie vorher.

Das Wasser fing wieder an zu laufen und dann trat Nikos in eine Dampfwolke gehüllt aus dem Bad, nur mit einem Handtuch um die Hüften gewickelt. Diesmal musste Anna nicht durch irgendein Loch in einem T-Shirt linsen, um zu sehen, wie durchtrainiert er war.

»Jaja, Wasserverschwendung und so, aber das Badewasser war am Ende grau, deswegen habe ich es ablaufen lassen und lasse dir neues ein.«

»Danke«, brachte Anna heraus und versuchte angestrengt, ihn nicht anzustarren, obwohl er inzwischen direkt vor ihr stand. Sie richtete sich schnell auf, um lieber sein Gesicht auf Augenhöhe zu haben statt des Teils von ihm, den sie vorher im Blick hatte. Im Stehen war sie ihm dann aber natürlich noch näher, konnte seine Wärme spüren. Sie konnte nicht sagen, ob es vom warmen Wasser, der Arbeit oder der Anspannung kam.

»Du bist dran«, sagte er und lächelte, ging aber nicht zur Seite.

»Hör mal, Nikos«, fing sie leise an, wusste nicht genau, wie sie ihre Gedanken in Worte fassen sollte – *Ich würde mich am liebsten direkt auf dich stürzen, aber ich will unsere Freundschaft nicht ruinieren oder deine Gefühle verletzen* –, aber irgendetwas musste sie sagen.

»Ja?«, fragte er und strich ihr dabei eine Haarsträhne, die sich aus ihrem Zopf gelöst hatte, hinter das Ohr.

Anna erstarrte, ihr Herz fing an zu rasen. Sie konnte einzelne Wasserperlen sehen, die von seinen Haaren runtertropften, über seinen Oberkörper liefen, bis sie in dem Handtuch um seine Hüften verschwanden. Näher durfte sie ihm nicht kommen. Würde das Handtuch erst mal fallen, gäbe es kein Zurück mehr.

Sie wich bei seiner Berührung leicht zurück und er schien es sofort zu verstehen. Er machte einen kleinen Schritt nach hinten.

»Tut mir leid«, meinte er und schaute auf den Boden. Er sah so enttäuscht aus, dass Anna dagegen ankämpfen musste, die Hand auszustrecken und ihn zu berühren. Hallo, gemischte Signale!

»Nein, mir tut es leid«, fing sie an. »Es ist ja nicht so, dass ich nicht …« Er sah sie hoffnungsvoll an. Das kam gerade ganz falsch rüber. »Es ist nur, du bist mein Freund. Du und Elena, ihr seid alles, was ich hier habe. Ich möchte das einfach nicht riskieren.«

Nikos nickte. »Ist okay«, antwortete er. »Ich verstehe das. Du weißt nicht, wie lange du noch hier bist, und du willst nicht alles noch komplizierter machen.«

Anna lächelte. »Ernsthaft, wenn du wüsstest, wie kompliziert meine letzte Beziehung war, würdest du es noch besser verstehen.« Er legte seinen Kopf schräg und schaute sie fragend an. »Ich habe irgendwie was mit meinem Chef angefangen. Das ging über ein Jahr. Bevor ich hergekommen bin, hatte ich ihn gerade mit einer anderen erwischt.«

»Wow«, meinte er und atmete laut aus. »Ja, das klingt wirklich kompliziert.«

»Und es ist halt … Ich habe mir geschworen, dass ich niemanden so ausnutzen will, wie wir uns gegenseitig ausgenutzt haben. Und da ich nicht ewig hierbleibe, hätte ich das Gefühl, dich auszunutzen.«

Nikos lachte. »Alles gut, echt. Du musst dich nicht rechtfertigen.«

»Du bist wirklich nicht wütend?«

Er schnaubte kurz irritiert. »Als ob ich sauer wäre, weil du nicht mit mir schlafen willst. Wie erbärmlich wäre das denn?«

Dass er so offen zugab, mit ihr schlafen zu wollen, überraschte sie kurz, aber dann fing sie auch an zu lachen. »Danke«, antwortete sie, »es bedeutet mir auch echt viel, dass du hier bist. Gerade bei allem, was ich über meinen Vater lerne.« Sie ging rüber zu dem Tisch, auf dem die ganzen Briefe noch sortiert lagen, neben dem Haufen mit den losen Zetteln. Nikos folgte ihr.

»Hast du die schon angeguckt?«, wollte er wissen und blätterte grob durch den Stapel.

»Nein, bei der Arbeit und den Reparaturen am Haus habe ich bisher nur geschafft, den ersten Brief ein paarmal zu lesen. Außerdem sind die meisten von den Zetteln auf Griechisch.« Dann ging sie zum Schrank, um einen Pyjama rauszuholen, wobei sie darauf achtete, den rauszusuchen, der am wenigsten aufreizend wirkte. »Du kannst die Zettel gern durchgucken, während ich mich frisch mache, dann kannst du mir erzählen, falls was Interessantes dabei ist.«

»Mache ich«, meinte Nikos, der schon dabei war.

Im Bad schloss Anna die Tür hinter sich und lehnte sich erst mal dagegen. Nikos überwältigte sie auf so viele unterschiedliche Arten. Natürlich empfand sie etwas für ihn, es wäre unmöglich, das nicht zu tun. Er war nett, lustig, klug, mochte sie offensichtlich und dazu war er auch noch schön anzusehen. Aber neben der körperlichen Anziehung mochte sie ihn einfach sehr gern. Freundschaftlich. Und eine Freundschaft wäre gerade das Beste für sie, nicht so kompliziert. Später könnte sie immer noch ihre Meinung ändern, aber wenn sie jetzt was mit ihm anfangen würde, könnten sie nie wieder zurück. Außerdem könnte es sein, dass sie noch eine Weile hierbleiben müsste, je nachdem, wie schnell sich das Haus verkaufen ließ. Ihre letzte Beziehung war eher zweckmäßig und bequem gewesen, ohne richtige Zuneigung. Nicht einmal Respekt. Sie wollte nie wieder so behandelt werden und auch ganz bestimmt nicht Nikos so behandeln, wie Marcus sie behandelt hatte.

Anna zog sich aus, ließ sich in das warme Wasser sinken, das Nikos für sie eingelassen hatte, und stellte den Wasserhahn aus. Sie schaute aus dem Fenster, fasziniert von den ganzen Lichtern, die sich leuchtend bis runter zum Meer schlängelten. Sie ließ die Hitze auf ihre Muskeln wirken, merkte, wie sie sich entspannte, sich die Verspannungen vom Tag lösten. Fliesen entfernen war wirklich harte Arbeit und ihre Arme dankten ihr das Bad, aber vor allem merkte sie noch den Weg zur Arbeit und zurück in den Beinen, die das warme Bad gerade besonders nötig hatten. Vielleicht sollte sie sich Magnesium-Badesalz besorgen, überlegte sie.

Nach ein paar Minuten in der Wanne stieg Anna aus, trocknete sich ab und schlüpfte in ihren Pyjama. Die lockere Hose war über und über mit kleinen Einhörnern bedruckt und das T-Shirt von einer Bar in Manhattan hatte sie einmal kostenlos bekommen, als der Kellner sie aus Versehen mit Bier beschüttet hatte. Das war, als sie neu in New York gewesen und noch ausgegangen war, um Freunde zu finden … also bevor das mit Marcus anfing und sie ihre Abende nur noch bei der Arbeit oder in seiner Wohnung verbracht hatte.

Jap, definitiv das unerotischste Outfit, das sie besaß. Allein der Gedanke an Marcus würde alles Weitere verhindern.

Sie öffnete die Tür und sah, dass Nikos schon alles vorbereitet hatte. Der Ofen heizte vor, zwei Flaschen Bier standen auf dem Tisch, der bereits für das Abendessen gedeckt war. Auch ihr Laptop stand aufgeklappt auf dem Tisch, aber der Bildschirm war schwarz.

»Ich wollte den Film schon mal laden«, erklärte Nikos, »aber ich weiß dein Passwort natürlich nicht. Ich habe es mit ›Passwort‹ versucht, aber anscheinend bist du klüger als viele andere.«

Anna lächelte, während sie rüberging und es selbst eintippte. »Merk dir das ruhig«, kommentierte sie noch.

Der Duft aus dem Ofen wehte zu ihr rüber, als dann auch der ›Alarm‹ von Nikos' Handy klingelte. »Was essen wir? Das riecht echt lecker.«

»Spanakopita«, antwortete er, während er das Essen aus dem Ofen holte und es auf dem Topfuntersetzer in der Mitte des Tisches abstellte. »Spinat mit Feta in Filoteig.«

»Ich weiß, was Spanakopita ist«, entgegnete sie. »Eines der wenigen griechischen Gerichte, die wir im Café anbieten.«

»Na, dann weißt du ja, was dich erwartet.« Nikos setzte sich an den Tisch und Anna öffnete die Streaming-Seite. Als sie sich einloggte, erschien sofort *Mamma Mia!* als Vorschlag für sie.

»Was meinst du?«

»Perfekt«, sagte er. »Wir können erst mitsingen und danach erkläre ich dir, was alles falsch an dem Film ist.«

Anna musste lachen. »Perfekt.«

Eine Stunde und achtundvierzig Minuten – plus die paar Minuten, die Nikos auf dem Klo war und darauf bestanden hatte, dass sie Pause drückte – sowie vier Bier pro Person und die Spanakopita später lagen Nikos und Anna auf dem Bett, um sie herum überall Krümel von unterschiedlichem Gebäck.

»Ich kann nicht glauben, dass du echt geweint hast«, sagte Anna. »Ich dachte, du kennst den Film schon.«

»Tue ich auch!«, antwortete Nikos. »Das heißt ja nicht, dass er mich nicht mehr berührt.«

»Aber es war doch gar nicht traurig.«

Nikos drehte sich zu ihr. »Trotzdem war es unglaublich emotional. Es gibt doch noch andere Emotionen als Traurigkeit.«

»Okay«, meinte Anna nur lachend. Sie spürte, dass er sie immer noch ansah, erwiderte den Blick aber nicht. Den ganzen Abend über hatten sie es geschafft, Abstand zu halten, das wollte sie jetzt nicht ruinieren. Es kam ihr alles so empfindlich vor, als wäre jede falsche Bewegung eine Gefahr – zumindest für ihre Vorsätze.

»Die Notizen waren übrigens interessant«, wechselte Nikos auf einmal das Thema.

»Ach, ja?« Da wurde sie neugierig. Sie setzte sich auf und schaute ihn an. »Wieso?«

Auch er richtete sich auf, zog die Beine auf das Bett und setzte sich in den Schneidersitz. »Also, in den meisten ging es um das Sommerhaus«, fing er an. »Da ist sogar ein Plan dabei, was er alles daran machen wollte. Wahrscheinlich sind die Notizen noch aus der Zeit, bevor er deine Mom kennengelernt hat.«

»Zeigst du sie mir?«

Nikos stand auf und ging rüber zum Tresen, auf den er den ganzen Kram gelegt hatte, nahm ein Stück vergilbtes Papier und kam damit zurück zum Bett. Er reichte es Anna und setzte sich dann wieder neben sie. Anna faltete es auseinander und entdeckte darauf eine Skizze des Sommerhauses.

Der Aufbau war natürlich gleich, Anna hatte nichts umgestellt und es gab auch gar nicht besonders viele andere Möglichkeiten, die Möbel hinzustellen. Aber auf dem Zettel waren diverse kleine Notizen und Pfeile, die auf die Küche zeigten, die Fenster, die Badewanne … dann fielen ihr doch noch ein paar Veränderungen auf. Zum Beispiel hatte er vor dem Haus eine kleine Veranda eingezeichnet, mit einem Vordach aus Holz, einer Gartenschaukel und einer Feuerstelle. Davon hatte Anna definitiv nichts. Außerdem war eine Zufahrt eingezeichnet, die von der Seite an das Haus kam, genau wie Anna es geplant hatte.

Sie zeigte auf die Notizen und Pfeile. »Was sollen die heißen?«

»Hauptsächlich Kram zum Innenausbau, wie er sich alles vorgestellt hat«, erklärte Nikos. »Du hast sogar anscheinend die gleichen Fliesen ausgesucht, die er geplant hatte.«

Anna dachte an den Stapel Fliesen in der Küche – es waren extra große, quadratische Fliesen in Terrakotta. Für die hatte sie sich entschieden, weil sie Anna an ihren Wintergarten zu Hause erinnert hatten, den ihr Vater damals mit eigenen Händen gebaut hatte. Er musste es in Connecticut so umgesetzt haben, wie er es ursprünglich für das Sommerhaus geplant hatte.

»Wieso hat er wohl nie etwas davon gebaut, als er zurückgekommen ist?«, fragte Anna. »Er war doch über neunzehn Jahre hier, bevor er gestorben ist.«

Nikos seufzte. »Na ja, ich kannte deinen Vater natürlich vorher gar nicht, aber so wie ich ihn erlebt habe, hat er sich nie viel um seine eigenen Träume gekümmert. Er hat immer eher anderen geholfen. Ihm war immer wichtiger, anderen zu helfen, bevor er an seine eigenen Träume gedacht hat.«

»Aber das ergibt doch keinen Sinn«, meinte Anna und hielt das Stück Papier hoch. »Er hatte ganz offensichtlich mal Träume und Pläne.«

Nikos schaute sie nachdenklich an, als gäbe es etwas, das er nicht sagen wollte.

»Was?«, hakte sie nach. »Sag schon!«

»Also, ich denke, das, was mit deiner Mom passiert ist, dass er seine Töchter verloren hat und so ... das hat ihn ganz schön verändert.«

Anna merkte, wie Emotionen in ihr hochstiegen, als es ihr alles bewusst wurde, und Nikos musste es ihr angesehen haben.

»Nein, nein, ich meinte nicht, dass ihr irgendetwas falsch gemacht habt. Ich wollte nur sagen, dass die Sache ihn natürlich ...«

Tränen liefen ihr über die Wangen und es gab nichts, was sie oder Nikos dagegen tun konnten. Er hörte auf rumzustammeln und schloss sie stattdessen in die Arme.

»Tut mir leid«, sagte er. »Ich wollte nichts sagen.«

»Ich weiß«, antwortete sie gedämpft, das Gesicht an sein T-Shirt gedrückt. Dann löste sie sich von ihm. »Aber du hast natürlich recht. Denkst du, ich habe mich die letzten Monate nicht gefragt, ob es auch damit zu tun hat, dass er krank geworden ist? Aber was hätte ich denn tun sollen? Ich war erst sechs, als er uns verlassen hat, und ich hatte nur meine Mutter und ihre Geschichte dazu, was passiert ist.«

Nikos legte seine Stirn an ihre. »Anna, niemand gibt dir die Schuld an irgendetwas. Bestimmt wünschen sich alle, dass es anders gelaufen wäre, dass du ihn hättest besuchen dürfen, dass niemand dich angelogen hätte. Aber niemand denkt, dass es deine Schuld war.«

Anna fing wieder an zu schluchzen und sank zurück in Nikos' Arme. Er legte seine Arme um ihre Schultern und strich ihr über die Haare, beruhigte sie. So verharrten sie eine Weile, während Anna an die Briefe ihres Vaters dachte. Wenn ihre Mutter über seine Untreue gelogen hatte, dann war sie den ganzen Rest seines Lebens ungerechterweise wütend auf ihn gewesen. Er hatte hier rumgesessen, eine halbe Weltreise entfernt, in seinem runtergekommenen Cottage – das Cottage, das ihm einmal so viel bedeutet hatte und das er inzwischen nicht einmal mehr schaffte, sauber zu halten –, und hatte gewusst, dass seine Töchter ihn hassten, auch wenn er nichts getan hatte, womit er es verdient hätte. Auch wenn sie wusste, dass sie damals viel zu jung war, um anders zu reagieren, war Anna so wütend auf sich selbst. Sie hatte dadurch so viel verpasst, was sie nie mehr bekommen würde.

Kein Wunder, dass die Leute hier sie nicht mit offenen Armen empfangen hatten. Lizzy war wenigstens zur Beerdigung gekommen. Anna war erst Monate später plötzlich hier, um ihr geerbtes Haus zu bekommen und Geld zu verdienen, damit sie »ihren Traum verwirklichen« konnte. Wie unfassbar privilegiert und verwöhnt sie sich jetzt vorkam, besonders da die meisten hier auf der Insel Griechenland niemals verlassen hatten.

»Jetzt verstehe ich erst, wieso am Anfang alle so unfreundlich zu mir waren«, brachte sie zwischen den Schluchzern heraus. »Ich wäre es auch, wenn einer meiner Freunde das alles durchgemacht hätte, nur damit sein Haus nach seinem Tod noch seinen Eltern aus den Händen gerissen wird.«

Nikos drückte sie fester an sich und gab ihr sanft einen Kuss auf den Kopf. »Du hast immer noch Elena und mich, und wir denken bestimmt nicht so. Wir wissen beide, dass du einfach nur das Richtige für dich und deine Schwester tun willst. Sonst würden wir dir doch auch nicht helfen.«

»Danke«, sagte Anna und drückte sich ein Stück von ihm weg, um ihm ins Gesicht sehen zu können. »Ich weiß, dass ich neulich meinte, dass ich ganz allein mit allem bin, aber so denke ich nicht mehr. Ich habe es auch da nicht mal wirklich gedacht. Ohne dich würde ich das alles hier nie schaffen.«

Nikos lächelte. »Ich bin immer für dich da.«

Anna fiel wieder in seine Arme und zusammen legten sie sich auf dem Bett hin. All die Anstrengung, ihm den Abend über nicht zu nahezukommen, und jetzt lagen sie ineinander verschlungen auf dem Bett. Doch die Situation war alles andere als romantisch. Sie war so in Gedanken versunken, ihre Gefühle komplett durcheinander. Alles, was zählte, war, dass sie zum ersten Mal neben einem Mann lag, bei dem sie das Gefühl hatte, dass er sie tatsächlich verstand.

11. Kapitel

Nachdem Anna die Tür vom Sommerhaus abgeschlossen hatte, prüfte sie noch mal, ob sie auch alles dabeihatte, was sie für den Tag brauchte. Sie hatte schon lange kein richtiges Shooting mehr gemacht. Sie hatte drei unterschiedliche Objektive, zwei Akkus, eine zusätzliche Speicherkarte und ein kleines Stativ dabei. Für sich selbst hatte sie noch ein Kleid und ein Handtuch eingepackt. Das ganze Kamera-Equipment brauchte sie für das Shooting mit Elena, aber Nikos hatte sie auch vorgewarnt, dass sie Wechselklamotten mitbringen sollte. Da er auch noch meinte, sie sollte sich Badesachen anziehen, ging sie davon aus, dass sie irgendwann ins Wasser gehen würden. Obwohl sie jetzt schon ein paar Wochen auf der Insel war, hatte sie sich noch nicht ein Mal ins Meer gewagt. Erst wollte sie sich zwingen, den eher konservativen Badeanzug von ihrem Sommer als Rettungsschwimmerin anzuziehen, aber das hatte sie dann doch nicht geschafft und stattdessen ihren gehäkelten weißen Bikini unter der lockeren hellen Bluse und den Jeansshorts angezogen.

Sie hörte erst Motorgeräusche aus Richtung der Einfahrt und als sie sich umdrehte, kam Nikos auch schon mit einem Motorradhelm auf dem Kopf durch das Tor.

»Ähm, soll ich etwa auf so einem Ding mitfahren?«, fragte sie sofort.

Er grinste. »Ach, komm, das ist doch perfekt für heute!«

Anna lachte und schüttelte den Kopf. »Kein Wunder, dass du sonst immer den Truck nimmst.«

»Komm«, winkte er sie zu sich. »Wir treffen uns mit Elena in der Stadt.«

Als Anna durch das Tor ging, entdeckte sie die mintgrüne Vespa in der Einfahrt. Nikos hielt ihr einen Helm hin. Sie nahm ihn, setzte ihn auf, prüfte noch kurz, ob ihr Rucksack gut saß, und hüpfte dann hinten auf die Vespa.

Natürlich war es nicht das erste Mal, dass sie Nikos so nahekam, aber diesmal liefen ihr keine Tränen über das Gesicht und die ganze Situation war völlig anders. Als sie ihre Arme um ihn legte, konnte sie seine festen Bauchmuskeln fühlen und musste sofort an den Anblick von ihm mit nur einem Handtuch um die Hüfte denken. Mit aller Kraft versuchte sie, das Bild aus ihrem Kopf zu verbannen, aber gleichzeitig rutschte sie näher an ihn, drückte sich gegen seinen Rücken und atmete seinen Duft ein. Sein T-Shirt roch nach Weichspüler, aber er roch auch leicht verschwitzt, aber nicht unangenehm, irgendwie männlich. Dann erschrak sie, als er die Vespa erst mit dem Fuß nach vorn stieß und losfuhr – jetzt klammerte sie sich nicht mehr an ihn, um seine Muskeln zu fühlen, sondern vielmehr, um überhaupt auf dem Roller zu bleiben.

Sie bahnten sich den Weg durch die Berge, raus aus dem Ort, der Wind ließ Annas Haare in alle Richtungen fliegen. Der Helm half zwar, ihre Haare einigermaßen aus ihrem Gesicht fernzuhalten, aber dennoch musste sie sich ständig irgendwelche Strähnen vom Mund wegwischen. Die Straße schlängelte sich zwischen Häusern und Weinreben entlang, ab und zu meinte Anna, in der Ferne das blaue Meer aufblitzen zu sehen, aber dann verschwand es auch schon wieder. Schließlich kamen sie oben auf einem Berg auf eine größere Straße, Nikos bog nach rechts und auf einmal erstreckte sich die gesamte Caldera vor Annas Augen.

Sie staunte, streckte sich, um an Nikos vorbeizusehen und vollen Ausblick genießen zu können. Sie fuhren fast mittig über den Halbmond, vor ihnen tauchte die nördliche Spitze in das Meer ein. Links lag noch eine deutlich kleinere Insel im Wasser, getrennt von Santorin, und dahinter lag noch eine weitere, die so winzig war, dass man sie kaum sah. Anna drehte sich nach hinten und konnte den perfekten Halbmond überblicken. Zwischen den Inseln fuhren Boote jeder Größe, von größeren Kreuzfahrtschiffen bis hin zu winzigen Katamaranen.

Anna hörte, dass Nikos irgendetwas zu sagen versuchte, aber bei dem Wind und den Motorgeräuschen verstand sie kein Wort, also genoss sie weiter den Ausblick und sagte nur hin und wieder »Wow«, falls er Bestätigung wollte. Nach ein paar Minuten ging es wieder bergab und der Blick über die Caldera verschwand. Die hügelige Straße führte an kleinen Trauben von Häuschen vorbei, bis Anna nach ein paar Minuten Fíra erkannte, die Stadt, in der Nikos und sie auch schon für das Haus eingekauft hatten, auch wenn sie da einen anderen Weg genommen hatten.

Nachdem sie durch die Stadt durch waren, erreichten sie den Teil der Strecke, bei dem zu einer Seite nur noch das Meer lag. Der Anblick war wunderschön, auch wenn man von dort die anderen Inseln gerade nicht sah. Die Küste wurde nun auch immer steiler. Am Straßenrand standen keine Häuser mehr, nur Berge, die auf einer Seite neben ihnen emporragten und auf der anderen Seite steil abfielen. Mit gefühlten tausend Kilometern pro Stunde schlängelte die Vespa sich die schmale Straße entlang. Es war atemberaubend. Nicht das Santorin, wie man es von Postkarten kannte, sondern ein ganz anderer, echter und wichtiger Teil davon – Anna liebte alles daran.

Nach etwa fünfundvierzig Minuten fuhr Nikos auf einen Parkplatz. »Hier steigen wir ab«, sagte er. »Wir gehen zu Fuß weiter.« Anna reichte ihm ihren Helm und folgte Nikos dann durch die Straßen.

Sie überquerten eine Kreuzung und dann lag plötzlich Oía vor ihnen. Wunderschöne weiße und gelbe Häuser mit Torbögen und blauen gewölbten Dächern und Infinity-Pools standen so eng aneinandergedrängt am Hang, dass man kein Stück Erde mehr entdecken konnte. Genauso hatte Anna sich Santorin vorgestellt.

Und es war verdammt überfüllt.

In nur dreißig Sekunden wurde Anna gleich zweimal gebeten, nicht ins Bild zu laufen. Und dabei war es erst neun Uhr morgens! Wo kamen bloß all die Menschen her?

»Ein bisschen voll hier, oder?« meinte sie zu Nikos, der anfing zu lachen.

»Habe ich doch gesagt, scheiß Möchtegern-Influencer. Die kommen in der Sommersaison hier an, besetzen die ganze Stadt und dann verschwinden sie wieder und wir müssen das Chaos hinterher in Ordnung bringen.«

Anna schaute zu ihm hoch, während Nikos mit verzerrtem Gesicht in die Menge blickte.

»Okay, Mr. Grinch«, kommentierte sie. »Ich dachte vor allem, dass es schwierig wird, Fotos von deiner Cousine zu machen, die, soweit ich weiß, eine von den ›scheiß Möchtegern-Influencern‹ werden will.«

Nikos warf ihr ein sarkastisches Grinsen zu, riss dann die Augenbrauen hoch, hob seinen Arm und fing an zu winken. Anna drehte sich um und entdeckte Elena, die sich durch die Menge kämpfte und dabei einen Koffer hinter sich herzog.

»Hi, Leute«, begrüßte Elena sie und gab beiden einen Kuss auf die Wange. Dann wandte sie sich an Anna. »Ich wusste nicht, wo wir überall Fotos machen wollen, deswegen habe ich ein paar verschiedene Outfits mitgebracht, damit die Fotos auch stimmig sind.«

Anna musterte den Koffer. »Wie viele sind ›ein paar‹?«

»Hm, also …«, Elena überlegte kurz. »Ich habe sechs Kleider – nein, sieben –, ein paar Bikinis, eine leichte Stoffhose …«

»Zum Glück haben wir den ganzen Tag Zeit.«

Nikos lachte. »Viel Spaß euch beiden. Ich fahre mal zur Arbeit, aber ich komme wieder, wenn ihr fertig seid. Schreibt mir einfach.«

»Willst du etwa keine Fotos von dir?«, fragte Anna nach, zog dabei ihre Kamera aus der Tasche und zwinkerte ihm zu.

»Haha, sehr lustig«, antwortete er noch beim Weggehen.

Die beiden Frauen winkten ihm noch hinterher.

»Okay«, fing Anna an, »dann lass uns doch direkt mal anfangen.«

Nach vier Stunden saßen sie in einem kleinen Restaurant und aßen Gyros, wobei Elena zarte, kleine Happen nahm, während Anna die Kamera draufhielt. Elenas persönlicher Paparazzo zu sein war etwas anstrengend, aber sie wusste, dass Elena sich die nächsten Tage beim Fliesenlegen revanchieren würde. Trotz der ganzen Menschen hatten sie sogar wirklich gute Fotos hinbekommen, auch wenn sie dafür oft auf Mauern klettern oder Leute zurückhalten mussten. Anna wusste genau, was Nikos davon halten würde, aber das war egal. Es sollten Elenas Fotos werden und sie sah auf jedem einzelnen umwerfend aus.

Zwischendurch, als sie gerade auf einer besonders schönen Mauer standen, vor einem atemberaubenden Ausblick, war eine Gruppe von Mädchen angekommen – es waren sieben, alle in Crop Tops und weißen Sneakern – und hatte gefragt, ob Anna sie auch fotografieren könnte. Erst hatte Anna ihre Hand ausgestreckt, um eines der Handys dafür zu nehmen.

»Nein, wir meinen mit der Kamera«, hatte eines der Mädchen mit einem starken Südstaatenakzent erklärt. »Dann schickst du mir die per Mail, geht das?«

»Oh, ich weiß nicht …« Etwas überfordert hatte Anna zu Elena geschaut, die nur mit den Schultern gezuckt hatte.

»Wir zahlen auch gern dafür«, hatte das Mädchen hinterhergeschoben und in ihre Tasche gegriffen. »Wir reisen sowieso morgen ab und haben noch ganz viele Euros übrig. Sind hundert in Ordnung?«

Anna hatte zugestimmt, die Scheine angenommen und dem Mädchen gezeigt, wo es sich hinstellen sollte. Es waren ein paar gute Fotos in unterschiedlichen Posen dabei herausgekommen, die sie dem Mädchen erst mal gezeigt hatte, um sicherzugehen, dass sie ihr auch gefielen. Als sie mit dem ersten Mädchen fertig gewesen war, hatte sie das nächste herangewunken, das ihr direkt noch mal hundert Euro hingehalten hatte, statt sich direkt vor die Wand zu stellen. Anna hatte Elena kurz einen Blick zugeworfen, aber die hatte nur gegrinst. Also hatte Anna das Geld angenommen und mit dem zweiten Mädchen weitergemacht. Anna hatte sich Mühe gegeben, die Bilder so unterschiedlich und einzigartig aussehen zu lassen, dass sie das Geld auch wert waren. Dann waren sie der kleinen Gruppe noch kurz zu einer anderen Stelle gefolgt, an der die anderen fotografiert werden wollten. Nachdem sie alle einzeln fotografiert hatte und alle ihr hundert Euro gegeben hatten, holte Anna noch ihr Handy raus, um die E-Mail-Adressen einzuspeichern, damit sie ihnen die Fotos schicken konnte.

Eines der Mädchen hatte noch versucht, ihr weitere fünfzig Euro anzudrehen, aber da hatte Anna den Kopf geschüttelt. »Nein, das reicht echt. Ihr könnt mich gern unter den Fotos verlinken, wenn ihr wollt, aber selbst das ist nicht nötig. Ihr habt die Fotos ja bezahlt.« Das Mädchen hatte jedoch darauf bestanden, also hatte Anna ihr den Namen von ihrem Instagram Account gegeben, wo sie selbst seit Wochen nicht mehr reingeguckt hatte.

»Unbearbeitet als JPEGs, bitte«, hatte eines der Mädchen noch gesagt. »Ich will meine Presets noch drüberlegen können.« Auch die anderen Mädchen hatten genickt, aber Anna war das nur recht – sie hatte siebenhundert Euro mehr als heute Morgen.

Im Restaurant mit Elena klickte sie sich durch die Fotos, immer noch verblüfft, wie viel Geld sie mit etwas verdienen konnte, was ihr ohnehin Spaß machte. Ob man davon leben könnte, Influencer zu fotografieren? Wahrscheinlich nicht, aber dennoch war es schön, sich mal gewürdigt zu fühlen. In ihrer Zeit bei MarMac war das eher selten vorgekommen.

»Okay, lass uns jetzt normal essen«, verkündete Elena und biss daraufhin genüsslich in ihren Wrap, aber Anna konnte nicht widerstehen und machte noch schnell ein Foto davon. Elena hörte den Auslöser und kreischte los. »O mein Gott, das musst du löschen!«, rief sie mit weit aufgerissenen Augen.

Anna musste lachen. »Wie du willst.« Sie stellte die Kamera zur Seite und fing selbst an zu essen.

»Wieso hat Nikos eigentlich so ein Problem mit ›Influencern‹?«, fragte sie nach ein paar Bissen, wobei sie Anführungszeichen in der Luft nachmachte.

»Ach, hör bloß auf damit«, fing Elena an. »Er ist echt schlimm. Ein paar Amerikanerinnen lassen ihn nach ihrem Urlaub sitzen und plötzlich sind alle Influencer böse. Abgesehen davon, dass Tourismus schon immer fast unsere einzige Einnahmequelle war und wir den Sommer über den meisten Umsatz machen.«

»Also wurde er von mehreren Amerikanerinnen verlassen?«

Elena hielt einen Moment inne. »Ja. Wieso? Interessiert dich das?« Sie ließ ihre Augenbrauen zucken und ahmte Kussgeräusche nach.

»So meinte ich das nicht«, wollte Anna erklären, »ich bin nur neug…«

»Ich weiß, dass du es nicht so meintest, aber stimmt es denn?«

»Na ja, ja, es interessiert mich schon.«

Elena grinste Anna an, aber sagte kein Wort.

»Ach, hör auf damit und antworte mir einfach«, meinte Anna. Würde Nikos ihr gegenübersitzen, hätte er sich bestimmt schon wieder darüber lustig gemacht, wie rot sie wurde.

Elena nickte und legte ihren Wrap zur Seite. »Nikos hat die letzten Jahre immer wieder was mit Frauen angefangen, die hier Urlaub gemacht haben. Das hat dann immer dazu geführt, dass er Gefühle entwickelt hat, aber die Frauen irgendwie doch nicht wie im Märchen ihr Leben auf einer winzigen Insel in einem fremden Land verbringen wollten. Sie sind also immer abgereist und er ist traurig zurückgeblieben. Mit der Zeit hat er dann gelernt, sich einfach fernzuhalten. Also ist er lieber von allen genervt, bevor sie ihm das Herz brechen können.«

Anna nickte, während Elena redete.

»Und was denkst du?«

»Nichts eigentlich«, antwortete Anna. »Es ist nur interessant. Er meckert immer über alle Touristen, aber wenn er keine Griechin will, wieso bleibt er dann überhaupt hier? Lizzy hat mir erzählt, dass er einen Abschluss von der LSE hat. Er würde bestimmt überall einen Job finden und hätte dann doch eine Zukunft mit einer der Frauen.«

»Weil er ein Masochist ist«, erklärte Elena. »Er will ja immer hierbleiben und sucht sich Frauen aus, von denen er weiß, dass sie höchstens ein paar Wochen bleiben. Als würde er gerne leiden.«

Während Elena sich weiter über ihren Cousin aufregte, dachte Anna daran, wie Nikos sich ihr gegenüber verhielt. Er beschwerte sich über andere Touristen, aber ob er sich denen gegenüber genauso verhielt? Oder würde er mit ihnen flirten, genau wie mit Anna?

»Ich verstehe einfach nicht, wieso er so ... *ti manari einai autos,* Anna. O. Mein. Gott!«

Anna wurde aus ihren Gedanken gerissen und folgte Elenas Blick über die Straße. »Was? Was ist da? Du weißt, dass ich kein Griechisch kann.«

»Da«, sagte Elena und streckte eine Hand über den Tisch, um Annas Gesicht in die richtige Richtung zu drehen. Auf der anderen Straßenseite stand ein Grieche und aß ein Eis.

»Der Typ da? Was ist mit ihm?«

Elena sah Anna an, als hätte sie ihre Mutter beleidigt. »Er ist superschön, findest du nicht?«

Auf jeden Fall war er sehr muskulös. *Schön* hätte Anna jetzt nicht gesagt, aber sie verstand, dass manche ihn attraktiv finden mochten – wie aus der Serie *Jersey Shore*, mit den zurückgegelten Haaren und dem viel zu engen Tanktop. Zum Glück erwartete Elena keine Antwort von Anna. Sie schien allgemein nicht zu warten. Elena stand einfach auf und ging zu ihm rüber, spielte an ihren Haaren rum und berührte seinen Arm. Fasziniert beobachtete Anna, wie die beiden sich unterhielten und sich gegenseitig wie Frischfleisch angafften. Allein beim Zusehen wirkte es fast schon pornografisch, sofern das für eine Unterhaltung ohne näheren Körperkontakt eben möglich war.

Keine zwei Minuten später nahm Elena seine Hand und zog ihn rüber an den Tisch zu Anna, wo sie dann ihre Tasche vom Stuhl nahm.

»Anna, das ist Vasilis. Er macht auch ein paar Fotos mit uns.«

Vasilis nickte. »Ach ja?«, hakte Anna verblüfft nach.

»Natürlich«, sagte Elena und legte ihm eine Hand auf die Brust. »Wir gehen nur kurz nach drüben und suchen ein besseres Oberteil aus. Kommst du dann gleich nach?«

»Klar«, antwortete Anna mit einem Lächeln. Noch bevor sie nachfragen konnte, wie lange sie brauchen würden, zerrte Elena ihn schon weg und beide verschwanden.

Anna nahm ihre Kamera, sie hatte sowieso Lust, allein ein bisschen die Gegend zu erkunden. Oía war so eine schöne Stadt, aber Elena war eher an den klischeehaften Kulissen und malerischen Ecken interessiert als an den kleinen Details. Anna ging die Straße auf und ab und schoss dabei jede Menge Fotos. Sie erwischte zwei Männer, die vor einem Restaurant über den Preis des Fisches diskutierten, ein Mädchen, das in ein Buch vertieft am Fenster saß, und eine Katze, die gemütlich Milch aus einer Schale schlürfte, die jemand ihr hingestellt hatte.

Nach ein paar Minuten wollte Anna zurück zu dem Laden neben dem Restaurant, doch dabei ging sie an einer kleinen Gasse vorbei, in der sie Elena und Vasilis aneinandergepresst entdeckte. Zumindest hatte Vasilis wirklich ein anderes Oberteil an.

Anna räusperte sich. »Soll ich später wiederkommen?«

Völlig entspannt sah Elena sie an, als wäre es die normalste Situation für sie, mit jemandem rumzumachen und dabei mit jemand anderem zu reden.

»Quatsch«, meinte sie. »Wir sind so weit.«

Anna zuckte mit den Schultern, und gerade als Elena sich wieder zu Vasilis drehte, um ihn noch mal zu küssen, schoss Anna schnell ein Foto. Elena bekam es nicht einmal mit. Das dürfte noch interessant werden.

Das Shooting mit Elena und Vasilis war definitiv interessant, aber auch unglaublich gut. Die beiden sahen aus, als gehörten sie auf ein Filmplakat oder ein Zeitschriftencover. Beide schienen einfach immer perfekt getroffen, Elenas im Wind wehendes Kleid umschmeichelte ihre Figur, sie beide hatten eine unheimliche Chemie. Es hatte sich sogar eine kleine Traube um sie gebildet, als sie Fotos mit den berühmten drei blauen Kuppeln im Hintergrund schossen.

»Wunderbar, Elena. Versuch mal die Schleppe noch mal hochzuwerfen.« Elena trug einen weißen Kaftan mit

Schlitzen an beiden Seiten über einem Bikini. Sie ließ ihr linkes Bein durch den Schlitz blitzen und warf die Schleppe zurück, damit sie im Wind hochwehte, während sie Vasilis wieder küsste.

»Ja, genau so«, sagte Anna, die ein Foto nach dem anderen schoss. Kurz sah sie runter, um eben die Belichtungszeit zu prüfen, aber das Bild war so hell und scharf, dass sie es vielleicht überhaupt nicht bearbeiten müsste.

»Ich lasse euch einen Tag allein und schon macht meine Cousine für ein Fotoshooting mit fremden Typen rum?«

Anna schrak auf, wirbelte herum und bemerkte, dass Nikos direkt hinter ihr stand und ihr über die Schulter guckte.

»Nikos! Ich wusste gar nicht, dass du hier bist. Wie hast du uns gefunden?«

Er zeigte auf Elena, der anscheinend gar nicht aufgefallen war, dass Anna die Kamera nicht mehr auf sie gerichtet hatte, so wie sie weiter posierte und Vasilis küsste. Allerdings war das auch irgendwie typisch. »Unsere Julia Capulet da drüben hat mir geschrieben, dass sie bald losmuss.«

»Oh«, sagte Anna leicht enttäuscht, »ich wusste nicht, dass sie noch was vorhat. Wir haben noch so viel gutes Licht.«

»Tut mir leid«, entschuldigte sich Elena, die auf sie zukam. »Ich muss heute Abend im Café arbeiten, deswegen habe ich mich um Ersatz gekümmert.« Sie streifte sich ihren Kaftan ab und kramte ihre Arbeitsklamotten raus. Als Elena sich das erste Mal einfach in der Öffentlichkeit umgezogen hatte, war Anna noch schockiert gewesen, aber nach dem zehnten Outfit-Wechsel gewöhnte sie sich langsam daran.

»Du hast die ganze letzte Woche abends gearbeitet, das muss gutes Trinkgeld geben.«

»Ist ganz in Ordnung«, sagte Elena. »Das wird noch besser nach der großen Neueröffnung nächste Woche. Bis dahin arbeite ich jeden Abend, bis auf unser Mörtel-Date natürlich.« Der Ausdruck bezog sich auf den Tag, an dem sie geplant hatten, die Bodenfliesen in Annas Haus zu verfugen.

»Und Mittwochabend«, fügte Nikos noch hinzu.

»Ähm, nein, Mittwochabend arbeite ich«, widersprach Elena verwirrt.

Nikos riss die Arme in die Luft. »Und was ist mit der Hochzeit?«

Elena starrte ihn perplex an. »Oh, Nikos, das habe ich total vergessen. Tut mir *so*, so leid.«

Er rollte genervt mit den Augen. »Myrto rastet aus, wenn sie einen leeren Stuhl sieht. Ich musste ihr dreimal versichern, dass wir zu zweit kommen.«

»Dann nimm einfach Anna mit«, schlug Elena vor und nickte in Annas Richtung.

»Ähm, sorry, worum geht's?«

»Stimmt, gute Idee«, antwortete Nikos. »Sie gibt sowieso ein viel besseres Date ab.«

Elena lachte. »Auch wenn wir verwandt sind – niemand ist ein besseres Date als ich. Aber sie ist in Ordnung.«

»Na vielen Dank«, kommentierte Anna. »Und wo wollt ihr mich da mit reinziehen?«

»Es geht um eine Hochzeit«, erklärte Elena. »Zieh einfach ein Kleid an, das möglichst nicht weiß ist, und dann holt Nikos dich ab. Wie klingt das?«

»Eine Hochzeit an einem Mittwoch? Ist das nicht ein bisschen ungewöhnlich?«

»Am Wochenende ist ein Feiertag, deswegen ist die Kirche nur unter der Woche frei.«

Anna nickte. »Klingt gut«, sagte sie schließlich. »Ich bin dabei. Dann habe ich endlich die Gelegenheit, mit meinen Dance Moves anzugeben.«

Elena umarmte Anna und gab Nikos einen Kuss auf die Wange, bevor sie sich zu Vasilis drehte, der inzwischen zu ihnen rübergeschlendert gekommen war. Sie zog sein Handy aus seiner Tasche und speicherte ihre Nummer ein, bevor sie es ihm zurückgab. »Ruf mich an«, meinte sie zu ihm. Dann drehte sie sich wieder zu Anna und Nikos. »Bis später.« Damit verschwand sie auch schon mit ihrem Koffer in der Menge.

Nikos sagte etwas auf Griechisch zu Vasilis, der daraufhin beiden zunickte und auch abhaute.

»Was meintest du zu ihm?«, wollte Anna wissen.

»Nur, dass ich nicht für Fotos mit ihm rummachen werde und er wieder weggehen kann.«

Anna lachte. »Okay, also fahren wir dann zurück?«

»Ganz ruhig«, sagte Nikos, »irgendwie bezweifle ich, dass du schon viel von der Stadt gesehen hast, während du die ganze Zeit Fotos von einem gestörten Model machen musstest.«

»Das stimmt …«

»Außerdem habe ich nicht umsonst gesagt, dass du

Badesachen mitnehmen sollst. Also, schauen wir uns ein bisschen um!«

Anna nickte, ließ ihre Kamera um ihren Hals baumeln und folgte Nikos durch die Straßen von Oía. Dabei holten sie sich Koulouri von einem Stand an der Straße, ein rundes Gebäck mit Sesam, aßen im Gehen und schauten immer mal wieder in die Läden rein. Unter anderem in einen Laden, in dem hochwertiges Olivenöl aus der Region verkauft wurde, sowie einen mit handgemachter Keramik und einen Buchladen, der Atlantis Books hieß und unter einem anderen Gebäude lag.

»Wusstest du eigentlich, dass der Mythos um Atlantis auf Santorins Geschichte basiert?«, fragte Nikos Anna, die auf den Eingang des Buchladens starrte, der in Blau und Orange leuchtete.

»Wirklich? Ich dachte, Atlantis soll unter Wasser liegen.«

»Ja, aber das alles hier war mal eine große Insel und überall haben Leute gelebt«, begann Nikos, »bis der Vulkan ausgebrochen ist, dann ist die Insel in sich zusammengefallen und so ist auch die Caldera entstanden. Ein großer Teil liegt also unter Wasser.«

»Das ist ja cool«, sagte Anna und ging runter in den Buchladen. Drinnen schlängelte sich als Erstes eine Katze um ihre Beine. Vom Boden bis hin zur Decke stapelten sich die Bücher in rustikalen Holzregalen, die alle leicht unterschiedlich aussahen.

Sie ging den Schildern nach zum English Fiction Regal und suchte ein paar sommerlich aussehende Bücher heraus, mit denen sie dann an die Kasse ging. Nach dem

Bezahlen verstaute sie die Bücher in ihrer Kameratasche, in der auch schon ein Kerzenständer aus dem Keramikladen lag.

Zusammen bahnten sich Anna und Nikos gemütlich den Weg durch die Stadt in Richtung Wasser, bis die Straße auf einmal abrupt endete und es nur noch senkrecht nach unten ins Meer ging. »Und wo lang jetzt?«, fragte Anna, obwohl sie sich die Antwort schon denken konnte. Nikos bestätigte ihren Verdacht und zeigte nach unten ins Wasser.

Zweihundertundvierzehn Treppenstufen später standen sie in einer kleinen Bucht, umgeben von Häusern. Mittig lagen Segelboote vertäut, zwischen denen ein paar Menschen schwammen. Das Wasser hatte eine wunderschöne, kräftige dunkelblaue Farbe und schien vollkommen still, bis auf die ganz zart gewellte Oberfläche.

Anna hörte ein Kreischen und drehte sich direkt nach links, wo sie sah, wie eine Frau durch die Luft flog, auf das Wasser zu. Die Frau ruderte mit den Armen und schrie, bevor sie mit den Füßen voran ins Wasser eintauchte. Anna hielt die Luft an, bis sie die Jubelrufe hörte und die kleine Gruppe von Menschen auf einer der Klippen auf einem riesigen Felsbrocken entdeckte. Ein winziger Weg direkt neben ihnen führte hoch auf den Felsen. Erst da wurde Anna wirklich klar, wieso sie hier waren.

»Ähm, ich glaube, ich habe was auf der Vespa vergessen. Ich gehe mal lieber wieder zurück«, sagte sie.

Nikos lachte. »Du hast nichts auf der Vespa vergessen und du steigst jetzt auch nicht die Hunderte Stufen wieder hoch, nur um dich vor so einem kleinen Sprung zu drücken. Ein Freund in der Taverna da drüben meinte, dass wir unsere Sachen bei ihm lassen können, und das Wasser hier ist auch echt tief, also gar kein Grund zur Sorge.«

»Ich weiß ja nicht«, meinte Anna, aber blieb erst mal stehen. Sie ging nicht in Richtung Felsen, aber auch nicht direkt zurück, sondern stand einfach wie erstarrt da. Nikos' Gelassenheit half ihr aber tatsächlich, beruhigte sie. Aber ob das auch reichte, dass sie von einer Klippe springen würde? Da war sie sich noch nicht so sicher.

Beide fingen an, sich auszuziehen, und Anna bemerkte, wie Nikos sie in ihrem Bikini musterte und dann versuchte, unauffällig wegzusehen. Es gefiel ihr, zur Abwechslung selbst mal so angesehen zu werden, statt ihn anzustarren.

Je höher sie auf den Felsen stiegen, desto höher kam ihr auch der Sprung vor, und ganz oben angekommen erstarrte Anna. Doch war sie den ganzen Weg nach Griechenland gekommen, nur um rumzusitzen und Schränke zu streichen? Nein, ein Teil von ihr wollte Abenteuer. Aber zusammen mit Nikos von einer Klippe zu springen, fühlte sich nach so viel mehr an. Sich völlig fallen lassen. Und genau das war etwas, wovor sie sich schon seit ihrer Landung drückte. Eigentlich sogar schon, seit ihr Vater damals fortgegangen war.

»Na komm«, ermutigte Nikos sie. »Hab ein kleines Abenteuer mit mir.« Er streckte ihr seine Hand entgegen und lächelte ihr zu.

Wie hätte sie dazu Nein sagen können? Sie atmete noch einmal tief durch, sammelte sich, nahm seine Hand und nickte. »Okay. Lass uns springen.«

»Ich kann nicht glauben, dass du mich dazu bringen konntest«, sagte Anna und nippte an ihrem Bier.

»Ach, komm. Es war so süß, wie du geschrien hast.« Nikos lachte, winkte die Bedienung ran und schaute danach wieder über das Meer. Hastig griff Anna nach ihrer Kamera und nutzte die Gelegenheit für ein Foto. »Hey, keine Paparazzi«, meckerte er und streckte seine Hand aus. »Zeig mal her.«

»Auf keinen Fall«, entgegnete sie. »Ich lasse Leute nie meine Arbeit sehen, bevor alles fertig ist.«

»Okay, aber ich habe nichts unterschrieben, also gehören die Rechte am Bild noch mir.«

»Na gut«, murmelte Anna und reichte ihm die Kamera. Dann kam auch schon die Bedienung und nahm ihre Bestellung auf, während Nikos die Fotos vom Tag durchguckte.

»Die Fotos sind unglaublich«, kommentierte er. Er trank einen Schluck und stellte sein Glas wieder ab. Dann beugte er sich vor, als wollte er etwas loswerden, war sich aber noch nicht ganz sicher. »Du hast echt Talent, Anna.«

»Danke«, antwortete sie und zuckte mit den Schultern. Sie ging davon aus, dass er es einfach als leeres Kompliment meinte.

»Nein, echt«, versicherte er ihr noch einmal. »Du könntest locker davon leben. Auf der Insel würden dich bestimmt viele buchen, besonders die Hotels und alle Veranstalter.«

»Ja, na ja, ich hatte eigentlich nicht vor, mir hier über den Sommer was aufzubauen, nur um dann zu Hause von vorn anzufangen.« Anna erklärte das Ganze eher gleichgültig, aber beim Hochsehen bemerkte sie an Nikos' Gesichtsausdruck sofort, dass es nicht die Antwort war, die er sich erhofft hatte. Plötzlich ergab alles Sinn.

»Du meinst, damit ich nicht wieder nach Hause muss«, sagte sie. Erwartungsvoll schaute sie ihn an. Wollte, dass er es abstritt oder bestätigte, aber sein Blick war wieder auf das Wasser gerichtet und er wirkte nachdenklich. Anna seufzte. Sie musste daran denken, was Elena ihr über die anderen Frauen erzählt hatte, und fragte sich, ob es bei denen genauso gewesen war.

»Hör mal, Nikos. Ich kann nicht einfach für immer in Griechenland bleiben. Ich muss in mein normales Leben zurück.«

»Ja? Musst du das wirklich?«, bohrte er nach und drehte sich wieder zu ihr. »Du meintest, dass du da keinen Job hast, keine feste Wohnung und auch keine Freunde. Deine Schwester wohnt Hunderte Kilometer entfernt und mit deiner Mutter kommst du sowieso nicht klar. Also, was hast du da, was du hier nicht auch hättest?«

»Ähm, ich weiß nicht … Eine Staatsangehörigkeit?«, antwortete Anna, aber irgendwie hatte er auch recht. Sie hatte sich sogar etwas informiert, bevor sie im Café angefangen hatte, und wegen ihres Vaters hatte sie automatisch ein Anrecht auf die griechische Staatsangehörigkeit. Die müsste sie nur noch beantragen. Sie hatte den Sommer immer eher als Übergang zum nächsten Abschnitt ihres Lebens gesehen und es lag auch noch so viel Arbeit vor ihr, um an diesen Punkt zu kommen. Aber was, wenn Santorin doch nicht der Übergang, sondern das Ziel wäre? Wenn sie nicht zurück in ein Leben müsste, in dem sie sich leer und wertlos gefühlt hatte? Wäre das nicht zumindest eine Überlegung wert?

»Das hier muss nicht bloß ein verlängerter Urlaub sein«, fing Nikos wieder an. »Du hast Familie hier. Freunde. Einen Job bei jemandem, der dich nicht nur ausnutzt. Mit ein paar Aufträgen könntest du dir hier ein Leben aufbauen.«

Jetzt war Anna damit dran, auf das Meer zu starren und Nikos' Blick auszuweichen. Was er sagte, ergab alles Sinn, aber irgendwie fühlte es sich nicht ganz richtig an. Ja, sie würde sicher einen Weg finden, langfristig auf Santorin bleiben zu können, aber würde sie das wirklich für sich selbst machen? Für ihre Freunde? Für einen Job? Oder würde sie es für einen Typen machen? Sie hatte Nikos versprochen, dass sie ihn nicht ausnutzen würde, aber sie wollte ihre Pläne genauso wenig nur seinetwegen ändern. Nicht, dass sie irgendwelche präzisen Pläne gehabt hätte. Seit sie hier war, hatte sie sich gefühlt einfach treiben lassen. Aber jetzt ihr Leben von Leuten abhängig zu machen, die sie erst seit ein paar Wochen kannte, kam ihr dumm vor, auch wenn sie keine anderen Pläne hatte.

»Ich denke eher nicht, Nikos.« Sie wollte noch einen Schluck von ihrem Bier trinken, aber es war schon leer. »Ich hatte einen tollen Tag und ich hoffe, wir können Freunde bleiben«, sagte sie und streckte die Hand aus, um sie auf seine zu legen, überlegte es sich aber anders, weil sie auch nicht die falschen Signale senden wollte. »Du und Elena, ihr seid die ersten echten Freunde für mich seit einer ganzen Weile und ich will den Sommer mit euch verbringen. Bei euch fühle ich mich wohl, bin ich selbst, und ich wusste, bevor ich hergekommen bin, gar nicht mehr, wie sich das anfühlt. Aber wenn das Haus verkauft ist, will ich abreisen. Hier ist zu viel Schmerz für mich.«

Nikos sah ihr einen Moment lang schweigend in die Augen. Er schien traurig, aber gleichzeitig verständnisvoll. »Natürlich«, sagte er schließlich. »Du musst tun, was das Beste für dich ist.«

Dann schauten beide raus auf das Meer, wo die Sonne unterging. Anna beobachtete, wie sie langsam über der Caldera sank, hinter dem Horizont verschwand und die Wolken und Gebäude noch in ein wunderschönes oranges Licht tauchte. Trotz ihrer Unterhaltung gerade dachte sie nicht daran, dass sie die traumhaften Sonnenuntergänge nicht mehr lange würde beobachten können, sondern genoss einfach den Augenblick mit ihrem Freund und sich selbst – ihrem richtigen Selbst. Dem Selbst, das von Klippen sprang, gern Gebäck aß und nicht nur an die Karriere oder ans Image dachte. Dem Selbst, das sie schon lange nicht mehr gespürt hatte.

12. Kapitel

Im Café war montags meist nicht viel los, deswegen konnte Anna früher als erwartet Feierabend machen. Nikos hatte angeboten, sie nach Hause zu fahren, also setzte sie sich auf eine der Strandliegen und wollte die Sonne genießen, bis seine Schicht auch zu Ende war.

Als sie kurz auf ihr Handy schaute, ploppte eine E-Mail-Benachrichtigung auf. Da sie in letzter Zeit nicht viele Mails bekommen hatte, war sie besonders neugierig und öffnete die Nachricht schnell.

Schon beim ersten Blick klappte ihr Mund auf und ihr rutschte beinahe das Handy aus der Hand.

An: Anna Linton <anna94linton@gmail.com>
Von: Marcus MacMillan <marcus@marmacgalleries.com>
Datum: 24. Juni 2019, 15:03
Betreff: Well played

Hi Anna,

du kannst dir ja vorstellen, wie überrascht ich war, als ich die Gewinnerin vom Nachwuchstalent Contest ausgewählt habe und sich dann herausstellte, dass du es bist. Meine Assistentin hat sich heute Morgen fast in die Hose gemacht vor Angst, es mir zu erzählen. Ich habe überlegt, was ich am besten mache, aber letztlich hast du es verdient. Du hast gewonnen. Später wirst du noch eine formale E-Mail mit dem Ergebnis bekommen, aber ich wollte dir einfach sagen – well played. Damit habe ich definitiv nicht gerechnet.

Bis bald
Marcus

Anna konnte nicht fassen, was sie da las. Bei dem ganzen anderen Kram in ihrem Leben gerade hatte sie den Contest schon wieder halb vergessen. Und jetzt hatte sie gewonnen!

Überraschenderweise war ihr erster Gedanke: Sie müsste Santorin verlassen, um den Preis anzunehmen. Und natürlich würde sie das tun, das war doch sowieso der Plan, oder? Nur, dass plötzlich das Ende ihrer Zeit hier so greifbar schien, machte ihr Angst. Aber das spielte keine Rolle, vielleicht würde es sogar manches einfacher machen.

Als Nächstes dachte sie an Marcus. Was würde es bedeuten, den Preis von ihm anzunehmen? Sie war so stolz gewesen, wie sie ihm die Stirn geboten hatte, bevor sie abgereist war. Sie wusste, dass zu kündigen die richtige Entscheidung für sie gewesen war, aber würde der Preis nicht bedeuten, dass sie direkt in das Leben zurückkehren würde, das sie verlassen hatte? Oder war es im Gegenteil so, dass sie freiwillig entschieden hatte zu gehen und dafür jetzt auf irgendeine Art und Weise belohnt wurde, von ihm und dem Universum?

So oder so wusste Anna genau, dass sie annehmen musste. Sie hatte schon viel zu lange davon geträumt. All die Tage in der Galerie, an denen sie auf die ausgestellten Bilder und die Namen der Fotografen gestarrt hatte, und all die Male, die sie ihre Arbeit irgendwo eingereicht hatte, nur um dann zu hören, dass es nicht das wäre, wonach gesucht wurde … allein für diesen Moment hatte sich das alles gelohnt. Sie hatte gewonnen und abzulehnen wäre die dümmste Entscheidung.

Ohne weiter darüber nachzudenken, scrollte sie durch die nächste E-Mail, die formelle Benachrichtigung, und antwortete mit nur drei Wörtern:

Ich bin dabei.

13. Kapitel

Vorsichtig balancierte Anna auf dem Bug des kleinen Motorbootes. Sie kam sich vor wie Rose mit Jack in *Titanic*. Nur, dass dieses Schiff hoffentlich nicht am Grund der Caldera sein Ende finden würde. Zum Glück häuften sich die Eisberge in dieser Region nicht gerade und wären bei den Temperaturen definitiv inzwischen geschmolzen.

Der Wind in Annas Gesicht war eine angenehme Erfrischung in der heißen Sonne und die gelegentlichen Spritzer Wasser fühlten sich himmlisch an. Ihr Oberteil klebte durch den Schweiß schon an ihrem Rücken und Bauch und ihre Oberschenkel waren innen ganz rot vom Aneinanderreiben. Einen Sommer wie den in Griechenland hatte sie noch nie erlebt und dabei war die angekündigte Hitzewelle noch nicht einmal richtig ausgebrochen. Als Nikos also einen Tag auf dem Meer vorschlug, hatte Anna nicht lange überlegen müssen.

»Etwas kühler da oben?«, rief Nikos ihr vom Steuerrad aus zu, woraufhin Anna nur beide Daumen nach oben streckte. Nicht einmal für Geld würde sie zurück zum Heck gehen, wo die Sonne ununterbrochen auf ihren Nacken brannte. Der Weg zur Vulkaninsel in der Mitte der

Caldera dauerte zwar nur ein paar Minuten, aber die wollte sie alle hier verbringen, am Bug des Bootes von Nikos' Freund, und dabei so viel wie möglich von dem erfrischenden Wind einfangen.

Anna stand also die ganze Zeit mit ausgestreckten Armen da, bis das Boot langsamer wurde.

»Sind wir da?«, fragte sie und als sie ihre Augen öffnete, sah sie, dass sie auf einen kleinen Hafen zusteuerten. Sie kletterte zurück zu Nikos.

»Jap, wir sind da«, antwortete er und lenkte das Boot langsam neben ein etwas größeres, an dem er es dann festband. Er prüfte noch mal alle Knoten, bevor er Anna seine Hand hinhielt, um ihr auf das andere Boot zu helfen. Sie nahm seine Hand und wankte vorsichtig rüber zum Dock.

Wieder mit festem Boden unter den Füßen, griff Nikos in seinen Rucksack und holte Sonnencreme sowie eine Flasche Wasser hervor. »Wir werden eine Weile da auf dem Fels sein«, er zeigte bergauf, »also cremen wir uns lieber noch mal gründlich ein, okay?«

Anna nickte und drehte sich um, damit Nikos ihren Nacken eincremen konnte, bevor sie das Gleiche für ihn machte. Dabei versuchte sie, einen Blick in seinen Rucksack zu werfen.

»Was hast du da sonst noch alles drin?«

Nikos zuckte mit den Schultern. »Ach, nichts Besonderes. Viel Wasser, eine zweite Hose, Snacks, Power Bank für das Handy, deine Kamera.«

Anna nickte. »Gut vorbereitet also. Du warst bestimmt mal Pfadfinder oder so was.«

»Na ja, die gibt es hier nicht«, erklärte er, »aber Elena und ich wollten mit ungefähr vierzehn einmal hier draußen campen.«

Bei der Vorstellung musste Anna lachen, während Nikos den Rucksack wieder auf den Rücken nahm und losmarschierte. Neben ihm ging sie den Weg entlang, der so schmal war, dass sie sich an ihn drücken musste, als ihnen ein Paar entgegenkam. »Und wie lief das damals?«

»Nicht gut«, antwortete Nikos. »Beziehungsweise gar nicht. Sie schmeißen abends alle von der Insel. Wir wollten uns in einer Höhle verstecken und dachten schon, es hätte geklappt, aber als wir unser Zelt aufgeschlagen haben, muss uns einer vom Wasser aus bemerkt und gemeldet haben.«

Anna lachte wieder los – sie konnte es sich perfekt vorstellen: Elena wütend, dass sie erwischt wurden, und Nikos, der so tat, als wäre es besser so, und am Ende hätten beide entschieden, dass sie es eigentlich gar nicht gewollt hatten. Zwischen Lizzy und ihr war es früher ähnlich gewesen. Ein Funken Neid stieg in ihr hoch, darauf, dass Nikos und Elena immer noch ihre Abenteuerkumpel um sich hatten, während Lizzy so weit weggezogen war. Aber sie war froh, dass Nikos sie jetzt auf Abenteuer mitnahm, jedenfalls vorläufig. Insgeheim versprach sie sich, zu Hause wieder mehr allein zu erleben.

Auf dem Weg den Felsen hinauf erhaschte Anna immer wieder kleine Blicke auf die Aussicht, aber erst nach etwa zwanzig Minuten waren sie rundherum umgeben von dem wunderschönen türkisen Wasser und hatten einen Dreihundertsechzig-Grad-Blick über Santorin. Das Meer schien fließend in den Himmel überzugehen und Anna hatte das Gefühl, die ganze Welt unter ihren Füßen zu haben. Um sie herum war nichts als blaues Wasser, blauer Himmel und die Inseln, die fast einen Ring bildeten. Sie versuchte, sich das alles als eine zusammenhängende Insel vorzustellen, aber irgendwie klappte es nicht. Der Anblick war so perfekt, dass sie es sich gar nicht anders ausmalen konnte.

»Das ist unglaublich«, sagte sie, wobei ihre Stimme kaum lauter als ein Flüstern war.

»Ja, nicht wahr?«, stimmte Nikos zu, der direkt neben ihr stand. Als sie ihn allerdings anschaute, hatte er die Augen geschlossen und ein breites Lächeln auf dem Gesicht. Aber es war nicht für sie bestimmt, und auch nicht der Ausdruck von Selbstzufriedenheit. Nein, das war die pure, unverfälschte Liebe zu seiner Heimat, die sie sah. Ab da verstand auch Anna, weshalb er nach dem Studium unbedingt wieder zurückkommen wollte.

»Da drüben gibt es mehr zu sehen«, meinte er dann, ohne die Augen zu öffnen. Anna wurde rot – *erwischt*.

»Mir gefällt einfach, wie du es hier genießt«, erklärte Anna. »Obwohl du hier aufgewachsen bist, ist es, als würdest du das hier zum ersten Mal sehen.«

»Na ja, schon, das hast du doch auch gemacht, oder? Auf den Fotos von New York?«

Anna nickte. »Irgendwie schon, aber das ist auch nicht wirklich das Gleiche, oder?«

»Ich finde, schon. Es geht darum, über alles hinwegzusehen, was man kennt, und wirklich zu sehen, was vor einem liegt.«

»Sehr tiefgründig.«

Nikos lachte. »Ich gebe mir Mühe.«

Ein paar Minuten standen sie einfach da und genossen die Aussicht, bevor Anna ihre Kamera rausholte und Fotos aus jedem erdenklichen Winkel machte. Auf dem Rückweg zum Boot schoss sie noch weitere vom felsigen Gelände und erschlich sich sogar ein paar von Nikos dazwischen. Wieder auf dem Boot, setzte sie sich extra hinter die Bootsscheibe, um beim Ablegen noch mehr Fotos machen zu können.

Als Nächstes fuhren sie zu der winzigen Insel Palea Kameni, direkt hinter der Insel in der Mitte. Beim Näherkommen fiel Anna auf, dass die Farbe des Wassers sich veränderte. An der Stelle, wo Nikos schließlich anlegte, war es aber noch türkis, und statt direkt an Land zu gehen, zog er sein Shirt aus und sprang ins Meer, um dann in eine kleine Bucht zu schwimmen, in der das Wasser eher rötlich aussah. Anna verzog das Gesicht. Sie war nicht sicher, ob sie wirklich ins Wasser wollte, aber als sie noch mehr Menschen entdeckte, die schwammen, folgte sie ihm. Ihr Oberteil und ihre Shorts legte sie gefaltet auf den Sitz im Boot, bevor sie ins Meer sprang.

Beim ersten Eintauchen in das kalte Wasser blieb ihr kurz die Luft weg, aber nach dem heißen Tag war es himmlisch. Sie tauchte auf und entdeckte Nikos, der ein paar Meter vor ihr schwamm und ihr zuwinkte.

Mehrere Dinge passierten, als sie ihm in die orange Bucht folgte. Zum einen wurden es immer mehr Menschen im Wasser, je weiter sie schwammen. Zum anderen trieben orange Brocken an ihr vorbei. Das schien nicht gerade appetitlich, aber wahrscheinlich kam es nur von den ganzen Leuten, die den Schlamm aufwühlten.

Außerdem, was Anna am wenigsten gefiel: Je weiter sie in die Bucht schwammen, desto wärmer wurde das Wasser. Erst dachte sie, das liege nur daran, dass es flacher wurde, aber irgendwann wurde es so warm, dass es unmöglich nur Aufwärmung durch die Sonne sein konnte.

»Wieso ist das Wasser hier so warm?«, fragte sie, als sie Nikos eingeholt hatte.

»Weil das hier eine heiße Quelle ist«, antwortete er. »Das Wasser kommt da aus der Bucht.«

Anna schaute ihn entsetzt an. »Wir haben gefühlt tausend Grad im Schatten und du bringst mich zu einer heißen Quelle?«

Neben ihr im Wasser zuckte Nikos mit den Schultern. »Wir hatten halt das Boot heute und die meisten Touristen wollen hierher.«

Anna seufzte. Auch wenn der Gedanke an einen natürlichen Whirlpool gerade alles andere als verlockend klang, Nikos wollte ihr nur alles zeigen. »Na gut, dann los«, sagte sie, »wer als Erster da ist!«

Beide schwammen so schnell sie konnten auf die Quelle zu. Anna hatte schon befürchtet, anhalten zu müssen, wenn es zu heiß wurde, aber sie kamen nicht einmal annähernd bis zum Ende der Bucht, da es viel zu voll war.

»Tut mir leid«, meinte Nikos, als beide anhielten. »Ich habe versucht, es so zu planen, dass wir nicht zur gleichen Zeit hier sind wie die von der Rundfahrt, aber im Moment sind es einfach zu viele Touristen. Irgendeine Gruppe ist immer gerade hier.«

»Schon gut«, sagte Anna und legte ihm eine Hand auf den Arm. »Der Gedanke zählt. Außerdem ist es mir sowieso viel zu heiß.«

»Also zurück zum Boot?«, schlug Nikos vor. »Ich könnte auch einen Schluck Wasser vertragen.«

»Klingt gut.«

Den Weg zurück schwammen beide entspannter und am Boot angekommen ließ sich Anna noch einen Moment einfach treiben und schaute in den weiten blauen Himmel.

»Das Wasser hier ist echt traumhaft«, sagte sie und stieß kurz mit dem Bein gegen Nikos. Er lehnte sich auch zurück, hielt sich an einem Seil, das vom Boot hing, fest und hakte seinen Fuß unter Annas, sodass sie zusammen das sanfte Auf und Ab der Wellen genossen.

»Wer ist der griechische Gott des Meeres?«

»Poseidon, glaube ich«, antwortete Nikos, »aber das ist selbst hier nicht mehr verbreitet.«

Anna musste lachen. »Ich weiß, aber ich kann mir die Namen einfach nie merken.«

»Also, er war nicht nur der Gott des Meeres. Er war einer der zwölf Götter des Olymps. Ich glaube, er war auch Gott der Erdbeben und Pferde.«

»Und trotzdem kennt man ihn nur als Gott des Meeres. Vielleicht hätte er mehr Erdbeben hervorrufen oder sich öfter mal in ein Pferd verwandeln sollen.«

Nikos schwieg kurz. »Ja, da hat er wohl aufs falsche Pferd gesetzt.«

Anna prustete los, dann musste sie zwar etwas rudern, um sich oben zu halten, aber sie konnte nicht anders. Auch Nikos lachte zufrieden los.

»Das war so ein Dad-Joke«, kommentierte Anna und bespritzte ihn mit Wasser.

»Na ja, anscheinend hat er dir ja gefallen.« Mit dem Meerwasser strich er seine Haare nach hinten und lächelte Anna an, wobei seine weißen Zähne in seinem gebräunten Gesicht in der Sonne strahlten. »Lust auf Mittagessen?«

»Klar«, antwortete Anna und folgte Nikos zurück zum Boot und die Leiter hinauf. Nikos startete den Motor und löste das Seil, mit dem das Boot festgemacht war. Langsam navigierte er zwischen den Schwimmern und den anderen Booten wieder auf das offene Meer. Statt zurück nach Oía zu steuern, fuhren sie jedoch weiter raus, auf die winzige Insel Aspronisi zu.

»Wieso fahren wir hierher?«, fragte Anna nach. »Ich dachte, man kann nicht auf die Insel.«

»Die meisten Leute nicht«, erklärte er und steuerte auf ein kleines natürliches Hafenbecken zu. »Die Insel gehört seit sechs oder sieben Generationen derselben Familie, aber zum Glück kenne ich die Leute.«

Mit weit aufgerissenem Mund starrte Anna ihn an. »Ernsthaft?«

Er nickte. »Jap. Was denkst du, woher ich das Boot habe?« Er warf den Anker aus, da es sonst keine Möglichkeit gab, das Boot fest zu vertäuen. Dann sprang er ins Wasser, um an Land zu schwimmen. Das Wasser reichte ihm bis zum Kinn, aber er konnte stehen.

»Reichst du mir den Rucksack und die Kühlbox unter dem Sitz?«, sagte er zu Anna, die ihm daraufhin beides gab. Er hielt beides über seinen Kopf. »Denkst du, du kannst die Handtücher noch mitnehmen?«

Anna nickte und kletterte dann mit den Handtüchern ins Wasser. Nikos war vielleicht nicht bei den Pfadfindern gewesen, sie aber schon, und drei Minuten mit einer Hand über dem Wasser zu schwimmen, war eine der Prüfungen für ihr fünftes Schwimmabzeichen. Erst hielt sie sich am Boot, bis sie die Stelle erreicht hatte, von der aus sie stehen konnte, von da ging sie den Rest.

Am sonst komplett leeren Kiesstrand angekommen, breitete Anna die Handtücher auf dem Boden aus. Nikos holte eine große Vorratsdose mit Salat aus der Kühlbox, dann eine kleinere mit Oliven sowie eine Tüte mit zwei Sandwiches und zuletzt noch Gabeln und zwei Flaschen Wasser.

Beim Essen erzählte er ihr, dass er die Familie kannte, weil er in der Schule mit dem Jungen befreundet war, und Anna berichtete ihm von dem Pfadfindercamp, in dem sie zwischen acht und achtzehn jeden Sommer gewesen war. Als sie die ganzen Abzeichen erwähnte, machte er sich erst darüber lustig, wie sexistisch das alles klang, bevor sie ihm auch von ihren Abzeichen in Naturwissenschaften, Politik und Umwelt erzählte. Das mit Abstand wichtigste Abzeichen für sie war allerdings immer schon das in Fotografie gewesen.

»Bist du so zur Fotografie gekommen?«

Anna nickte. »Ich war elf. Es war das Allerschönste für mich. Ich hatte nur die alte Kamera unserer Leiterin, aber damit habe ich mein erstes Foto geschossen. Ich weiß noch, dass es ein Bild von Lizzy war, wie sie ihre Hausaufgaben gemacht hat. Sie hat sich immer schon so sehr für Wissenschaft und Landwirtschaft interessiert und hatte ein offenes Buch vor sich liegen, mit einem Stift in einer Hand und einer Rübe in der anderen. Als ich das Foto gemacht habe, dachte ich, dass es superlustig würde. Erst beim Entwickeln ist mir dann ihr Gesichtsausdruck aufgefallen. Sie wirkte so entschlossen und konzentriert, so hatte ich sie noch nie gesehen. Da habe ich gelernt, dass man durch Fotos manchmal Dinge entdeckt, die einem sonst nie auffallen würden, selbst wenn sie direkt vor einem liegen. Wenn man ein Foto von etwas macht, gibt man dem Objekt Bedeutung und dadurch setzt man sich viel intensiver damit auseinander.«

»Das verstehe ich«, meinte Nikos. »Als ich noch in London wohnte, habe ich mich immer gefragt, wie Leute Bilder von Armut sehen, die ihnen das Herz brechen, aber die Armut, an der sie jeden Tag vorbeigehen, ignorieren können. Das ist bestimmt ganz ähnlich wie das, was du beschreibst.«

»Genau. Manche interessieren sich erst für etwas, wenn ein Künstler, Journalist oder Influencer es ihnen sagt. Durch Fotografie kann man Menschen dazu bewegen, Sachen wahrzunehmen, die sie sonst übersehen.«

Nikos lächelte. »Das ist echt cool. Ich glaube, ich verstehe langsam, wieso es dich so fasziniert.«

Auch Anna lächelte und merkte, wie ihre Wangen schon wieder heiß wurden. »Danke«, sagte sie. »Ich liebe es wirklich. Selbst Fotos von Elena auf irgendwelchen Mauern zu schießen ist spannend. Es macht natürlich niemanden auf irgendwelche Probleme aufmerksam, aber sie fühlt sich in dem Moment wichtig und stark. Ich denke, dass jeder sich mal so fühlen sollte, erst recht jemand so Beeindruckendes wie Elena.«

Nikos rollte mit den Augen. »Sie fühlt sich auch so schon wichtig, das kann ich dir versichern«, meinte er. »Aber ich finde es schön, wie du das siehst.«

Anna steckte sich eine Olive in den Mund. »Danke«, sagte sie und nahm den vollen Mund als Ausrede, um nicht mehr dazu sagen zu müssen. Stattdessen starrte sie auf das Meer und dachte zum ersten Mal an dem Tag an den MarMac Contest. Kurz dachte sie daran, Nikos davon zu erzählen. Er würde es sicherlich verstehen, besonders jetzt, nachdem er begriffen hatte, wie viel ihr die Fotografie bedeutete, aber tief im Inneren wusste Anna, dass er nur eines fühlen würde, wenn sie ihm erzählte, dass ihre gemeinsame Zeit bald vorbei sein würde – Enttäuschung.

Nach dem Essen gingen Anna und Nikos noch mal kurz ins Wasser, bevor sie zurück zur Hauptinsel fuhren. Die Schlüssel zum Boot gaben sie bei jemandem im Büro am Hafen ab, um dann hoch nach Oía zu gehen, wo der Truck parkte. Erst mussten sie zurück zum Sommerhaus, um sich umzuziehen, weil sie danach zusammen mit Eirini und Christos zum Essen verabredet waren. Nikos wollte Anna dabei helfen, die Beziehung zu ihren Großeltern wieder in Ordnung zu bringen, und das Abendessen war definitiv ein Schritt in die richtige Richtung.

Die Rückfahrt über wich Anna einem ernsthaften Gespräch eher aus. Seit der E-Mail von Marcus wusste sie, dass sie es früher oder später auch Nikos und Elena erzählen musste. Vielleicht würden sie sich ja sogar für sie freuen. Aber ein Teil von ihr dachte, dass sie beide verletzen müsste, und der Teil hielt sie davon ab, es anzusprechen. Also drehte sie die Musik im Truck auf. Sie wusste genau, dass Nikos sonst merken würde, dass etwas nicht stimmte. Sie war nicht gewohnt, dass außer Lizzy irgendjemand so gut in ihr lesen konnte. Aber bis sie sich überlegt hatte, wann und wie sie es ihm erzählen wollte, sollte er möglichst nicht mitbekommen, dass sie ihm etwas verheimlichte.

Am Haus angekommen, rannte Anna schnell nach drinnen, um sich umzuziehen. Nikos zog sich praktischerweise im großen Haus um. Nach dem gemeinsamen Tag wusste Anna nicht, ob sie Nikos nackt im Sommerhaus aushalten könnte. Sie warf sich ihr kürzestes und freizügigstes Kleid über, das noch für ein Essen mit den Großeltern angemessen schien. Nicht, um Nikos zu beeindrucken, sondern wegen der Hitze – jedenfalls redete sie sich das ein.

Fertig umgezogen schloss sie das Sommerhaus ab und ging zur Einfahrt. Eirini und Christos saßen schon vorn im Truck und Nikos hinten. Anna kletterte zu ihm durch, wobei sie sich Mühe gab, dass ihr Kleid keine allzu tiefen Einblicke erlaubte. Nach jeder Menge Rumgezupfe und Festgehalte saß sie schließlich und Christos konnte losfahren.

»Ist das nicht köstlich?«, meinte Eirini und zeigte auf die Feta me Meli auf ihrem Teller. Anna hatte sich das Gleiche bestellt, Filoteig gefüllt mit Feta und mit Honig beträufelt. Im Café verkauften sie es auch, allerdings nur als

Vorspeise. Im Vergleich war die Portion hier geradezu riesig und neben dem Feta waren auch noch Paprika, Pilze und Spinat in der Füllung. Das Restaurant machte insgesamt einen eher schicken Eindruck. Es lag auf der Südseite der Insel und sie hatten einen wunderschönen Blick über die Caldera, während die Sonne allmählich unterging.

»So lecker«, stimmte Anna zu. »Ich hätte nie gedacht, dass Honig zu dem Gemüse schmeckt, aber es ist echt gut.«

Eirini nahm lächelnd noch einen Bissen. Seit dem eher nicht so erfolgreichen Familienessen hatte sich die Stimmung die letzten Tage wieder gebessert. Vielleicht hatte Eirini ein schlechtes Gewissen, weil sie Anna angeschrien hatte, oder sie ging davon aus, dass Anna die Briefe gelesen hatte und ihre Einstellung sich änderte. Auch wenn Anna bisher nur einen Brief von ihrem Vater geschafft hatte, reichte der schon aus, um Giorgos besser zu verstehen.

Da sie noch sechs Wochen bis zur Ausstellung in der Galerie hatte, wollte Anna so lange wie möglich in Griechenland bleiben. Das Sommerhaus fertig herzurichten dauerte sowieso länger als geplant und sie genoss ihre Zeit auf der Insel. Außerdem gab es gerade auch nicht wirklich viel für sie in New York, und solange sie hierblieb, wäre es schön, besser mit Eirini und Christos klarzukommen. Wahrscheinlich würde sie auch weiterhin ihre Hilfe brauchen.

»Wegen neulich«, fing Anna an, aber Eirini hob sofort eine Hand und würgte sie ab.

»Schon gut, du brauchst gar nichts zu sagen. Das war unangebracht von mir. Es tut mir leid, dass ich laut geworden bin.«

»Danke«, antwortete Anna mit einem Lächeln. »Aber ich weiß, dass ich euch mit meinem Plan, das Haus zu verkaufen, überrascht habe. Das tut mir leid. Ich hätte von Anfang an deutlich sein sollen, was das angeht.«

Eirini legte ihre Gabel zur Seite und schaute, bevor sie antwortete, kurz zu Christos, der tief ins Gespräch mit Nikos vertieft war. »Anna, du bist uns nichts schuldig. Dein Vater wollte, dass ihr das Haus bekommt, und wir hätten seinen Wunsch von Anfang an respektieren sollen. Wir sind so froh, dass wir dich kennenlernen können, solange du hier bist, und hoffen, dass du auch deinen Vater etwas besser kennenlernen kannst. Er war wirklich ein guter Mann.«

»Ja, so langsam wird mir das auch bewusst«, meinte Anna. »Auch wenn ich von meiner Mutter immer eine ganz andere Geschichte gehört habe. Also danke für die Briefe, die helfen mir sehr.«

Eirini nickte und legte ihr kurz eine Hand auf den Arm. Es war das erste Mal, dass Eirini sie berührte, und Anna war etwas überrascht. Sie schaute zu Eirini, die wirkte, als würden ihr jeden Moment Tränen in die Augen schießen. Da sah sie Eirini zum ersten Mal nicht als die Mutter ihres Vaters oder ihre Gastgeberin, sondern wirklich als ihre Großmutter. Anna lehnte sich rüber und umarmte sie. Eirini schloss sie sofort in ihre Arme und strich ihr über den Rücken.

Als sie sich wieder voneinander lösten, lächelte Anna ihre Großmutter an, bevor sie bemerkte, dass Nikos und

Christos nicht mehr redeten, sondern die beiden anstarrten. Nikos versuchte noch, unauffällig auf seinen Teller zu sehen und nur kurz einen Blick zu erhaschen, während er in seinem Essen herumstocherte, aber Christos strahlte die beiden an.

Danach aßen alle weiter, bis ein paar Minuten später immer mehr Gäste auf die Terrasse kamen, um den berühmten Sonnenuntergang über Santorin zu beobachten.

Auch Anna drehte sich und schaute zu, wie die Sonne sich langsam dem Horizont näherte, und kurz wünschte sie, sie hätte ihre Kamera mitgenommen. Aber sie brauchte kein Foto von dem Augenblick zu machen, um zu wissen, dass er wichtig war. Zum ersten Mal, seit sie hier war, hatte sie das Gefühl, mehr als ein Haus geerbt zu haben. Sie hatte eine ganze Familie geerbt.

Liebe Grace,
bald wäre unser zehnter Hochzeitstag gewesen und ich muss in letzter Zeit viel an unsere Hochzeit denken. Wie ich schon damals hätte ahnen müssen, was kommt.

Als du Ja gesagt hast, hätte ich der glücklichste Mensch auf der Welt sein sollen. Aber das war ich nicht. Ich hatte Panik. Du hattest mich schon einmal verlassen, und auch wenn du immer meintest, dass es war, weil du Angst vor deinen Gefühlen hattest, habe ich dir das, denke ich, niemals ganz geglaubt. Nicht wirklich. Und ich wusste, dass du mich wieder verlassen konntest, wenn dir danach war. Selbst damals war mir schon bewusst, dass ich nur eine Marionette war und du die Fäden in der Hand hieltst.

Nicht, dass ich dich nicht heiraten wollte. Als du mir von der Schwangerschaft erzählt hast, von Lizzy, hätte ich auf der Stelle vor Glück platzen können. Ich habe mich so sehr darauf gefreut, Vater zu werden. Das ist das Schönste in meinem Leben, selbst jetzt noch, nach zwei Jahren ohne meine Kinder. Ich weiß, dass ich sie wahrscheinlich erst wiedersehen werde, wenn sie alt genug sind, um selbst herzukommen. Aber ich war so glücklich, ein Kind mit dir zu bekommen, und wollte, dass wir eine richtige Familie sind. Ich wollte wissen, dass du für mich da bist, genau wie ich immer für dich da sein wollte. Ich dachte, so würde unsere Ehe funktionieren.

Aber ich hätte es ahnen müssen. Schon bei dem Antrag – du hattest Tränen in den Augen, aber sie sahen nicht nach Freudentränen aus. Dass du immer darauf bestanden hast, alles klein zu halten, nur mit unseren Eltern in der nächsten Kirche zu heiraten, obwohl alle deine Freunde riesige Märchenhochzeiten feierten. Wie du jeden Abend geweint hast und es immer auf die Hormone geschoben hast … Ich wollte dir glauben, aber tief im Inneren habe ich, glaube ich, gewusst, dass es nicht stimmte.

Ich war diese Woche auf einer Hochzeit. Es war eine kleine Feier, selbst für die Verhältnisse auf Santorin, aber alle waren so glücklich und freuten sich. Alle haben zusammen getanzt, gelacht, die Liebe gefeiert. Das hatten wir nie. Wenn ich aufmerksamer gewesen wäre, mir selbst nichts vorgemacht hätte, vielleicht hätte ich dann alles rechtzeitig beenden können. Ich hätte verhindern können, dass wir uns irgendwann gegenseitig so verabscheuten, dass der einzige Ausweg war, alles zu zerstören. Es tut mir leid, dass ich es so weit habe kommen lassen. Dass ich mir gegenüber und auch dir gegenüber nie ehrlich war.

Aber bitte, Grace, ich flehe dich an, bitte lass mich meine Kinder sehen. Das Sommerhaus, das du noch von früher kennst, steht immer noch. Nur ein Wort und ich bereite alles vor. Ich kann bei meinen Eltern unterkommen und du bleibst mit den Mädchen im Sommerhaus. Bitte, bitte lass sie mich sehen. Das ist alles, was ich möchte.

Giorgos

14. Kapitel

»Uuuuund … fertig!«, rief Nikos, während er die letzte Fliese in die Lücke drückte und aufstand. Sie hatten sich beim Verlegen von der hinteren Wand zum Ausgang vorgearbeitet, damit sie danach nicht noch über den frisch verlegten Boden trampeln mussten. Nun standen sie draußen vor der Tür. Anna hatte ihre Taschen zum Truck gebracht und war gerade zurückgekommen.

»Mein Held«, sagte sie und gab ihm ein High five. »Das hätte ich niemals allein geschafft.«

Nikos ließ aus Spaß seine Muskeln spielen und Anna musste lachen. Dann schaute sie auf ihr Handy, um nachzugucken, wie spät es war.

»Genau nach Plan. Also zum Hotel und einchecken?«

»Klar, fahren wir«, stimmte Nikos zu. Sie gingen zum Truck und stiegen ein.

»Also, was erwartet mich heute Abend eigentlich?« Anna hatte schon ein bisschen nach griechischen Hochzeiten gegoogelt – und dem starken Drang widerstanden, *My Big Fat Greek Wedding* anzuschauen –, aber es schien komplett unterschiedlich zu sein, abhängig von dem Brautpaar, Region, Religion … eigentlich hatten ihre Nachforschungen sie überhaupt nicht weitergebracht.

»Hmm, na ja. Lange Zeremonie, Menschen, die in Kreisen tanzen … Welche Farbe hat dein Kleid?«

Anna musste kurz nachdenken, was für ein Kleid sie überhaupt eingepackt hatte. »Blau.«

»Sehr gut«, meinte Nikos. »Man muss nichts Blaues tragen, aber viele Gäste werden das wohl tun, irgendein Aberglaube.«

»Dann habe ich ja Glück.«

»Ach, und nimm Bargeld mit. Ganz am Ende kommt ein Tanz, bei dem man das Brautpaar mit Geld bewirft.«

»Wie bei Strippern oder so?«, fragte Anna überrascht nach.

Nikos lachte. »Ehrlich gesagt schon ein bisschen so.«

»Komisch«, murmelte Anna, aber sie wollte die Tradition mitmachen. Dann dachte sie an Elenas Kommentar, nachdem Anna sich den Zeh an der Scherbe geschnitten hatte. »Also keine Teller kaputtmachen?«

»Normalerweise nicht. Zu gefährlich. Aber das hängt davon ab, wie betrunken der *Koumbaro*, also so was wie der Trauzeuge, ist. Und da das Kostas ist, wahrscheinlich sehr.«

»Oh, wow«, staunte Anna, als sie die Tür zu ihrem Hotelzimmer öffnete. Xenia hatte ihr angeboten, als kleinen Testlauf in eines der neuen Zimmer zu ziehen. Sie brauchte nichts zu bezahlen, sondern sollte nur berichten, ob alles in Ordnung war. Anna hatte natürlich sofort zugestimmt, besonders da auch Frühstück per Roomservice jeden Morgen inklusive war.

Mit einem so beeindruckenden Zimmer hatte sie allerdings nicht gerechnet. Die gewölbten Decken über jedem Bereich mussten am höchsten Punkt fast sechs Meter hoch sein und ein großzügiger Flur mit Schränken an einer Seite führte in ein riesiges helles Zimmer mit einer Lounge in einer Ecke und einem enormen Himmelbett auf der anderen Seite. Anna warf einen kurzen Blick in das Bad und entdeckte eine große freistehende Badewanne, einen Waschtisch mit einem beleuchteten Spiegel darüber und eine atemberaubende Regendusche. Allein bei dem Gedanken an eine richtige Dusche wollte sie vor Freude schreien.

»Nikos, komm her! Guck mal!«, rief sie und winkte ihn rüber. Als sie sich zu ihm umdrehte, bemerkte sie allerdings, dass er gerade dabei war, sich auszuziehen. »Was zum Teufel machst du da?«, fragte sie und war nicht ganz sicher, ob sie weggucken oder ihn aufhalten sollte. Bevor sie sich entscheiden konnte, lief er schon nur in Shorts durch die Terrassentür nach draußen und sprang in den Pool.

Anna war so abgelenkt von der Decke und allem anderen gewesen, dass ihr der private Infinity-Pool mit Blick auf das Meer gar nicht aufgefallen war. Sie ging nach draußen und beobachtete Nikos lachend, der wie ein Kind im Wasser planschte.

»Los, komm auch rein!«, rief er ihr zu.

»Auf keinen Fall«, meinte sie und schüttelte den Kopf, achtete darauf, nicht von den Wasserspritzern getroffen zu werden. »Ich muss mich noch für die Hochzeit fertig machen. Zumindest einer von uns sollte einigermaßen präsentabel aussehen.«

Nikos verdrehte die Augen. »Na gut, aber du musst die nächsten Tage mal hier mit mir schwimmen.«

»Wenn ich nirgendwo anders hinmuss, sofort«, stimmte sie zu, bevor sie wieder reinging und anfing, ihre Sachen auszupacken.

»Wieso packst du alles aus?«, wollte Nikos vom Pool aus wissen. »Du bleibst doch nur drei Tage hier, da brauchst du doch bestimmt nicht all deine Klamotten.«

Anna zuckte mit den Schultern. »Ich packe immer alles aus, wenn ich irgendwo bin. Ich mag es nicht, ständig aus einem Koffer zu leben.« Und ich nehme immer viel zu viele Klamotten mit, dachte sie sich. Dann drehte sie sich wieder zu Nikos, der triefend nass vor der Terrassentür stand. »Nikos, du machst alles nass!« Sie rannte in das Bad und holte schnell ein Handtuch, das sie ihm durch das Zimmer zuwarf.

Er wickelte sich das Handtuch um und ging zum Bad. »Okay, komm runter. Ich trockne mich ab und dann lasse ich dich in Ruhe.« Er zog die Tür hinter sich zu.

Jetzt rollte Anna mit den Augen und ging wieder zu ihrer Tasche. Als ihr Blick auf die Kamera fiel, beschloss sie, ein paar Fotos von dem Zimmer zu machen. Die Leute von ihrem Großvater hatten das wirklich alles großartig gemacht. Es war das schönste Hotelzimmer, in dem sie jemals gewesen war. Sie hockte sich vor dem Fernseher hin, um ein gutes Foto von der Decke und dem Bett hinzubekommen. Dann legte sie Nikos' Klamotten zur Seite, um eines von der Lounge zu machen. Sie legte sogar ein paar der kleinen Creme- und Shampoo-Fläschchen zurecht und fotografierte die.

Als Nächstes wollte sie noch ein paar Fotos von der Terrasse machen, bevor Nikos alles noch mehr verwüstete, und ging nach draußen. Auf dem Weg trat sie in eine der Pfützen, die Nikos nach dem Schwimmen dort hinterlassen hatte, und rutschte aus. Kurz konnte sie noch das Gleichgewicht halten, aber die Kamera flog ihr aus der Hand, und als sie danach griff, kam sie wieder ins Schwanken und stolperte rückwärts auf den Zementboden.

Im letzten Moment tauchte Nikos unter ihr auf und schaffte es gerade noch, sie abzufangen. Sie landete auf seinen Beinen und mit der Hand, die sie nach der Kamera ausgestreckt hatte, traf sie ihn mitten im Gesicht.

»Alles in Ordnung?«, fragte er, als sie sich von ihm runterrollte und erst mal die Kamera musterte. Erst da fiel ihr auf, dass ihre Finger etwas wehtaten.

»Ja, alles gut, ich habe nur … Oh, Scheiße!«, erschrak sie, als sie ihn ansah. Sein eines Auge war komplett rot. Ihr wurde ganz schlecht. Die ganze Zeit hatte sie versucht, ihn nicht zu verletzen und jetzt hatte sie ihn doch verletzt – nur eben körperlich. Sie stellte die Kamera zur Seite und kroch wieder zu ihm. »Bei *dir* alles in Ordnung?«, fragte sie und strich vorsichtig über sein Gesicht, wollte ihm nicht noch mehr wehtun.

»Ja, alles gut«, antwortete er und verzog das Gesicht. »Nur, dass es echt wehtut.«

Anna lachte etwas unbeholfen. »Tut mir so leid, Nikos. Ich wollte dich nicht schlagen. Aber danke, dass du mich gefangen hast.«

»Ach, schon gut«, meinte er und versuchte zu lächeln. »Ich habe ja das Wasser reingeschleppt.«

»Das stimmt. Eigentlich bist allein du an allem schuld.« Beide lachten, aber Anna sah ihm an, dass er Schmerzen hatte. »Lass mich Eis bestellen«, schlug sie vor und tupfte dann mit dem Handtuch über die Stelle. Sie hatte zwar keine Ahnung, was das bringen sollte, aber machte dennoch weiter, bis er ihre Hand festhielt und mit dem Daumen über ihr Handgelenk strich. Sie spürte seinen warmen Atem auf ihrer Haut und er merkte sicher, dass sofort ihr Herz wie verrückt zu rasen anfing.

»Ist wirklich nicht schlimm«, beruhigte er sie. »Ich muss sowieso los und mich umziehen.«

»Du kannst doch so nicht fahren.«

»Schon gut«, meinte er, »dein Großvater müsste auch bald los, er fährt mich bestimmt nach Hause und dann komme ich mit der Vespa zurück. Die Hochzeit ist auch nicht weit von hier, nur den Strand runter, da können wir zu Fuß gehen.«

»Ich weiß nicht«, sagte Anna. »Solltest du so wirklich fahren? Dann noch auf einem Motorroller?«

Er nahm ihre Hand und schaute ihr in die Augen. »Anna, es ist alles in Ordnung. Ich bin vorsichtig, versprochen.«

Sie nickte, ihre Hand lag immer noch auf seinem Gesicht. »Okay. Aber lass mich wenigstens helfen, Christos zu suchen.« Sie stand auf und zog ihn hoch, wobei er kurz stöhnte. Sie merkte sofort, dass er den Schmerz herunterspielen wollte.

»Ernsthaft, Anna, mir geht es gut«, versicherte er ihr

noch mal, als sie zur Tür gingen. »Wenigstens passt mein blaues Auge jetzt zu deinem Kleid.«

Als er weg war, packte Anna ihre restlichen Sachen aus und fing an, sich fertig zu machen. Sie hatte tatsächlich beinahe ihren gesamten Kleiderschrank mitgenommen – viel einfacher, alles in einen Koffer zu stopfen, als zu überlegen, was sie die nächsten Tage anziehen wollte –, darunter auch drei unterschiedliche blaue Kleider. Was soll man sagen? Blonde Haare, blaue Augen … Blau war schon ihre Lieblingsfarbe, seit sie als Kind das erste Mal Aschenputtel gesehen hatte. Keines der Kleider hatte sie bisher auf Santorin angehabt, da sie sich meist an Tops mit Shorts gehalten hatte, aber jetzt bot sich endlich die perfekte Gelegenheit, sich chic zu machen, und sie war irgendwie schon ganz aufgeregt. Ein paar der Kleider konnte man allerdings nur ohne BH tragen und da sie nicht das Glück hatte, zu den Frauen zu gehören, die sich das leisten konnten, legte sie diese Kleider erst mal zur Seite.

Nach ein paar Minuten entschied sie sich für ein strukturiertes mittellanges Baumwollkleid, das recht hochgeschlossen war und perfekt zu einer kirchlichen Trauung passte. Sie hängte es im Bad auf, damit sich die Falten aushängen konnten, während sie duschte. Danach kramte sie das Bikini Waxing Kit heraus, das sie in einer Drogerie besorgt hatte, und versuchte, die Gebrauchsanweisung zu entziffern. Auch wenn sie *da unten* nicht besonders viel Action erwartete, fühlte es sich irgendwie unpassend an, sich fertig zu machen und diesen Teil auszulassen. Nur, dass sie so ein Waxing Kit für zu Hause noch nie benutzt hatte, war ein Problem. Die Anleitung war natürlich auch auf Griechisch – also für Anna in etwa so hilfreich wie eine IKEA-Anleitung. Kurz überlegte sie, runter ins Café zu laufen und Elena zu fragen, aber sie wollte wirklich nicht, dass Elena irgendetwas da reininterpretierte, dass Anna sich untenrum enthaaren wollte, wenn sie zusammen mit Nikos auf eine Hochzeit ging. Letztlich gab sie auf und entschied sich doch für den guten alten Rasierer.

Anna genoss die Dusche, doch als sie dann gerade rauskam und sich nach vorn beugte, um ihre Haare in ein Handtuch zu wickeln, stieß sie aus Versehen gegen das Kleid und es fiel runter – direkt in eine Pfütze auf dem Boden. »Scheiße«, fluchte sie leise und hob es wieder auf, aber das Kleid war stellenweise triefend nass.

Sie schaute kurz auf ihrem Handy nach, wie spät es war. Die Zeit würde niemals reichen, um sich fertig zu machen und das Kleid trocknen zu lassen. Also zog sie erst mal den Bademantel über und ging mit dem Kleid auf die Terrasse, in der Hoffnung, dass es an der frischen Luft schneller trocknen würde, während sie sich dabei um ihre Haare und das Make-up kümmern konnte. Mit allem anderen fertig, betete Anna um ein Wunder, als sie wieder nach draußen ging, nur um dann zu sehen, dass immer noch dicke Tropfen von dem Kleid auf den Zement fielen.

Sie hatte nur noch zehn Minuten, bevor Nikos zurückkommen wollte, also drehte sie sich wieder zu dem Stapel an Kleidern. Nur ein weiteres Kleid wirkte angemessen für eine Hochzeit, allerdings war da wieder das Problem mit dem BH. Außer …

Anna durchwühlte die Schublade, in die sie all ihre Unterwäsche gestopft hatte, und zog schließlich ihren schönsten BH heraus – wirklich getragen hatte sie ihn allerdings noch nie. Als die Sache mit Marcus gerade anfing, hatte sie ihn gekauft, aber da er darauf bestand, ihr hässlichere, aber dafür teurere Unterwäsche zu kaufen, hatte sie sich immer verpflichtet gefühlt, die Sachen von ihm zu tragen. Davon hatte es natürlich nichts in den Koffer geschafft, aber Anna war überglücklich, dass sie den anderen BH eingepackt hatte. Ein weißer, selbst an den Cups leicht durchsichtiger Longline-BH aus Spitze und mit zarten eingearbeiteten Stützstäben. Das war der einzige trägerlose BH, bei dem sie nicht ständig das Gefühl hatte, ihn hochziehen zu müssen, und bei dem neuen Kleid brauchte sie definitiv etwas Trägerloses.

Sie schnappte sich noch den passenden weißen Spitzenstring – nicht, dass irgendjemand den sehen würde, aber dennoch – und schlüpfte schnell hinein, bevor sie das Bügeleisen aus dem Schrank holte. Vorsichtig glättete sie mit dem Dampf die Falten, ohne das Satin nass zu machen, dann warf sie das Kleid über.

Beim Blick in den Spiegel blieb ihr kurz die Luft weg. Das blassblaue Kleid wirkte gleichzeitig leicht und umschmeichelte ihre Figur, betonte alle Kurven perfekt, ohne dabei zu figurbetont zu sein. Dank der feinen Träger und dem V-Ausschnitt sah man die Sommersprossen, die auf ihren Schultern und dem Dekolleté aufgetaucht waren. Der Schlitz im Rock war gerade hoch genug, dass ihr Bein rausblitzte, es aber immer noch für eine Kirche angemessen schien – jedenfalls hoffte sie das. Die hohen Riemchensandalen passten ebenfalls genau dazu, zarte Linien zogen sich über ihre Füße hoch zu den Knöcheln. Das schlichte weiße Tuch, das sie in der Kirche über ihre Schultern legen wollte, war gerade dünn genug, dass man dennoch die Silhouette des Kleides erkennen konnte. Auch ihre silberne Lieblingskette fügte sich genau in den Ausschnitt ein. Ihr hochgestecktes Haar ließ Anna wieder runter, die Wellen umspielten ihr Schlüsselbein. Sie überlegte noch, was sie stattdessen damit machen sollte, nahm dann ein bisschen von dem Schleierkraut aus dem Blumenstrauß auf dem Tisch und steckte es sich hinter das Ohr. *Perfekt.* Sie fühlte sich wirklich wie eine Prinzessin auf dem Weg zu einem Ball.

Als Nikos sie sah, klappte ihm sofort der Mund auf.

»Anna, du siehst unglaublich aus«, sagte er und musterte sie. Er nahm ihre eine Hand und drehte sie im Kreis, wobei das Kleid leicht hochflog und sich aufbauschte. »Wirklich, du hast dich selbst übertroffen.«

»Du siehst aber auch nicht schlecht aus«, meinte sie und bewunderte seinen schwarzen Smoking, wobei sie versuchte, nicht zu sehr auf die Muskeln zu achten, die sich durch das enge Hemd abzeichneten. »Wie ein griechischer James Bond.«

Er ließ sie wieder los, griff mit einer Hand an sein Revers und kniff die Augen leicht zusammen. »Gerührt, nicht geschüttelt«, sagte er mit tiefer Stimme.

Anna lachte. »Okay, ich habe keinen einzigen James-Bond-Film gesehen und weiß trotzdem, dass das falsch war.«

Er zuckte mit den Schultern. »Ich auch nicht. Ich dachte, das sei nach unserem Filmabend offensichtlich gewesen.«

Unter seinem Arm hatte Nikos einen kleinen Beutel Reis, den Anna sich nahm und anschaute. »Machst du später noch ein Curry?«

»Sehr lustig«, antwortete er nur und schnappte sich den Reis wieder zurück. »Du wirst noch sehen, wofür der ist.«

»Dein blaues Auge sieht aber nicht so gut aus.« Anna streckte eine Hand aus, um sanft mit dem Finger über den inzwischen lilafarbenen Ring um sein Auge zu streichen. Er zuckte bei der Berührung etwas zusammen.

»Ist schon in Ordnung«, meinte er. »Ich habe es zu Hause gekühlt und wenn wir anfangen zu trinken, tut das Blinzeln bestimmt auch nicht mehr weh.«

Annas Blick muss bestürzt gewesen sein, denn er entschuldigte sich sofort und versicherte ihr, dass es überhaupt nicht wehtat. Es wirkte sogar fast glaubwürdig.

Anna nahm ihre Handtasche vom Tisch und prüfte noch mal, ob sie alles dabeihatte. »Wollen wir los?«

Nikos hielt ihr seinen Ellenbogen hin und sie hakte sich ein. »Los geht's.«

Eine Stunde später traten Anna und Nikos aus der Kirche in das sanfte Abendlicht. Auch wenn die Zeremonie recht lang gewesen war, kam es Anna überhaupt nicht langweilig vor. Obwohl sie nichts verstanden hatte, da natürlich alles auf Griechisch stattfand, war es wunderschön. Die meiste Zeit hatte Nikos leise für sie übersetzt und ihr die Bräuche kurz erklärt. Zum Beispiel wie das abwechselnde

Trinken aus demselben Kelch symbolisieren sollte, wie eine Ehe funktionierte – geben und nehmen, alles teilen. Auch das Tauschen der Kronen interessierte Anna, aber da war Nikos selbst nicht so sicher, wieso man das machte. Anna fand es dennoch schön.

Das Beste an der Zeremonie war allerdings, wie alle Gäste das Brautpaar mit Reis bewarfen. Als Nikos ihr zugeflüstert hatte, dass es jeden Moment losgehen würde, stellte Anna es sich wie auf einer amerikanischen Hochzeit vor, wenn die Gäste den Reis sanft auf das Paar regnen ließen, aber da lag sie völlig falsch. Manche schmissen den Reis so fest sie konnten, ganze Hände voll trafen das Paar. Einige rannten vor, um die Frischvermählten von oben mit Reis zu überschütten. Als sich die ganze Aufregung wieder etwas beruhigt hatte, musste Anna erst mal nachfragen, wieso das so ein großes Ding war.

»Das griechische Wort für ›Reis‹ ist dem für ›Wurzel‹ sehr ähnlich. Je mehr Reis das Paar trifft, desto fester werden sie miteinander verwurzelt und sollen eins werden.«

Als sie das Hotel betraten, in dem der Empfang stattfand, blieb beiden die Luft weg. An der Decke hingen unzählige Blumen und Blätter, mit kleinen Lichtern, die aufblitzten wie Sterne durch Baumkronen hindurch gesehen. Riesige Tische standen bereit, die alle in der Mitte durch dicke Baumstämme durchbrochen wurden, die nach oben ragten. An jeden Tisch mussten mindestens zwanzig Leute passen.

»Das ist wirklich unglaublich«, kommentierte Nikos. »Eigentlich sind Hochzeiten hier nie so extravagant.«

»Echt? Für Manhattan ist das ziemlich normal«, meinte

Anna, »jedenfalls von dem, was ich so gehört habe. Ich war noch nie auf so einer Hochzeit.«

»Lustig, Myrto ist tatsächlich halb amerikanisch, halb griechisch. Sie ist in New York aufgewachsen.«

Sie gingen rüber zu etwas, das wie die Sitzordnung aussah. Es war eine große Scheibe von einem Baumstamm mit Hunderten von Ringen. Es musste von einer riesigen Eiche kommen, mit etwa einem Meter zwanzig Durchmesser. Die komplette Sitzordnung schien in das Holz eingebrannt zu sein.

»Das ist echt übertrieben«, flüsterte Anna Nikos zu, während sie zu ihren Plätzen gingen. »Das alles muss ein Vermögen gekostet haben.«

Anscheinend sahen die anderen Gäste es genauso, denn Anna hörte, wie die beiden am Tisch hinter ihrem die gleiche Unterhaltung führten. Da saß eine Griechin, etwa in dem Alter von Annas Mutter, neben einer Amerikanerin, die einige Jahre jünger aussah.

»Warst du schon mal auf einer amerikanischen Hochzeit?«, fragte die Amerikanerin die andere.

»Nicht wirklich. Vor einer Ewigkeit hat ein Freund eine Amerikanerin geheiratet und wir dachten alle, wir würden demnächst auf eine große amerikanische Hochzeit gehen, aber seine Frau wollte ohne Feier im Standesamt heiraten.«

Anna bemerkte, wie Nikos neben ihr angespannt wurde. Da fragte sie sich, ob die beiden wirklich über die Leute redeten, an die sie denken musste.

»Das klingt ja charmant«, antwortete die Amerikanerin mit einem ironischen Unterton.

»Oh ja«, entgegnete die Griechin. »Ein paar Jahre später kam dann die Scheidung. Sie hatte eine Affäre und als er das herausgefunden hat, hat sie stattdessen ihm die Schuld in die Schuhe geschoben und er wurde ausgewiesen. Seine Kinder durfte er auch nicht mehr sehen.«

Anna biss die Zähne zusammen.

»Das ist ja schrecklich«, sagte die Amerikanerin daraufhin.

»Ja, na ja, wir haben ihn alle gewarnt. Allein den Sommer hier hatte sie was mit diversen Kerlen, von denen er natürlich nichts wusste. Was man nicht weiß …«

Eine Hand legte sich auf ihre eigene und erst da bemerkte Anna, dass sie die ganze Zeit ihr eigenes Bein zusammengedrückt hatte und es schon langsam taub wurde. Unter Nikos Berührung ließ sie wieder locker.

»Willst du was trinken?«

Sie nickte nur und Nikos verschwand, kam dann kurz darauf mit zwei großen Gin Tonics und ein paar Shots zurück.

»O Gott, Kurze?«, fragte sie überrascht. »Habe ich nicht schon genug durchgemacht heute?«

»Sorry«, meinte er, während er seinen Kurzen nahm und mit ihr anstieß. »Die vom Brautpaar empfohlenen Shots sind kostenlos, den anderen Drink musste ich zahlen. So eine teure Hochzeit, da würde man meinen, dass es eine Open Bar gibt.«

»Empfohlene Shots?«

Nikos zuckte mit den Schultern. »Wahrscheinlich ein amerikanisches Ding, aber ich will mich nicht beschweren.«

Widerwillig griff Anna nach dem kleinen Glas und verzog das Gesicht, als sie die Flüssigkeit runterkippte. Als sie ein paar Minuten später spürte, wie sich ihr Kiefer entkrampfte und die Anspannung aus ihren Schultern wich, war sie allerdings dankbar für die kleine Hilfe. »Gibt es noch mehr von denen?«, fragte sie nach, woraufhin Nikos zwei weitere hinter seinem Glas hervorzog und dabei grinste. Die beiden Shots tranken sie auch noch und dann wurde schon das Brautpaar angekündigt. Alle jubelten und klatschten, wobei Anna und Nikos genauso laut wie alle anderen mitmachten.

Es ist nichts, was du nicht sowieso schon wusstest, redete Anna sich selbst ein. *Na ja, außer, dass sie ihn schon von Anfang an betrogen hat. Aber ist regelmäßiges Betrügen schlimmer als einmaliges?* Anna war sich nicht sicher, aber ihr wurde mehr und mehr bewusst, dass ihre Mutter sie nicht nur unnötig gegen ihren Vater aufgebracht hatte, sondern auch, dass sie ihre eigenen Fehler immer außen vor gelassen hatte. Insgesamt hatte sie immer nur versucht, ihren eigenen Arsch zu retten.

Ihr erster Instinkt war Hass gegenüber ihrer Mutter, aber dann musste sie an ihre eigene Rolle denken. Sie hatte selbst zugelassen, dass Grace sie von ihrem Vater fernhielt, und jetzt war Giorgos nicht mehr da. Könnte sie wirklich ihr einziges Elternteil verstoßen, unabhängig davon, was sie getan hatte? Anna war sich nicht sicher.

In dem Moment wollte sie allerdings die ganze Unterhaltung und ihre Gedanken dazu einfach vergessen. Sie wollte den Abend genießen und sie wusste auch schon, wie.

Das Essen über hatte sie immer ein volles Glas vor sich und sorgte nach jedem Gang für neue Shots für Nikos und sie. Außerdem zog sie ihn, sobald es losging, sofort auf die Tanzfläche. Beim Versuch, zu vergessen, was sie gehört hatte, schaffte Anna es so, sich zum ersten Mal, seit sie auf der Insel war, richtig fallen zu lassen.

15. Kapitel

Als es immer später wurde, Mitternacht verstrich und mehr und mehr der älteren Gäste sich verabschiedeten, lief auch weniger traditionelle griechische Musik und mehr von dem Kram, der auch die ganze Zeit im Café vom Hotel lief. Nikos und Anna tanzten mit allen anderen, begrüßten im Vorbeitanzen Leute, die sie kannten, aber mit der Zeit konzentrierten sie sich immer mehr nur aufeinander. Immer mehr Gäste gingen langsam und Anna und Nikos wiegten sich eng aneinandergedrückt zum Takt der Musik. Immer mal wieder lächelte Anna zu Nikos hoch und merkte, wie sie rot wurde. Daraufhin lachte er leise in sich hinein, als hätte er von genau diesem Moment geträumt und könnte nicht glauben, das es gerade passierte. Auch für Anna fühlte es sich wie im Traum an. Irgendwann, bei einem neuen Song, die Tanzfläche voller Pärchen, die sich noch intensiver anstarrten als Anna und Nikos, löste er sich von ihr, seufzte und machte einen Schritt zurück.

»Komm«, sagte er und hielt ihr seine Hand hin. »Lass uns woanders hingehen.«

Anna nahm seine Hand und sie gingen in Richtung Tür. In dem Moment, als sie gerade an der Bar vorbeikamen, schnappte Anna sich eine der Champagnerflaschen und rannte damit los. Nikos lief ihr hinterher und beide fingen an zu lachen. Am Strand angekommen, streifte Anna ihre High Heels ab und rannte über den Sand weiter Richtung Resort, als würde jemand sie verfolgen. Auch wenn sie ahnte, dass niemand die Flasche vermissen würde, fühlte es sich aufregend an, als wären sie auf der Flucht. Es war spannend, sie hatte Spaß.

Als sie sich dem Hotel näherten, gab Anna Nikos zu verstehen, dass er leiser sein sollte. Es war bereits weit nach Mitternacht und er sang irgendein griechisches Lied, während er durch den Sand torkelte. Beim Hotelbereich angekommen, ließ er sich jubelnd in einen der Strandstühle fallen und Anna war nur dankbar, dass es am Strand so leer war. Sie setzte sich neben ihn und starrte in die Dunkelheit.

»O Gott, ich habe gerade die beste Idee«, verkündete Nikos, stand wieder auf und fing an, sein Hemd aufzuknöpfen. »Wir müssen auf jeden Fall ins Wasser gehen.«

»Niemals«, widersprach Anna und versuchte, ihn wieder runterzuziehen. »Man soll betrunken nicht schwimmen gehen und nachts sowieso nicht.« Aber Nikos zog sich weiter aus.

Bis auf seine Unterhose zog er alles aus und Anna versuchte nicht einmal so zu tun, als würde sie ihn nicht anstarren, während er runter zum Wasser ging. Im schwachen Licht vom Hotel glänzte der leichte Schweiß an seinem Rücken. Sie stand auf, um ihm hinterherzugehen, fühlte sich auf seltsame Weise von ihm angezogen wie von einem Magneten.

»Komm schon, wir gehen auch nicht so weit rein«, meinte er und machte einen Schritt auf sie zu, legte seine Hände an ihre Taille. Dann flüsterte er ihr noch zu: »Was soll schon Schlimmes passieren?«

Er zog sie enger an sich, wie automatisch lehnte Anna sich gegen ihn. Sie wusste genau, was passieren könnte. Vielleicht lag es an den ganzen Shots, vielleicht auch an der romantischen Kulisse – nachts allein am Strand –, aber in dem Moment war es Anna egal. Sie streifte einen der Träger ihres Kleides ab, dann den andern. Nikos' Augen wurden immer größer, während sie aus ihrem Kleid schlüpfte und der durchsichtige BH darunter zum Vorschein kam. Nahezu nackt stand sie vor ihm und er versuchte nicht einmal zu verbergen, was der Anblick in ihm auslöste. Sie spürte es sogar.

Dann lief sie an ihm vorbei direkt ins Meer.

Als sie sich wieder umdrehte, kam Nikos auf sie zu. Ihre Haare und ihr Make-up mussten komplett verwüstet sein, aber sie lachte dennoch. Sein Anblick gefiel ihr genauso sehr wie die Art, auf die er sie anschaute. Sie versuchte sich all die Gründe noch mal ins Gedächtnis zu rufen, weshalb sie nichts mit Nikos anfing, aber in dem Moment schien der Alkohol sie alle zu ertränken.

Er kam immer näher und sie spritzte ihn nass, woraufhin er es ihr gleichtat. Dann schwamm er langsam näher und sie rührte sich nicht. Wieder legte er seine Hände an ihre Taille, diesmal hob er sie aber hoch, bis sie ihre Beine um seine Hüfte schlang. Sie waren so eng aneinandergepresst, dass sie den Herzschlag des anderen spüren konnten – dass sie alles spüren konnten.

Annas Puls wurde immer schneller, als Nikos seinen Kopf langsam zu ihrem beugte. Sie fühlte seinen warmen Atem auf ihrem Gesicht, der Geruch von dem Wein schien sie genauso zu berauschen wie der Wein selbst. Er wartete noch auf die kleinste Bestätigung von ihr, dass sie ihm die Erlaubnis gab. Nicht so weit, redete sie sich ein, auch wenn sie genau wusste, dass sie unmittelbar davor stand, im Strudel ihrer Gefühle unterzugehen. Und trotzdem konnte sie einfach nicht anders.

Mit dem Meer um sie herum, den Sternen über ihren Köpfen und Santorin hinter ihnen presste Anna ihre Lippen auf seine und ihr Kopf drehte sich nicht mehr nur noch vom Alkohol. Er erwiderte den Kuss, weich, aber gleichzeitig fest, ließ seine Hände über ihren Rücken nach oben gleiten. Sie spürte seine Zunge an ihrer, als er sie noch tiefer küsste. Wie instinktiv schob sie ihm ihre Hüften entgegen und er packte ihren Hintern, drückte sie fester an sich. Ein leises Stöhnen brach aus ihr heraus, als sie seine Reaktion auf den Kuss spürte. Sie legte ihren Kopf in den Nacken und er fing an, ihren Hals zu küssen. Mit ihren Händen strich sie über seinen Rücken runter, schob ihre Finger unter den Bund seiner Unterhose, bereit, alle Bedenken über Bord zu werfen.

Gerade als sie genau das tun wollte, hörte sie, wie jemand vom Strand ihren Namen rief.

16. Kapitel

»Denkst du, der hellere Mörtel für die Fugen war die richtige Entscheidung?«, fragte Anna, die sich über die Stirn wischte und runter auf den cremefarbenen Mörtel schaute, den sie zwischen den Fliesen verteilten.

»Also dafür ist es jetzt ein bisschen zu spät«, kommentierte Elena, während sie eine Fliese abwischte. Natürlich hatte sie recht. Die beiden waren so gut wie fertig mit dem Boden. Wie schon am Tag vorher mit Nikos hatten sie sich in Richtung Tür vorgearbeitet, nur dass alles diesmal etwas länger gedauert hatte. Abgesehen davon, dass Nikos nicht zum Helfen da war, mussten Anna und Elena sich erst mal sieben unterschiedliche YouTube-Videos ansehen, um überhaupt zu wissen, was sie tun mussten. Außerdem konnten sie dank Annas heftigem Kater erst gegen Mittag anfangen.

Zusammen mit Vasilis war Elena am Tag vorher nach ihrer Schicht noch am Strand spazieren gewesen, wo sie Anna und Nikos im Wasser entdeckt hatte. Sofort hatte sich die Stimmung verändert, Annas Benommenheit war verschwunden und sie hatte sich schnell wieder ihr Kleid übergeworfen, bevor Nikos ihr noch flüchtig eine gute

Nacht wünschte. Seitdem hatte sie ihn weder gesehen noch mit ihm geredet. Anna wusste, dass sie etwas sagen sollte, wahrscheinlich dachte er, sie sei wütend. War sie auch, aber wütend auf sich selbst, nicht auf ihn.

Inzwischen ging die Sonne wieder langsam unter und die beiden Frauen hatten kaum ein Wort gewechselt, nur Annas Magen knurrte laut. »Sollen wir die noch schnell fertig machen und dann was essen?«, schlug sie mit Blick auf die letzten paar Fugen vor, die noch übrig waren.

»Gern«, antwortete Elena, »aber ich glaube, wir müssen vorher noch reden.«

Anna nickte nur und arbeitete weiter. Elena machte neben ihr auch weiter, genau wie sie es den ganzen Nachmittag über getan hatten.

»Es tut mir so leid«, begann Anna schließlich. »Ich weiß, dass ich es mit Nikos nicht so weit hätte kommen lassen sollen. Aber wir waren betrunken … das ist keine Entschuldigung, ich weiß, aber es stimmt. Es wird nicht noch mal passieren, ich halte meine Gefühle unter Kontrolle.«

Elena lachte leise. »Du denkst, dass ich wütend bin, weil du Gefühle für Nikos hast?«

»Na ja … schon. Geht es nicht darum?«

Wieder musste Elena lachen und hörte kurz auf zu arbeiten, richtete sich auf den Knien auf. »Überhaupt nicht, Anna. Du bist meine Freundin und ich mag dich. Ich denke, dass Nikos und du gut zusammenpassen würdet.«

Für einen Moment starrten die beiden sich schweigend an, Elena lächelnd und Anna etwas überrascht. »Ich bin verwirrt. Wieso hast du uns dann gestern unterbrochen? Also, nicht, dass ich nicht dankbar dafür wäre, aber trotzdem?«

»Genau deshalb«, erklärte Elena. »Eben weil du dankbar bist. Du weißt selbst, dass Nikos und du gut füreinander seid, aber gleichzeitig denkst du, dass es nicht richtig ist. Wieso eigentlich?«

Anna seufzte. »Weil ich wieder weggehe.«

»Genau, weil du wieder abhaust. Wenn du was mit ihm anfängst, ihm Hoffnungen machst und dann verschwindest, bist du nicht besser als all die anderen Mädchen, die für ihre *Eine für Vier*-Romanze herkommen und sich dann wieder in ihr normales Leben verpissen. Du kannst schlafen, mit wem du willst, aber es würde ihm das Herz brechen und das würde auch uns beide verletzen, oder nicht?«

Anna brachte kein Wort heraus, sie nickte nur. Elena hatte völlig recht. Sie hatte vorher nie verstanden, wie Nikos Gefühle für irgendwelche Touristen entwickeln konnte, aber gerade ließ sie das Gleiche bei sich selbst zu. Nur, dass sie noch die Chance hatte, es zu verhindern.

»Außer …«, sagte Elena, nachdem von Anna nichts mehr kam, »du überlegst, doch zu bleiben.«

»Nein, du hast recht«, meinte Anna dann und schüttelte den Kopf. Sie hatte Elena noch nichts von der Chance in der Galerie erzählt, aber sie wollte auch nicht, dass irgendjemand dachte, Anna würde doch noch bleiben. »Ich mag ihn wirklich, aber ich reise wieder ab und deswegen darf da nichts laufen.«

Elena stand auf und kam zu Anna rüber. »Ich mag dich auch wirklich, Anna. Du bist inzwischen eine Freundin, aber letztlich halte ich immer zu Nikos. Ich wäre gern mit dir befreundet, ohne dass ich das Gefühl habe, meine Familie damit zu hintergehen oder zuzulassen, dass er verletzt wird.«

Anna nahm Elenas Hand und ließ sich von ihr hochziehen. »Versprochen«, sagte Anna. »Ich werde ihn nicht verletzen.«

Als sie gerade den letzten Rest fertig machten, hörte Anna, wie der Truck auf die Einfahrt fuhr, und dann Christos' und Nikos' Stimmen. Anna schloss hinter sich die Tür zum Sommerhaus ab und folgte Elena durch das Tor.

»Fertig, Mädels?«, fragte Nikos locker, schaute Anna dabei aber nicht direkt an.

»Jap, alles fertig«, sagte Elena. »Fährst du uns zurück?«

Nikos nickte und sagte noch irgendetwas zu Christos, der ihm daraufhin nur die Autoschlüssel zuwarf. Dann schaute er Anna endlich ins Gesicht und sein Blick wurde sanfter. »Christos will wissen, ob wir alle am Montag zum Mittag vorbeikommen wollen. Montag ist hier Feiertag.«

Anna schaute zu Christos und gab ihm nur einen Daumen hoch, worauf er mit der gleichen Geste und einem strahlenden Lächeln antwortete.

»Ich setze mich nach hinten«, verkündete Elena und hüpfte hinten auf die Ladefläche des Trucks. Anna wurde schon wieder rot, als Nikos ihr die Beifahrertür aufhielt und sie anschaute.

»Los geht's«, sagte er mit einem leisen Seufzen.

Unsicher lächelnd kletterte Anna in den Truck. Kurz darauf setzte Nikos sich auf den Fahrersitz. Als er den Motor anließ und losfuhr, schaute Anna kurz nach hinten, um sicherzugehen, dass Elena nicht zuhörte, aber die hatte schon ihre Kopfhörer aufgesetzt.

»Hör mal, Nikos, wegen gestern Abend …«

»Schon gut«, unterbrach er sie. »Das war meine Schuld.«

»Nein, war es nicht«, widersprach Anna. »Ich muss mich genauso entschuldigen.«

»Auf keinen Fall. Ich habe mich an dich rangemacht und das war falsch. Du hast mich gebeten, genau das nicht zu tun, und ich habe es trotzdem gemacht.«

Anna dachte kurz nach, irgendwie störte sie das. Sie konnte es nicht so stehen lassen. »Ich habe dich nie gebeten, dich nicht an mich ranzumachen«, stellte sie klar. »Ich meinte, dass nichts passieren sollte.«

»Ist das nicht das Gleiche?«

»Nicht wirklich.« Verwirrt sah Nikos sie an. »Da ist ein wichtiger Unterschied, finde ich. Hätte ich das nämlich so gesagt, dann hättest du schon oft dagegen verstoßen, aber ich habe das nie gesagt. Ich meinte nur, dass nichts passieren sollte. Und an allem, was dann passiert ist, war ich genauso schuld.«

»Okay«, antwortete Nikos, »aber ich habe dennoch das Gefühl, dass ich mich bei dir entschuldigen sollte.«

»Denke ich nicht«, widersprach Anna wieder. »Ich finde nicht, dass einer von uns was Falsches gemacht hat.

Es war nur ein Kuss. Wir sollten nur klarstellen, dass wir auch beide auf derselben Seite sind.«

»Und welche Seite ist das?«

Anna dachte einen Moment lang nach. Auch wenn sie ihn wirklich nicht verletzen wollte, hatte sich letzte Nacht für sie nicht falsch angefühlt. Im Gegenteil, es war schön gewesen. Doch als sie jetzt zu Nikos rübersah, wusste sie sofort, dass es das Beste für ihn wäre, Freunde zu bleiben – *nur* Freunde. Wenn ihr seine Gefühle also wichtig waren, dann wäre das auch das Beste für sie selbst.

»Ich denke, auf der Freundschaftsseite. Auch wenn wir gestern kurz auf die nächste Seite geguckt haben, denke ich, dass es noch nicht zu spät ist, wieder zurückzugehen.«

Nikos seufzte. »Wenn du das sagst.«

»Wie meinst du das?«

Er presste die Lippen zusammen, schaute auf die Straße, dann kurz zu Anna und wieder zurück auf die Straße, als wäre er unsicher, ob er wirklich sagen sollte, was er dachte.

»Ich meine, dass du anscheinend auch mehr willst«, sagte er schließlich. Anna spürte sofort, wie ihre Wangen heiß wurden, und es fiel auch ihm auf. »Siehst du? Du wirst wieder rot. Ich verstehe einfach nicht, wieso du darauf bestehst, dass es schlecht wäre.« Er streckte eine Hand aus und legte sie ihr auf das Bein, streichelte mit dem Daumen über ihre Haut. Seine Berührung fühlte sich so gut an, Anna war sofort da, wo sie letzte Nacht aufgehört hatten, das Verlangen zerrte an ihr. Aber diesmal, ohne den Alkohol, der ihre Bedenken ertränkte, und im Hellen, konnte sie die Wahrheit nicht so leicht verdrängen.

»Weil ich nicht einfach irgendwas mit dir anfangen will, Nikos«, erklärte sie schließlich etwas lauter. »Dafür bist du mir viel zu wichtig. Und ich will nicht, dass einer von uns verletzt wird, wenn ich wieder abreise.«

Nikos zog seine Hand zurück und legte sie an das Lenkrad. »Okay, das ist scheiße«, meinte er. »Aber immerhin gut zu wissen, dass ich es mir nicht nur einbilde.«

Anna schaute ihn an und versuchte zu lächeln, aber das gelang ihr nicht besonders gut. »Natürlich bildest du es dir nicht nur ein.«

Er nickte. »Danke für deine Ehrlichkeit … Aber kann ich noch eine Sache sagen?« Er fuhr an dem Schild vom Hotel vorbei und parkte auf einem der Mitarbeiterparkplätze, stellte den Motor aus. Elena kletterte von der Ladefläche und ging direkt auf das Gebäude zu.

»Klar.«

»Es wird so oder so wehtun, wenn du gehst. Auch wenn nichts zwischen uns läuft. Du bist mir auch wichtig und ich werde traurig sein, dich zu verlieren.«

Er beugte sich zu ihr rüber und gab ihr einen sanften Kuss auf die Wange, bevor er aus dem Truck stieg und nach drinnen ging. Anna blieb noch eine Weile mit ihren Gedanken allein.

Als sie es endlich nach drinnen schaffte, saßen Elena und Nikos zusammen auf dem Sofa, während Xenia ihnen gerade vorführte, wie man das Licht einstellte und die Wandleuchten neben dem Bett dimmte.

»Hi, Xenia«, begrüßte Anna sie beim Reinkommen. »Wie geht's dir?«

»Gut, danke«, antwortete Xenia. »Ich wollte nur eben fragen, wie du das neue Zimmer findest.«

»Es ist fantastisch«, schwärmte Anna.

»Ja, besonders gefällt ihr der Meerblick«, kommentierte Elena, wonach Anna und Nikos ihr beide einen bösen Blick zuwarfen.

»Ich frage besser nicht nach«, meinte Xenia lachend. »Aber bisher keine Probleme?«

Anna schaute sich kurz um, überlegte, ob ihr irgendetwas aufgefallen war. »Alles funktioniert einwandfrei, aber vielleicht wäre ein Mehrfachstecker im Bad sinnvoll. Mit dem großen Waschtisch wäre es praktisch, wenn man noch Fön, Glätteisen und so was im Bad anschließen könnte.«

Xenia nickte. »Ich muss mal prüfen, ob es dafür irgendwelche Sicherheitsregelungen gibt, aber der Vorschlag ist gut.«

Elena schnappte sich Annas Kamera vom Couchtisch und wedelte damit durch die Luft. »Oh, können wir uns Fotos von mir angucken, bitte?«

»Was meint sie?«, wollte Xenia sofort wissen.

»Ich hatte neulich ein kleines Fotoshooting mit Elena«, erklärte Anna, während sie die Speicherkarte aus der Kamera zog und in den Adapter steckte.

»Das muss ich mir angucken.« Xenia setzte sich neben Nikos auf das Sofa. »Den kannst du bestimmt auch direkt an den Fernseher anschließen.«

Also griff Anna hinter den Fernseher und schloss ihren

Adapter an. Nikos stellte währenddessen den Fernseher ein und dann konnten sie auch schon durch die Fotos scrollen. Erst die von Elena allein, dann die von den Mädchen, die Anna bezahlt hatten, und schließlich kamen sie zu denen von Elena und Vasilis.

»Wer ist das denn?«, wollte Xenia sofort wissen. »Ihr scheint euch ja ganz gut zu verstehen.«

»Das ist Vasilis. Er besucht den Sommer über seine Tante. Kennst du Kassandra?«

»Oh ja, ich wusste sogar, dass ihr Neffe aus Athen zu Besuch ist, aber ich dachte, er sei sieben oder so!«

»Eher siebenundzwanzig«, korrigierte Elena lächelnd. »Wir haben uns seitdem fast jeden Abend getroffen.«

Anna schaute verblüfft zu Elena. »Das wusste ich gar nicht! Also magst du ihn richtig?«

»Na ja, du warst ja auch beschäftigt«, sagte Elena und stieß ihr mit dem Ellenbogen in die Seite. »Außerdem, hast du uns nicht während des Fotoshootings die ganze Zeit reden hören?«

»Ihr habt Griechisch gesprochen, er hätte dir genauso gut einen Grundkurs in Physik geben können.«

Die anderen lachten. »Also, wir verstehen uns echt gut«, fuhr Elena fort. »Manchmal reicht das schon.«

Anna versuchte, den Unterton in Elenas Stimme zu ignorieren und konzentrierte sich stattdessen auf die restlichen Fotos. Sie ging die von Nikos am Strand durch, dann kamen die Fotos, die sie vom Hotelzimmer geschossen hatte.

»O Gott«, staunte Xenia und starrte auf den Bildschirm.

»Was?«, fragte Anna. »So schlimm?«

»Die sind unglaublich«, antwortete Xenia und schaute zu Anna. »Hast du die mit der Kamera da gemacht?«

Anna nickte.

»Vor ein paar Tagen war erst ein Fotograf hier, der tonnenweise teures Equipment mitgeschleppt hat, und die Fotos sind nicht einmal halb so gut geworden.«

»Oh, okay. Ich kann sie dir schicken, wenn du möchtest«, schlug Anna vor. »Ihr könnt sie gern verwenden.«

»Ich habe eine bessere Idee – wie wäre es, wenn ich dich dafür bezahle, noch mehr Fotos für mich zu machen?«

Anna sah sie nur perplex an. »Ernsthaft?«

»Ja, ernsthaft. Die Bilder sind genau das, was ich für die Website und das Marketing haben will. Aber wir müssten bald anfangen, am besten schon morgen.«

»Supergern«, stimmte Anna, ohne zu zögern, zu. »Das machen wir.«

»Perfekt.« Xenia stand auf und schüttelte Anna die Hand. »Ich komme morgen während deiner Schicht vorbei und dann besprechen wir noch mal alles.« Danach ging sie wieder und schloss die Tür hinter sich.

Nimm das, Marcus!, dachte Anna sich. Das war alles, was sie sich gewünscht hatte. Jemand wollte sie tatsächlich für ihre Fotos bezahlen, und allein das zu wissen, freute sie schon mehr als alles andere. Vielleicht war ihr Erfolg doch nicht von Marcus abhängig.

»O Gott, Anna!«, rief Elena, sprang auf und umarmte Anna. »Herzlichen Glückwunsch, das ist großartig!«

Nikos' und Annas Blicke trafen sich kurz. »Ich habe

doch gesagt, dass du Talent hast«, meinte er und machte kurz bei der Gruppenumarmung mit. »Soll ich uns Pizza holen und dann feiern wir das ein bisschen? Alfresco sollte geöffnet haben.«

»Das klingt hervorragend«, sagte Elena und löste sich wieder aus der Umarmung. »Würdest du das machen?«

»Alles für die professionelle Fotografin«, meinte er noch und griff nach dem Autoschlüssel.

»Das ist so aufregend!«, fing Elena an, als Nikos weg war. »Bist du auch richtig wie high vor Freude?«

»Ja, so ziemlich«, antwortete Anna. Sie konnte das Gefühl überhaupt nicht beschreiben, so etwas hatte sie noch nie empfunden. Dafür bezahlt zu werden, das zu tun, was sie liebte. Erst die Mädchen in Oía und jetzt auch noch Xenia. »Scheiße«, sagte sie dann plötzlich, »mir ist gerade eingefallen, dass ich den Mädchen ihre Fotos noch gar nicht geschickt habe.«

»Oh, das darf natürlich nicht passieren«, meinte Elena sofort. »Du hast einen Ruf zu verlieren. Los, schick sie direkt.«

Beide setzten sich an Annas Computer und schlossen die Speicherkarte an, um die besten Fotos auszusuchen. Letztlich schickte Anna jedem Mädchen mehr als vierzig Fotos, wobei sie versuchte, dass sie eine gute Auswahl an Posen und Kulissen hatten.

»Fürs Fotografieren bezahlt zu werden, das ist doch genau das, was du immer wolltest!« Elena hielt eine Hand hoch, damit Anna einschlagen konnte.

»Ich weiß«, sagte Anna, bevor sie ihren Laptop wieder zuklappte und sich zu ihrer Freundin drehte. »Ich habe nur nicht damit gerechnet, dass alles so schnell geht.«

»So ist das eben. Wenn man etwas oft macht und gut darin ist, dann fällt das anderen auf. Wahrscheinlich hast du diese Chancen nur, weil du nicht krampfhaft versuchst, Fotografin zu werden, sondern weil du es einfach machst.«

»Sehr weise«, kommentierte Anna. »Du klingst wie Obi Wan Kenobi oder Oprah oder so.« Dann fiel ihr die Champagnerflasche von gestern Abend wieder ein. »Wollen wir ein bisschen feiern? Ich habe noch Champagner im Kühlschrank.«

»Oh ja!«, rief Elena sofort. Sie sprang auf, holte die Flasche aus der Küche und machte sich sofort daran, die Folie aufzureißen. »Xenia muss dich echt mögen.«

»Die ist von der Hochzeit gestern«, gestand Anna. »Die haben wir gestohlen, als wir hergekommen sind, aber dann haben wir sie doch nicht gebraucht.«

Elena musste lachen. »Wahrscheinlich besser so. Ihr wärt bestimmt ersoffen, wenn ihr noch mehr Alkohol getrunken hättet.«

»Das meinte ich auch zu Nikos.« Anna zuckte kurz zusammen, als Elena den Korken zog, dann nahm sie das Glas entgegen, das Elena ihr reichte.

»Am besten trinken wir schnell aus, bevor Nikos zurückkommt«, schlug Elena vor. »Hier sind nämlich nur zwei Gläser, und ich teile ganz bestimmt nicht.«

Anna lachte und nickte dann, trank einen großen Schluck aus ihrem Glas. Zumindest war Elena nicht wütend auf sie.

Die ganze Flasche schafften sie allerdings nicht, bevor Nikos zurückkam, aber er brachte sowieso noch eine Flasche Sekt und ein paar Bier mit.

»Ihr habt also schon ohne mich angefangen zu feiern«, sagte er, während er die Pizza und das Bier auf dem Tisch abstellte. »Ist das der Champagner von der Hochzeit?«

»Natürlich«, antwortete Anna und öffnete den Pizzakarton. »Aber die viel wichtigere Frage ist, wieso du nur eine Pizza mitgebracht hast.«

Den Rest des Abends tranken Anna, Elena und Nikos zusammen Bier, aßen die Pizza und bestellten sich noch Desserts per Roomservice, während sie in Annas Bett Filme guckten. Gegen zwei Uhr schliefen sie langsam alle ein, unter der Decke zusammengekuschelt wie Kinder bei einer Pyjamaparty. Kurze Zeit später wachte Anna auf, weil sie zur Toilette musste, und auf dem Weg zurück blieb sie stehen und musste bei dem Anblick der schlafenden beiden im Bett lächeln. Sie war froh, noch eine Chance bekommen zu haben. Sie wusste jetzt, dass sie nach allem dennoch mit Nikos und Elena befreundet sein konnte.

Während sie sich mit einer Decke auf das Sofa legte, dachte sie an das Jobangebot von Xenia. Die achtzehn Monate in der Galerie hatte sie immer nur die Fotos an der Wand angestarrt und jetzt würde sie selbst welche machen. Wahrscheinlich würden die niemals in irgendeiner Galerie ausgestellt werden, aber sie hatte endlich das Gefühl, eine richtige Fotografin zu sein. Vielleicht hatte Nikos sogar recht, vielleicht könnte sie sich hier eine Existenz aufbauen.

Bei dem Gedanken fing sofort ihr Herz an zu rasen. Das war nicht ihr Plan, sie konnte nicht für immer auf Santorin bleiben …

… oder?

Grace,

heute ist Lizzys sechzehnter Geburtstag und ich kann mir nur grob vorstellen, wie sie wohl inzwischen aussieht. Ich kann einfach nicht fassen, dass ich nicht weiß, wie meine eigene Tochter aussieht. Der Gedanke bricht mir das Herz.

In letzter Zeit denke ich viel darüber nach, wie viel wir anders hätten machen können. Was ist schlimmer, Kinder zu haben, die man vergöttert, und sie dann zu verlieren, oder gar nicht erst welche zu bekommen? Natürlich würde ich mir niemals wünschen, es würde Lizzy oder Anna nicht geben, aber ich habe schon daran gedacht, wie es wohl wäre, nicht diesen unheimlichen Schmerz in mir zu tragen.

Was ich mir aber wirklich wünsche, ist, dass du nichts gespielt hättest. Die ganze Zeit hier hast du mir vorgespielt, dass du mich lieben würdest. Ich war vielleicht blind vor Liebe, aber du hast auch nie irgendetwas dagegen unternommen. Stattdessen hast du mir Versprechungen gemacht, Pläne geschmiedet. Wir hatten unsere gesamte Zukunft geplant, Grace. Ich kann mich noch gut an unseren Ausflug mit dem Boot erinnern, als du mir erzählt hast, dass du in Oía einen Laden aufmachen willst. Du wolltest das Geld für dein Jurastudium benutzen, um eines der kleinen Gebäude zu kaufen.

Unten wolltest du ein Klamottengeschäft einrichten und darüber eine Ferienwohnung. Du hast immer beteuert, keine Touristin zu sein. Dass du bleiben wolltest, dass du nicht wie die anderen wärst. Du wolltest mich in der großen gelben Kirche am Ende der Straße heiraten, gemeinsam Kinder großziehen und sogar lernen, mit Schaltung zu fahren, damit wir uns das Auto teilen könnten.

Und weißt du was? Ich denke, dass ein Teil von dir das alles wirklich wollte. Nicht unbedingt mit mir, aber du wolltest diese Person sein. Du wolltest sorglos sein, mit einem einfachen Leben zufrieden. Das Problem war nur, dass du das nie warst. Und ich war zu beschäftigt damit, mich in die Person zu verlieben, die du vorgespielt hast, dass ich nie gesehen habe, wer du wirklich bist.

Dafür gebe ich dir auch nicht die Schuld, nur gebe ich mir selbst auch nicht mehr die Schuld. Du warst immer die Person, die wieder abreisen würde, und ich war immer derjenige, der mit dir gehen würde. Ich kann mir einfach kein Szenario vorstellen, in dem es anders gelaufen wäre. Dennoch hasse ich es. Selbst acht Jahre später weine ich noch fast jeden Tag darüber, was du mir genommen hast. Was meine Ignoranz gegenüber deinem wahren Selbst mich gekostet hat. An den guten Tagen habe ich nur ein gebrochenes Herz, aber an den schlechten Tagen wünsche ich, das alles wäre niemals passiert.

Auch wenn ich die Antwort schon kenne, muss ich dennoch fragen. Ich werde immer fragen. Kann ich sie bitte sehen? Kann ich bitte mit meinen Kindern reden? Kannst du ihnen wenigstens sagen, dass ich sie liebe?

Wahrscheinlich nicht.

Giorgos

17. Kapitel

»Die sind großartig geworden«, staunte Elena. »Ich kann nicht glauben, dass du solche Fotos hinbekommen hast, obwohl es so dunkel draußen war.«

Eirini streckte ihre Hand nach der Kamera aus und Elena gab sie ihr. Danach lehnte Annas Großmutter sich zurück und begutachtete die Fotos auf dem Display.

»Sehr schön«, meinte sie und gab Anna die Kamera wieder zurück. »Du kannst wirklich stolz sein.«

»Es ist echt beeindruckend, was ein Reflektor in der richtigen Umgebung bewirken kann«, erklärte Anna.

»Es ist beeindruckend, was die richtige Fotografin bewirken kann«, entgegnete Elena und warf Anna über den Tisch ein Lächeln zu.

Sie saßen draußen im Innenhof und genossen den Sonnenschein nach den verregneten Tagen zuvor. Endlich hatte Anna auch mal schlechtes Wetter in Griechenland erlebt, und das natürlich genau während ihres Shootings im Hotel. Xenia hatte ihr extra den Tag freigegeben, obwohl es der erste Tag vom langen Wochenende war. Erst hatte Xenia noch vorgeschlagen, das Shooting nach hinten zu verschieben, aber Anna wollte es dennoch probieren, und letztlich war das auch die richtige Entscheidung gewesen. Der bewölkte Himmel verlieh den Fotos eine gewisse Stimmung, die perfekt zum cleanen Design der neuen Website passte, die Xenia ihr schon gezeigt hatte. Außerdem hatte sie sich so keine Sorgen um zu helles direktes Licht machen müssen. Zum Glück hatte es auch erst genau dann angefangen zu regnen, als sie gerade mit den Fotos vom Außenbereich fertig waren. Die Fotos vom Interieur brauchten noch etwas Bearbeitung, um nicht allzu dunkel zu wirken, aber das würde Anna problemlos hinbekommen.

»Danke für deine Hilfe«, sagte sie zu Elena, die den ganzen Tag über den Reflektor gehalten und an den richtigen Stellen platziert hatte.

»Kein Problem. Du kannst mir meinen Anteil jederzeit überweisen«, antwortete sie mit einem Zwinkern.

»Ich schaue mal eben nach, wieso dein Großvater so lange für die Mezze braucht«, verkündete Eirini, bevor sie aufstand und nach drinnen ging.

»Ich bin echt am Verhungern«, kommentierte Anna. Sie schloss die Augen, lehnte sich zurück und streckte ihr Gesicht Richtung Sonne.

Schon das ganze Wochenende quoll die Insel quasi über vor Touristen, wegen *Tou Agiou Pnevmatos*, Pfingsten. Wie Anna jetzt auch wusste, flohen so ziemlich alle vom Festland auf die Inseln, auch nach Santorin. Deswegen hatten Elena und sie bisher das Wochenende über im Café zugehört, wie Xenia gestresst Leuten Anweisungen zuschrie, um schnell noch alles fertigzubekommen, was sie vor der Eröffnung nicht geschafft hatten. In der Zeit hatte Nikos das Sommerhaus gestrichen, obwohl Anna ihm immer wieder versichert hatte, dass es nicht nötig sei, dass er warten könne, bis sie nicht mehr arbeiten musste. Dennoch hatte er darauf bestanden.

Bisher hatten sie noch nicht wieder darüber geredet, was zwischen ihnen passiert war, aber das war Anna auch ganz recht. Solange er sich ihr gegenüber nicht anders verhielt, wollte sie auch nicht davon anfangen. Eigentlich war das doch genau das, was sie wollte, oder? Großartig darüber zu reden würde also nichts Gutes bringen.

»Wie lief eigentlich dein Date gestern?«, fragte sie dann Elena.

»So schön«, schwärmte Elena direkt los. »Vasilis ist echt so heiß. Alles, was er macht, ist sexy. Er holt mich auf seinem richtigen Motorrad ab – sexy. Bestellt sich vegetarisches Essen – sexy. Will mich immer lecken – sexy.«

»Ih!«, rief Anna und warf ihre Serviette auf Elena. »*Das* wollte ich nun wirklich nicht wissen.«

»Ja, ja«, antwortete Elena und warf die Serviette zurück. »Du bist nur angepisst, weil ich euch nach der Hochzeit unterbrochen habe.«

»Also, ich bin nicht *glücklich* darüber, dass ich seit über einem Monat keinen Sex hatte«, sagte Anna. »Das ist seit Langem die längste Pause.«

Elena beugte sich vor und schlug Anna leicht auf den Arm. »O mein Gott, du hattest einen Freund, bevor du hergekommen bist? Das erklärt so viel!«

»Nicht wirklich …«, begann Anna. »Moment, was soll das denn erklären?«

Elena zuckte mit den Schultern. »Wieso du so schnell wie möglich wieder hier abhauen willst.«

»Ich will nicht so schnell wie möglich abhauen. Ich weiß nur, dass es das Beste für alle wäre.«

»Einigen wir uns darauf, dass wir da unterschiedlicher Meinung sind. Aber zurück zu dem Typen.«

»Okay, also der Typ.« Seit sie auf der Insel war, hatte Anna gar nicht mehr viel an Marcus gedacht. Jedenfalls nicht auf romantische Weise. Nicht einmal, als er ihr die Mail wegen des Contests geschickt hatte. Anscheinend war er ihr in Wahrheit genauso egal wie sie ihm. »Ich habe mich etwas über ein Jahr lang locker mit ihm getroffen.«

»Und wie oft hast du mit ihm geschlafen?«

Anna überlegte kurz, erinnerte sich an die Nachrichten von ihm mit Uhrzeit und Datum und Ort für ein Treffen. Nie mit Fragezeichen, nie eine Diskussion. Einfach nur Zeit und Ort, und sie war immer hingegangen. »Ein paar Mal die Woche«, gab sie schließlich zu. »Er war viel beschäftigt.«

»Ähm, also, über ein Jahr lang alle paar Tage Sex klingt aber nicht wirklich nach was Lockerem.«

»Ja, na ja, es war alles ein bisschen komisch.«

»Definiere ›komisch‹.«

Erst zögerte Anna, aber ihr fiel auch kein Grund ein, Elena nicht einfach die Wahrheit zu sagen. »Er war mein Boss.«

»Oh, Scheiße! Das ist so klischeehaft.«

»Nicht wirklich«, erklärte Anna weiter. »Es war nicht so, wie man denkt. Ich hatte nie das Gefühl, dass er die

Sache ausnutzt. Jedenfalls nicht, bis ich ein paar Tage freihaben wollte, um herzukommen. Da meinte er, dass ich die Sache angeblich ausnutze, um zu bekommen, was ich will.«

»Und was hat er dann gemacht?«

»Er hat mich gefeuert.«

Elena zuckte mit den Schultern. »Das klingt eher so, als wäre es genauso, wie man erst denkt.«

»Na ja, war es aber nicht.«

»Also hat er dir keine teuren Geschenke gemacht, von denen niemand sonst was sieht? Unterwäsche oder so? Und er hat sich nicht nur im Geheimen mit dir getroffen, nur bei sich zu Hause, war nie bei dir? Er hat dir nicht gesagt, wie *niedlich* du bist, wenn du mit ihm über deine Zukunftspläne geredet hast? Er hat nicht mit anderen Frauen geschlafen und dir dann eingeredet, dass du verrückt bist, weil es dich stört?«

Gute Argumente, dachte Anna sich und erinnerte sich sofort daran, wie sie Marcus Fotos von einem Leuchtturm auf Long Island gezeigt hatte. Da hatte er tatsächlich »niedlich« dazu gesagt.

»Okay, vielleicht war es ein bisschen so.«

Elena fing laut an zu lachen und warf dabei ihren Kopf nach hinten. »Ist schon okay, Süße. So was müssen wir alle mal ein bisschen durchmachen, um daraus zu lernen.«

»Das klingt ja fast, als hättest du damit selbst Erfahrungen«, antwortete Anna lachend.

Genau in dem Moment kam Nikos durch das Tor und Anna wurde leicht angespannt. Sie wusste gar nicht, wieso, aber sie wollte vor ihm nicht über Marcus sprechen. Auch wenn sie nichts wirklich Falsches gemacht hatte, war sie auch nicht gerade stolz auf die Affäre.

Kurz darauf kamen auch Eirini und Christos wieder raus, mit jeweils zwei Tellern mit Mezze in den Händen.

»Das Haus ist innen so schön geworden«, sagte Eirini, während sie die Teller auf dem Tisch abstellte. Die drei fingen sofort an zu essen. »Nikos hat uns kurz rumgeführt.«

»Danke«, brachte Anna beim Kauen heraus. »Er hat das Wochenende echt viel geschafft.«

»Das sind alles Giorgos' alte Pläne«, meinte Nikos noch mit vollem Mund, woraufhin er einen bösen Blick von Eirini abbekam.

Anna hatte sich drinnen doch noch für das traditionelle Weiß umentschieden, während sie sich außen an Giorgos' Plan orientiert und ein leuchtendes Gelb gewählt hatte. Außerdem hatte sie mit dem Geld von den Mädchen in Oía schon Fensterläden und Blumenkästen besorgt, um ein richtiges kleines Cottage aus dem Sommerhaus zu machen. Jetzt fehlten nur noch die Blumen … und die tausend anderen Sachen auf Annas Liste.

Zusammen mit Elena hatte sie morgens noch Nikos geholfen und innen fertig gestrichen. Es sah alles so hell und sauber aus. Die Terrakottafliesen kamen in Verbindung mit den weißen Wänden, den Schränken und den großen Panoramafenstern wunderschön zur Geltung. Nikos und Kostas hatten es sogar geschafft, genügend unterschiedliche Fliesen für die Wand an der Küchenzeile zusammenzusuchen, genau wie Giorgos es in seiner Skizze gezeichnet hatte. So waren wunderschöne Patchwork-Fliesen in

Blau, Weiß und Terrakotta entstanden, die sich perfekt in den Raum einfügten. Die neuen Arbeitsflächen waren aus massivem Holz, das Anna extra aus Athen importiert hatte. Auch wenn die sie beinahe den gesamten Vorschuss von Xenia gekostet hatten, war es das definitiv wert gewesen. So langsam nahm Giorgos' Vision für das Sommerhaus Form an und je weiter sie kamen, desto besser fühlte Anna sich. Am Nachmittag wollten sie noch die neuen Schrankfronten anbringen und es fehlten nur noch die Haushaltsgeräte, die noch bei Nikos lagerten, ansonsten waren sie dann mit der Küche fertig.

»Also ich finde es jedenfalls toll, wie wieder Leben in das Haus kommt«, fing Eirini an. »Es ist lange her, dass sich jemand um das Haus gekümmert hat.«

Seit deine Mutter hergekommen ist und alles zerstört hat, dachten sich wahrscheinlich alle gerade – jedenfalls ging Anna davon aus. *Sie* dachte es sich auf jeden Fall. Wenn sie irgendetwas aus den Briefen ihres Vaters gelernt hatte, dann, dass es ihm deutlich besser gegangen war, bevor er ihre Mutter kennenlernte.

»Haus sieht gut aus«, stimmte Christos mit einem breiten Grinsen zu, sichtlich stolz, den Satz gerade herausbekommen zu haben. Anna lachte und streckte ihre Hand aus, um sie auf seine zu legen. Obwohl sie das Haus verkaufen wollte, unterstützten ihre Großeltern sie, wo sie konnten. Was das anging, hatte sie also wirklich Glück.

Annas Handy vibrierte und sie sah kurz nach, was war.

»Anna!«, rief Christos und schüttelte den Kopf. »Kein Handy bei Essen.«

»Tut mir leid«, entschuldigte Anna sich, »nur wegen der Arbeit.«

»Elena hat erzählt, dass du noch mehr Aufträge bekommen hast«, wusste Eirini zu berichten.

»Ja, genau«, erklärte Anna. »Ich muss die Woche im Hotel arbeiten, ein paar Shootings morgens, und nächstes Wochenende auf einer Hochzeit.«

Wie sich herausstellte, hatte eines der Mädchen – die mit dem Akzent, die Anna noch mehr Geld andrehen wollte – über eine halbe Million Follower auf Instagram. Als sie dann die Fotos gepostet und Anna sogar verlinkt hatte, quoll auf einmal Annas Inbox über vor Anfragen von Leuten, die wollten, dass sie Fotos von ihnen machte. Darunter auch eine von einer Braut, die extra für ihre Hochzeit aus Chicago auf die Insel gekommen war und deren Fotograf in letzter Minute abgesagt hatte. Sie hatte Anna knapp zweitausend Euro geboten, damit sie die Fotos bei der Hochzeit machte.

»Eine Hochzeit, das ist ja schön!«, sagte Eirini und klatschte in die Hände.

»Ja, ich freue mich schon, bin aber auch echt nervös«, gestand Anna. »Es ist so ein wichtiger Tag für die beiden, besonders für die Braut. Ich will nichts falsch machen.«

»Das wirst du nicht«, versicherte Nikos ihr. »Ich habe deine Fotos gesehen und kenne niemanden, der so ein gutes Auge für so was hast. Das ist wirklich selten.«

»Danke«, antwortete Anna und lächelte. Nikos lächelte noch zurück, bevor er sich wieder seinem Essen widmete. Ein völlig freundschaftlicher Austausch – sogar irgendwie intim, auf seine eigene Art und Weise –, aber nach den intensiven Blicken über die letzten Wochen kam es ihr dennoch kühl vor.

»Wisst ihr eigentlich, was an diesem Wochenende gefeiert wird?«, fragte Eirini plötzlich und schaute in die ratlosen Gesichter.

»Tou Agiou Pnevmatos«, antwortete Elena als Erstes. »Der Tag des Heiligen Geistes.«

»Ja, aber kennt ihr die Geschichte dahinter?«

Nikos und Elena ließen peinlich schweigend die Köpfe sinken. Zwar waren Eirini und Christos nicht besonders religiös, aber immerhin mit Feiertagen kannten sie sich aus.

»Es ist der Tag, an dem der Heilige Geist zu Jesu Jüngern gekommen ist«, erklärte Eirini, die dabei ein bisschen wie eine Lehrerin klang.

Anna nickte. »Interessant.«

»Was findest du daran interessant, Liebes?«

Anna riss ihre Augen auf und warf einen hilfesuchenden Blick zu Nikos und Elena. Die beiden fingen allerdings nur an zu kichern – ganz und gar nicht hilfreich. »Ähm, ich weiß auch nicht.«

»Dann lass mich am besten zu Ende erzählen«, meinte Eirini und zwinkerte ihr zu. »Es ist interessant, da an diesem Tag, genau fünfzig Tage nach Ostern, die Dreifaltigkeit vollständig war. Vater, Sohn und der Heilige Geist.«

Eirini schaute kurz zu Anna, aber die hatte ihre Lektion gelernt und hielt den Mund. Also drehte Eirini sich zu Nikos und Elena.

»Ich habe mitangesehen, wie ihr zwei von eurer Kindheit an die besten Freunde wart. Ihr beide habt zusammen schon so viel durchmachen müssen. Jetzt ist Anna hier und vervollständigt euch zu einer eigenen Dreifaltigkeit. Auch wenn sie nicht für immer bleibt, ist es so schön, euch drei so glücklich zu sehen.«

Elena griff nach Annas Hand und drückte sie, was Anna erwiderte. Dann nahm auch Nikos Elenas Hand, zögerte aber einen Moment lang, bevor er Annas Hand nahm.

»Das war lieb«, sagte Anna. »Danke, dass du das gesagt hast.«

Sie schaute ihre zwei Freunde über den Tisch hinweg an. Sie kannte die beiden erst so kurz, und dennoch zählten sie zu den besten Freunden, die sie jemals hatte. Der Gedanke daran, dass sie die beiden zurücklassen musste, tat ihr weh.

Nach dem Essen und nachdem Elena sich verabschiedet hatte, um sich mit Vasilis zu treffen, gingen Nikos und Anna zurück ins Sommerhaus.

»Es ist echt schön geworden hier drinnen«, meinte Nikos und schaute sich um, während er sich ein Bier aus dem Kühlschrank nahm und Anna auch eins hinhielt.

»Danke«, sagte sie. »Ja, oder? Ich hatte erst einen anderen Plan, aber anscheinend wusste mein Dad es besser. Ist auch logisch, immerhin hat er das Haus gebaut.«

Nikos lachte leise und Anna sah ihn fragend an.

»Das war das erste Mal, dass du ›Dad‹ zu ihm gesagt hast«, erklärte er lächelnd. Dann setzte er sich an den Tisch. »Das freut mich.«

Anna setzte sich neben ihn und machte ihr Bier auf, um dann einen großen Schluck zu trinken. »Je mehr Briefe ich von ihm lese, desto mehr fällt mir auf, wie sehr meine Mutter mich angelogen hat. Was ihn angeht, das Haus … alles. Wenn ich also die Wahrheit über ihn herausfinden will, muss ich das alles vergessen. Auch meine Wut ihm gegenüber. Der Hass, der mich die ganze Zeit davon abgehalten hat, ihn als meinen Vater anzuerkennen. Das alles basiert nur auf Lügen.«

Nikos nickte. »Das ist hart.«

»Ja, aber hier zu sein hilft«, antwortete sie. »Zeit mit dir zu verbringen und mit seinen Eltern, das alles hilft mir. Ich habe das Gefühl, ihn durch euch besser kennenzulernen.« Sie hielt einen Moment inne. »Weißt du, Lizzy hat mir erzählt, was er alles für dich getan hat. Dass er dich aufs College geschickt hat, dich dazu gedrängt hat, den Abschluss zu machen. Und auch, was du für ihn gemacht hast, als du zurückgekommen bist.«

»Er war der einzige Vater, den ich je hatte«, meinte Nikos. »Das war also eine leichte Entscheidung.«

»Aber wieso bist du hiergeblieben?«, hakte sie weiter nach. »Wieso bist du nie woanders hin? Du würdest bestimmt überall Arbeit finden.«

Er zuckte mit den Schultern. »Das wollte ich nie. Mir gefällt es hier.«

»Aber wenn du überall auf der Welt hinkönntest?«

Nikos seufzte und beugte sich vor, stützte die Ellenbogen auf die Knie. »Wenn ich ehrlich bin, mochte ich London zum Beispiel nie. Die Uni war gut, aber alles andere nicht. Die ganze Umgebung nicht. Mir hat nicht gefallen, was aus mir wurde. Als hätten sich meine Prioritäten verändert. Manchmal muss man von zu Hause weg, um herauszufinden, wie sehr es einem fehlt. Verstehst du?«

Anna nickte beim Zuhören, aber bei der letzten Frage schüttelte sie auf einmal den Kopf. »Um ehrlich zu sein, nein. So ging es mir noch nie mit irgendeinem Ort. Nicht mit Connecticut, nicht mit Manhattan.« *Nicht mit Santorin*, ließ sie lieber weg. Besonders, da sie nicht einmal wusste, ob das stimmen würde.

»Das ist wirklich schade«, sagte Nikos. »Ich hoffe, irgendwann erlebst du das auch.«

»Ich auch.«

Später am Abend, als sie mit den Schrankfronten fertig waren, spazierten Anna und Nikos runter zum Hotel. Nach den Wochen, in denen die gesamte Anlage immer nahezu leer stand, kam es Anna seltsam vor, sie voller Menschen zu sehen. Aber es herrschte eine tolle Stimmung. Die letzten Wochen hatte Xenia immer wieder Druck gemacht, damit sie zum verlängerten Wochenende eröffnen konnten, und es wirkte, als wären die Angestellten genauso euphorisch über die Eröffnung wie die Gäste. Anna und Nikos bahnten sich den Weg zur Strandbar, in der Elena sonst arbeitete, und hielten dabei Ausschau nach Vasilis. Und das war gar nicht so einfach mit mehr Leuten auf einem Haufen, als Anna bisher auf der gesamten Insel gesehen hatte – den Sonntagmorgen in Oía mit eingeschlossen.

»Such einfach nach einem großen Klumpen von ineinander verschlungenen Gliedmaßen«, sagte Anna, »dünne von ihr und muskulöse von ihm.«

Wie zu erwarten, entdeckten sie die beiden, als die gerade an der Bar miteinander rummachten. Beim Näherkommen räusperte Nikos sich absichtlich laut.

»Oh, hi«, begrüßte Elena sie und löste sich von Vasilis. »Hattet ihr noch einen schönen Nachmittag?«

Anna nickte. »Du auch, wie es aussieht.«

»Es war toll«, antwortete Elena. »Ich habe Vasilis' Tante Kassandra getroffen und sie hat mich für morgen zum Mittagessen eingeladen.«

»Wow«, staunte Anna, »das geht aber schnell. Du wirst schon der Familie vorgestellt?«

»Na ja«, erklärte Elena und zog Vasilis dabei wieder an sich heran. »Ich kannte sie sowieso schon ein bisschen, also ist das nichts so Großes. Außerdem, wenn man einen von den Guten findet, muss man ihn festhalten.«

Während die beiden wieder anfingen, sich gegenseitig die Zunge in den Hals zu stecken, versuchte Anna mit Winken die Aufmerksamkeit des Barkeepers zu erhalten. »Okay, ich glaube, ich brauche noch ein paar Drinks, wenn ich euch beiden den ganzen Abend dabei zusehen soll.«

»Ja, und ich brauche eine Kotztüte«, kommentierte Nikos. Elena lachte nur, während Anna eine Runde Drinks bestellte.

»Hör nicht auf die verbitterten Leute, Baby«, meinte sie zu Vasilis. Danach drehte sie sich wieder zu Anna. »Sein Englisch ist nicht gut, aber er hat mir versprochen, dass er es versucht, wenn du da bist, damit du dich nicht so ausgeschlossen fühlst.«

»Das ist lieb«, sagte Anna. »Danke.«

Vasilis packte Elena an der Taille und beugte sich über sie, um sie wie in einem alten Hollywoodfilm zu küssen. Danach legte er ihr einen Arm um die Schultern und gab ihr einen Kuss auf den Kopf. »Heute lief gut, ich kann jetzt sagen, du bist meine Freundin.«

»Ehrlich?«, fragte Elena überrascht nach, mit dem breitesten Lächeln, das Anna je bei ihr gesehen hatte. Danach fing sie an, rasend schnell auf Griechisch zu sprechen und Vasilis alle paar Sekunden abzuschmatzen.

»Ich nehme an, sie hat Ja gesagt?«

»Jap, das hat sie.«

Der Barkeeper stellte die Drinks vor ihnen ab und Anna reichte ihm einen Schein. Sofort griff Nikos nach seinem Glas und kippte den Drink in einem Zug runter.

»Alles gut?«, fragte Anna und runzelte die Stirn, während sie an ihrem Drink nippte.

»Großartig«, antwortete Nikos, »alles großartig.« Dann bestellte er sich einen zweiten Drink und wollte den auch schon auf einmal runterstürzen, bevor Anna ihm das Glas wegnahm.

»Na gut, Amy Winehouse. Ich glaube, das reicht«, sagte sie. »Was ist los?«

Er zeigte grob in Elenas und Vasilis' Richtung. »Die entwickeln nach einer Woche schon Gefühle und dann sind sie direkt zusammen. Wenn mir das passiert … na ja, es läuft normalerweise ziemlich anders bei mir.«

Anna nickte. Sie war unsicher, ob sie so tun sollte, als wüsste sie nicht genau, wovon er sprach. Aber sie verstand ihn. Elena war mutig, riskierte viel und wurde belohnt. An dem Tag in Oía hatten beide vor einem Abhang gestanden. Elena entschied sich zu springen und der Rest würde sich schon regeln. Anna, auf der anderen Seite, hielt sich zurück, weil sie keinen Fallschirm hatte. Bildlich gesprochen war sie an dem Tag vielleicht von einer Klippe gesprungen, aber insgesamt hielt sie sich immer selbst zurück. Dieses leise Gefühl von Neid gegenüber Elena wurde sie nicht los. Nicht wegen des muskulösen Typen in ihren Armen, sondern weil sie überhaupt in jemandes Armen lag, während Anna einen Sicherheitsabstand zu Nikos streng einhielt, winzige Schlucke von ihrem Drink nahm und dabei die Party um sich herum nur beobachtete.

Obwohl ihr das alles bewusst war, redete sie sich ein, das Richtige zu tun. Elena war naiv, Vasilis wohnte weit weg in Athen. Würde sie ihn bitten hierzubleiben? Würde es ihr das Herz brechen, wenn er Nein sagte? Was würde passieren, wenn er wieder abreiste? Mal ganz davon abgesehen, wie es zwischen Annas Eltern gelaufen war – das perfekte Beispiel für »jetzt springen, der Rest ergibt sich später«, und davon hatte nun wirklich niemand profitiert. Anna selbst hätte sonst nicht existiert, klar, aber vielleicht wäre es für alle anderen besser gelaufen, wären die beiden früher vorsichtiger und ehrlicher mit sich selbst gewesen. Vielleicht würde ihr Vater dann sogar noch leben.

So ist es besser für alle, redete sie sich selbst ein. Ein Großteil von ihr glaubte das sogar.

»Lass uns tanzen«, schlug sie Elena vor und riss sie aus ihrem Frische-Beziehungs-Vollrausch. Sie zog Elena in die Mitte des Gedränges, wo alle so eng aneinander gepresst waren, dass niemand so wirklich mit einer speziellen anderen Person tanzte, sondern alle gemeinsam.

»Herzlichen Glückwunsch!«, schrie sie Elena zu.

»Danke!«, antwortete die mit einem Daumen hoch. »Nikos sieht aber nicht so glücklich aus.« Elena machte ein überzogen trauriges Gesicht.

»Meine Schuld«, meinte Anna und zuckte mit den Schultern. Kurze Sätze und viel Körpersprache – die Universalsprache, wenn man sich kaum hören konnte.

Elena schüttelte den Kopf. »Nicht deine Schuld. Seine Schuld.«

Wieder zuckte Anna mit den Schultern, nur dass es diesmal ernster wirkte, auch wenn sie eigentlich nicht überzeugt davon war, dass Elena recht hatte. Aber was sollte sie schon dagegen tun? Es gab nichts, was sie guten Gewissens machen konnte. Also tanzte sie einfach mit ihrer Freundin und dreihundert anderen Leuten und feierte eine vollständige Dreifaltigkeit, jedenfalls vorübergehend.

18. Kapitel

Anna deckte den Tisch, während Nikos die Suppe umrührte und sich dabei im Takt des Songs bewegte, der aus den neuen Boxen schallte, die er mitgebracht hatte. »Du musst nett zu ihm sein«, sagte Anna. »Er hat nichts Falsches gemacht.«

»Wann war ich denn nicht nett?«

»Ähm, ich weiß nicht, vielleicht als du meintest, dass er ein Gold Digger ist, weil Elena das Haus gehört?«

Nikos lachte. »Ach ja, das hatte ich schon wieder vergessen.«

In letzter Zeit hatte Elena Vasilis immer öfter mitgeschleppt, um ihn in die kleine Gruppe zu integrieren. Auch wenn er nicht besonders viel Englisch verstand, erfuhren sie, dass er als recht erfolgreicher Berater für die griechische Marine arbeitete, weshalb er auch so lange bleiben konnte. Außerdem hatte er beim Einräumen und Einbauen der Küche geholfen und beim Zementmischen für die neue Zufahrt – ein wenig bereute sie ihren Entschluss, die Zufahrt selbst anzulegen, weil das alles wirklich lange dauerte. Trotz allem war Nikos noch nicht mit ihm warm geworden. Er spielte den beschützerischen Bruder (oder Cousin, genau genommen) sehr überzeugend, worüber Elena ganz und gar nicht glücklich war.

»Ich weiß, du findest, es geht alles zu schnell. Aber sie ist glücklich, und das ist alles, was zählt.«

»Natürlich ist das nicht alles, was zählt«, widersprach er. »Mir wäre es lieber, wenn sie ihr Leben lang siebzig Prozent glücklich wäre, als hundert Prozent für zwei Wochen, bis er wieder zurück nach Athen muss.«

»Du weißt doch gar nicht, wie ihre Zukunft aussieht«, sagte Anna und schob Nikos zur Seite, um ein paar Servietten aus der Schublade zu holen und dann zu versuchen, die Preisschilder abzumachen. »Du weißt zum Beispiel nicht, ob sie nicht in einer Fernbeziehung auch glücklich sein könnte. Oder ob überhaupt lange eine Fernbeziehung daraus wird.«

Nikos rollte mit den Augen. »Wahrscheinlich hast du recht.« Dann fiel sein Blick auf die Servietten und er nahm sie Anna ab, um ihr beim Entfernen der Preisschilder zu helfen. »Sind die neu?«

»Ja, ich habe sie in Kamari entdeckt, als ich mir ein paar Motorroller angeguckt habe.«

Nikos riss verblüfft seinen Kopf hoch. »Du hast dir Motorroller angeguckt?«

»Ja«, fing Anna an, wobei sie ihm die Serviette wieder abnahm, nachdem er das Schild abgezogen hatte. »Der Weg zur Arbeit und zurück dauert so lange und bei den Aufträgen und der ganzen Arbeit am Haus habe ich nicht mehr so viel Zeit, durch die Landschaft zu spazieren, wie am Anfang.«

»Ist das nicht irgendwie eine Verschwendung, wenn du wieder abhaust, sobald das Haus fertig ist? Die Käufer werden sich auch wahrscheinlich nicht für Servietten interessieren«, antwortete er und schaute dann wieder in den Kochtopf.

»Na ja, im Moment lebe ich hier und ich mag Servietten. Außerdem habe ich auch noch keine Ahnung, wie lange es dauert, bis das Haus verkauft wird. Mit den ganzen Fotografie-Aufträgen kann ich genauso gut selbst hierbleiben, bis es verkauft ist. Das ist auf jeden Fall günstiger, als jemanden zu bezahlen, der es potenziellen Käufern zeigt.«

»Okay«, meinte Nikos nur und klang etwas enttäuscht.

Anna begriff, was er damit eigentlich fragen wollte, und er hatte irgendwie recht. Seit der E-Mail von Marcus hatte Anna immer mehr Sachen für das Haus gekauft, als ob sie selbst darin wohnen wollte. Doch sie hatte das erste Mal in ihrem Leben die Chance auf die Karriere, von der sie immer geträumt hatte. Erst hob sie eine Hand, um sie auf Nikos' Arm zu legen, entschied sich dann aber dagegen.

»Nikos, ich habe meine Meinung nicht geändert. Ich bleibe nicht hier, tut mir leid. Ich würde es dir sonst sagen.«

»Das meinte ich nicht«, sagte er wenig überzeugend. »Aber erklär mir doch noch mal, wieso nicht.«

»Weil das hier nicht mein Leben ist«, versuchte sie es. »Ich will Fotografin sein.«

»Aber du bist Fotografin, genau das machst du hier.

Ein Motorroller, Blumen, ein neues Sofa – das alles kannst du dir doch nur leisten, weil du so viele Aufträge hast.«

»Ja, aber ich meine, eine *echte* Fotografin. Ich rede nicht von Fotoshootings mit Möchtegern-Influencern und für Hotelwebsites.« *Die Art Fotografin, deren Bilder bei MarMac ausgestellt werden.*

Sobald sie die Worte ausgesprochen hatte, wünschte sie schon, sie könnte alles wieder zurücknehmen. Sie wusste gar nicht, wo diese Arroganz plötzlich herkam, aber da war sie, für Nikos schön präsentiert auf einem silbernen Tablett. Er drehte sich langsam um, lehnte sich gegen die Arbeitsfläche und überkreuzte seine Arme vor der Brust.

»Das sind wir also für dich? Alles nur Spaß, bis dein echtes Leben anfängt?«

»So meinte ich das ni…«

»Genau das meintest du!« Er wurde lauter. »Du bist vielleicht nicht ganz freiwillig hier, aber sonst bist du genau wie all die anderen Frauen, die für ein bisschen Sonne und einen Urlaubsflirt nach Santorin kommen und die auf alle Konsequenzen scheißen. Nur, dass du oben drauf noch ein Haus bekommst.«

»Das ist Bullshit!«, rief sie zurück. »Ich denke *nur* an die Konsequenzen. Was es bedeutet, das Haus von meinem Vater zu übernehmen. Was seine Briefe bedeuten und was das Ganze für mich bedeutet und für die ganzen Lügen, mit denen ich aufgewachsen bin. Was passieren würde, wenn ich bleiben würde oder wenn ich weggehe.« *Was es bedeutet, Marcus' Angebot anzunehmen. Was es bedeutet, es abzulehnen. Was wäre, wenn ich für immer hierbleiben würde? Was passieren würde, wenn ich meine Gefühle für dich zulassen würde.*

»Das ist dein Problem, Anna. Es geht immer nur um dich. Aber mich gibt es auch noch und ich habe eigene Gefühle und Bedürfnisse. Du solltest dir eingestehen, dass du dir keine Gedanken um mich machst, sondern nur um dich selbst. Was es für dich bedeuten würde, dem Leben hier eine Chance zu geben. Aber du hast Angst, dass du es hier vielleicht lieben könntest. Dass du *mich* vielleicht lieben könntest. Und da alles hier in deinem Kopf nicht als das *echte* Leben zählt, hast du eine Scheißangst davor.«

Als er weitersprach, wurde seine Stimme wieder leiser und auch tiefer. »Aber eins sage ich dir, Anna: Für mich ist hier mein echtes Leben. Du verstehst vielleicht nicht, wieso ich in keine Großstadt gezogen bin, um mit irgendeinem tollen Job reich zu werden, aber ich verstehe es. Ich arbeite jeden Tag hart, ich habe Freunde und Familie, die mir wichtig sind. Und ich liebe mein Leben hier. Als ich in London war, habe ich mich nur wie eine leere Hülle gefühlt, aber hier bin ich genau der, der ich sein will. Ich denke, wenn du ehrlich zu dir selbst bist, dann würdest du erkennen, dass es für dich ähnlich ist. Du bist hier glücklich. Und nur weil andere hier Urlaub machen, heißt das nicht, dass dein Glück hier weniger echt ist.«

Anna spürte, wie ihr Tränen in die Augen schossen. Sie versuchte, dagegen anzukämpfen, doch als er fertig war, kullerten sie ihr trotzdem über die Wangen.

»Es tut mir leid, dich zu verletzen«, sagte er dann. »Aber was ich gesagt habe, tut mir nicht leid. So denke ich wirklich.«

Für ein paar Sekunden stand sie regungslos da, während ihr weiter Tränen übers Gesicht liefen. Ein Teil von ihr wollte, dass Nikos sie tröstete, aber der andere wollte den ganzen Weg den Berg runterrennen und ins Meer rein. Noch bevor sie irgendetwas entscheiden konnte, klopfte es an der Tür.

»Lass sie bitte rein«, sagte Anna und ging in Richtung Bad. »Ich komme gleich raus.« Dann schloss sie sich im Badezimmer ein, setzte sich auf den Rand der Badewanne und fing an zu schluchzen.

»Die Suppe ist so lecker«, schwärmte Elena. »Ich habe das Essen aus dem Café so satt. Danke für die Einladung.«

»Kein Problem«, antwortete Anna, »aber für die Suppe musst du dich bei Nikos bedanken, er hat gekocht.«

Anna hatte noch aus dem Bad gehört, wie Nikos, als Elena und Vasilis gekommen waren, meinte, dass sie sich noch fertig machen musste. Dankbar für den kleinen Puffer, den ihr das gab, hatte sie versucht, sich wieder zu beruhigen.

»Was Nikos behauptet, stimmt nicht«, hatte sie in den Spiegel gesagt. »Das hier ist nicht das echte Leben, jedenfalls nicht deins.« Aus purer Verzweiflung hatte sie es sogar selbst für einen Moment geglaubt. Bis sie sich zu ihren beiden besten Freunden an den Tisch gesetzt hatte. Da kam ihr der Gedanke, ob er nicht vielleicht doch recht hatte. Danach fühlte sie sich beinahe wie in Trance, konnte der Unterhaltung nie vollständig folgen.

Dann fing Vasilis an, auf Griechisch mit Nikos zu reden, aber Elena räusperte sich und nickte in Annas Richtung.

»Oh, tut mir leid, Anna«, entschuldigte er sich sofort. Dann wandte er sich an Elena. »Ich weiß nicht alle Wörter. Kannst du wegen Maria sagen?«

»Klar, Schatz«, antwortete sie und gab ihm noch schnell einen Kuss auf die Wange. »Vasilis' Cousine Maria kommt nächste Woche her. Sie arbeitet für einen Winzer auf dem Festland, der gerade ein paar Weinberge hier gekauft hat, die sie verwalten soll.«

»Faszinierend«, kam direkt von Nikos. »Es gibt ja so viele tolle Weinberge hier, das ist bestimmt ein cooler Job.«

»Und«, fügte Vasilis noch an Nikos gerichtet hinzu, »sie hat dich auf Facebook gesehen. Will sich mit dir treffen.«

Anna erstarrte kurz, Panik stieg in ihr hoch.

»Sie will sich mit mir treffen?«, wiederholte Nikos verblüfft. »Wieso?«

»Ein Rendezvous.«

Fast fiel Anna der Löffel aus der Hand.

»Sie will ein Date?«, hakte Nikos nach.

»Nur ein Treffen«, erklärte Elena. »Sie findet dich anscheinend süß.« Auch wenn Anna den Blick starr auf ihre Suppe gerichtet hatte, spürte sie, wie Elena sie ansah. Nikos auch. Nur Vasilis schien nicht zu bemerken, wie rot Anna plötzlich wurde. Jedenfalls erst nicht, bis ihm dann auffiel, wie die anderen Anna anschauten.

»Oh, sorry, seid ihr zusammen?«, fragte er und zeigte auf Anna und Nikos. Für einen Augenblick herrschte erdrückende Stille.

»Nein, sind wir nicht«, sagte Anna schließlich und schaute hoch zu Vasilis. Auf keinen Fall wollte sie am Tisch die Beherrschung verlieren.

In Nikos' Blick sah Anna, wie er überlegte. Dann nickte er kaum sichtbar, als er eine Entscheidung getroffen hatte, und drehte sich wieder zu Vasilis. »Ja, in Ordnung, ich treffe mich mit ihr.«

Sofort schauten Elena und Nikos wieder zu Anna, deren Gesicht erneut rot anlief. Sie musste da raus, bevor sie noch anfing zu weinen. Oder zu hyperventilieren. Oder beides.

»Du und Maria passt bestimmt toll zueinander. Entschuldigt mich bitte kurz, mir ist was eingefallen, was ich draußen prüfen muss.« Anna schob ihren Stuhl zurück, stand auf und ging durch die Haustür nach draußen, während ihr auch schon die ersten Tränen übers Gesicht liefen.

»Das scheinst du heute viel zu machen«, kam Elenas Stimme ein paar Minuten später von hinten.

»Was?«, fragte Anna, ohne sich umzudrehen.

»Weinen.«

Die Musik hatte ihr Schluchzen also nicht wie gehofft übertönt. Jetzt nicht, und auch nicht, als Vasilis und Elena angekommen waren. Na ja, was soll's. Es war sowieso drinnen schon ziemlich offensichtlich gewesen, wie es ihr damit ging.

»Tut mir leid«, meinte sie zu Elena. »Ich wollte euer Essen nicht ruinieren.«

»Ich habe ihm noch gesagt, dass er nichts erzählen soll«, sagte Elena und legte einen Arm um Anna. »Aber, Mädchen, du musst damit klarkommen. Du hast deine Entscheidung getroffen und jetzt zögerst du alles hinaus. Du kannst nicht erwarten, dass Nikos sein ganzes Leben pausiert, bis du abreist.«

»Ich weiß. Aber es ist trotzdem schwer.«

»Das war von Anfang an klar. Von dem Moment an, als ihr euch kennengelernt habt, war offensichtlich, dass der Abschied schwer werden würde.«

Eine Weile lang starrten beide nur vor sich hin. Der Mond schien so hell, dass er sich in den Wellen spiegelte, die auf Kamari Beach zurollten. Langsam kam die Flut und Anna stellte sich vor, wie das Wasser stieg und stieg, schließlich das Hotel verschluckte, die Straßen, das Sommerhaus und sie alle zusammen, dann die gesamte Insel. Wie ein neues Atlantis. Selbst das schien ihr realistischer, als hier abzureisen, ohne jemanden zu verletzen.

»Vielleicht will ich keinen Abschied«, sagte Anna plötzlich und drehte sich zu ihrer Freundin. Es laut auszusprechen, machte ihr Angst, aber Nikos hatte recht und das wusste sie. »Vielleicht ist das alles hier genau das, was ich möchte.«

Elena seufzte und nahm Annas Gesicht zwischen ihre Hände, sah ihr tief in die Augen. »Dann musst du dich endlich entscheiden.«

Grace Linton seufzte laut ins Telefon und Anna verdrehte die Augen. Sie wusste genau, dass Lizzy am anderen Ende das Gleiche tat.

»Das ist lächerlich, Anna. Du kannst nicht für immer in Griechenland bleiben. Du hast Pflichten hier.«

»Ach ja?«, hakte Anna nach. »Zum Beispiel? Das Einzige, was mir einfällt, ist mein Auto, das immer noch bei dir steht, und mit dem bin ich nicht mehr gefahren, seit ich nach Manhattan gezogen bin.« Von dem Gewinn beim Contest hatte sie ihnen noch nichts erzählt, aber angesichts all der Aufträge kam es ihr auch gar nicht mehr so wichtig vor.

»Ach, bitte, das Teil habe ich letztes Jahr verschrottet.«

»Du hast mein Auto verschrottet?«

»Es war nur noch ein Haufen Müll und du schienst zufrieden in Manhattan. Als offensichtlich war, dass du nicht zurück nach Connecticut kommst, bin ich das Teil losgeworden.«

»Vielleicht hättest du das erst mal mit ihr besprechen können«, warf Lizzy ein.

Anna atmete einmal tief durch. »Ist jetzt auch egal. Das bestätigt doch nur, was ich sage. Nichts hält mich in Amerika, hier habe ich mehr als sonst irgendwo.«

»Da hat sie schon recht, Mom«, stimmte Lizzy ein. »Sie hat ein Haus, einen Job, einen Mann.«

»Habe ich dir nicht gesagt, dass du dich von diesem griechischen Jungen fernhalten sollst, Anna?«

»Du hast mir auch gesagt, dass Dad dich betrogen hat und wir wissen alle, dass das nicht stimmt.«

»Oh, Shit«, flüsterte Lizzy und danach war die Leitung für eine lange Zeit still.

»Anna Theresa Linton, meine Beziehung zu dem Mann war sehr kompliziert und das würdest du niemals verstehen.«

»Ich verstehe mehr, als du denkst«, entgegnete Anna, deren Blick automatisch zu den Briefen auf ihrem Couchtisch wanderte.

»Was auch immer du glaubst zu wissen, das ändert nichts daran, dass die Insel uns Linton-Frauen noch nie gutgetan hat.«

»Du meinst, dass *du* der Insel nicht gutgetan hast. *Du* hast nur für Schmerz und Zerstörung gesorgt und ich will nicht das Gleiche tun.«

»Wie kannst du es wagen, so zu tun, als wüsstest du, was ich durchgemacht habe?«, sagte Grace lauter, als Anna ihre Mutter seit Jahren gehört hatte. »Diese Unterhaltung ist vorbei. Auf Wiedersehen.«

Es piepte, dann fing Lizzy an zu lachen.

»Oh Mann, Banana, das war heftig.«

Auch Anna musste lachen. »Ja, vielleicht ein bisschen unangebracht.«

»Nein, das war schon lange überfällig, würde ich sagen. Aber, Banana?«

»Ja, Liz?«

»Ich finde es toll, wenn du bleiben willst. Aber mach es bitte nicht nur wegen Mom.«

Anna runzelte die Stirn. »Ich würde die Entscheidung nicht davon abhängig machen, wie weit ich von ihr wegkomme, auch wenn das ein großes Plus ist.«

»Das meinte ich nicht.« Lizzy hielt kurz inne. »Du versuchst so krampfhaft, nicht so zu werden wie sie. Nicht zu machen, was sie gemacht hat. Das verstehe ich auch. Sie war immer schon schrecklich, und das war früher anscheinend nicht anders. Aber wenn du entscheidest, auf der Insel zu bleiben, dann bitte nicht nur, weil es das Gegenteil von dem ist, was sie gemacht hat. Du solltest sicher sein, dass du es wirklich willst.«

Grace,
gestern hatte ich einen Herzinfarkt. Keinen starken, die Ärzte mussten nicht operieren. Sie haben mir nur Schmerztabletten gegeben und mich über Nacht zur Beobachtung dabehalten. Trotzdem dachte ich, du willst es vielleicht wissen.

Meine Eltern sind natürlich am Boden zerstört. Mein Vater hat mir verboten, zu arbeiten. Ein Junge aus der Gegend, der mir über die letzten Jahre sehr wichtig geworden ist, wird meine Schichten erst mal übernehmen. Nicht, dass dich irgendetwas davon interessieren würde, aber es ist ziemlich langweilig in diesem Krankenhauszimmer, um ehrlich zu sein, und ich habe nichts Besseres zu tun, als dir zu schreiben.

Der Junge ist wirklich toll, Grace. Er erinnert mich sehr an Lizzy. Er liebt es, anderen zu helfen, ohne dafür Anerkennung zu wollen. Er ist klug, aber das ist ihm gar nicht wichtig. Ich musste ihn sogar dazu drängen, aufs College zu gehen, damit er mehr Möglichkeiten hat. Es ist sofort zurückgekommen, als ich umgekippt bin. Er könnte alles auf der Welt machen, aber er will hier leben und für meinen Vater arbeiten. Seltsamer Junge. Aber das kennst du selbst. Er würde sich natürlich nie mit Lizzy verstehen, dafür sind sie sich viel zu ähnlich, aber Anna und er würden sich sicher mögen. Jedenfalls, wenn sie in Wirklichkeit so ist wie in meiner Vorstellung. Wer weiß …

Man hört immer, dass bei einer Nahtoderfahrung das ganze Leben an einem vorbeiläuft. Na ja, mein Herzinfarkt muss zu schwach dafür gewesen sein, denn so was hatte ich nicht. Es hat höllisch wehgetan, aber anscheinend nicht genug.

Allerdings hatte ich eine kurze Offenbarung. Ich bereue es nicht, weggegangen zu sein. Es war der einzige Weg. Schon lange davor gab es für uns kein Zurück mehr. Nein, am meisten bereue ich, dass ich nicht gesehen habe, was zwischen uns passiert ist. Wäre ich ehrlich zu mir gewesen, dann hätten wir vielleicht glücklich sein können. Nicht unbedingt gemeinsam, aber wir hätten aufhören können, uns etwas vorzuspielen und vielleicht eine Lösung gefunden. Eine, bei der ich meine Kinder behalten hätte und bei der du auch das Leben gehabt hättest, das du dir gewünscht hast. So viele heiraten nur für eine Greencard. Die lieben sich zwar nicht, aber wollen einander helfen. Hätte ich es geschafft, mein verletztes Herz und meinen Stolz beiseitezuschieben, dann hätten wir vielleicht eine ähnliche Lösung gefunden.

Aber das ist nun mal nicht passiert und jetzt kann ich nichts mehr ändern. Ich hoffe nur, dass ich lange genug lebe, um meine Mädchen noch mal zu sehen. Ich glaube schon lange nicht mehr daran, dass du dich meldest. Ich kann also nur hoffen, dass sie irgendwann von allein herkommen, damit ich sie endlich kennenlerne.

Ich versuche einfach, daran zu glauben, dass du fröhliche, gesunde Mädchen großgezogen hast und sage DANKE. Wenn sie ihren Vater schon nicht haben, haben sie wenigstens ihre Mutter. Hoffentlich bist du inzwischen glücklicher als damals mit mir. Ich wünsche dir wirklich nur das Beste.

Grüße
Giorgos

19. Kapitel

Auf ihrer neuen Vespa fuhr Anna die neue Zufahrt zum Sommerhaus hoch und parkte unter dem ebenfalls neuen mit rosa Blumen überwucherten Carport. Sie nahm ihren Helm ab und wischte mit dem T-Shirt den Schweiß davon ab. Dann nahm sie auch noch ihren Rucksack ab, wobei sie das unangenehm klebrige Gefühl an ihrem Rücken zu ignorieren versuchte. Darüber, dass sie bei ihrer Ankunft auf der Insel noch gedacht hatte, wie heiß es war, konnte sie inzwischen nur noch lachen. Heute zum ersten Mal auf der Vespa von der Arbeit zurückzufahren, statt den Berg hochzumarschieren oder auf Nikos oder Christos zu warten, damit die sie im Truck mitnehmen konnten, war traumhaft. Allerdings war es unter dem Helm genauso unausstehlich heiß. Sie ging durch das Tor in den Hintergarten, um zum Sommerhaus zu kommen.

»Du bist zu spät«, begrüßte Elena sie, die am Rand der Veranda saß. »Ich warte schon eine ganze Stunde hier.« Zum Glück sah sie nicht allzu genervt aus. Sie hatte eine griechische Zeitschrift in der Hand und neben ihr stand ein Glas – wahrscheinlich von Eirini –, das schon einen

Ring auf dem weißen Zement hinterlassen hatte. Sie lächelte Anna entgegen.

»Ich weiß, tut mir leid«, entschuldigte sich Anna, während sie die Tür aufschloss und Elena reinbat. »Meine Schicht hat länger gedauert, wegen ein paar Touristen, die einfach nicht gehen wollten, und dann musste ich noch tanken.«

»Mit dem neuen Roller?«

Anna nickte.

»Ist das nicht ein bisschen unnötig, wenn du bald abreist?«, murmelte Elena in sich hinein, woraufhin Anna so tat, als hätte sie es nicht gehört.

Drinnen hängte Anna ihren Helm an einen Haken neben der Tür und legte ihre Schuhe in den Korb darunter. Elena machte es ihr nach. Dann stellte Anna die neue Klimaanlage an, die sie in einem der Fenster angebracht hatte, stellte sich davor und genoss die kühle Luft.

»Schon okay«, meinte Elena dann. »Ich habe trotzdem schon mal angerufen.«

»Ja?« Anna fing an, ihren Rucksack auszupacken und den Inhalt auf dem Tisch auszubreiten. Sie zog einen Tischläufer, eine Lichterkette und zwei Handtücher mit filigranen Stickereien raus. Elena hatte ihr versprochen, mit ein paar Immobilienmaklern vor Ort über den Wert des Grundstücks zu sprechen. Erst hatte Anna es selbst versucht, aber deren Englisch war in etwa so gut wie ihr Griechisch. Stattdessen hatte sie Fotos und eine Kopie der ersten Einschätzung geschickt, damit Elena dann am Telefon den Rest klären konnte. »Was meinten sie?«

»Alle haben das Gleiche gesagt«, berichtete Elena.

»Dass es dem Markt gerade gut geht, die Ökonomie sich erholt, und den Bildern nach hat sich der Wert wohl verdoppelt oder sogar verdreifacht.«

»Das ist super«, meinte Anna, ohne dabei zu lächeln. Sie brachte die Handtücher ins Badezimmer, entfernte das Preisschild und hängte sie über den neuen Handtuchhalter.

»Ja?«, bohrte Elena nach, die Anna ins Badezimmer gefolgt war. »Ich verstehe immer noch nicht, was das Ganze soll, Anna.«

»Was ist denn daran so verwirrend?«, fing Anna an. »Ich habe das Haus renoviert und jetzt will ich es verkaufen.«

»Ja, aber wieso?«, fragte Elena weiter nach und setzte sich auf den Toilettensitz. »Bist du hier denn nicht glücklich?«

Anna hielt einen Moment inne und schaute Elena genervt an. »Natürlich bin ich das.«

»Und liebst du das Haus nicht?«

»Doch, das weißt du«, antwortete sie. »Aber so einfach ist das alles nicht.«

»Ja, ja, das behauptest du immer.«

»Und ich meine es auch ernst«, erklärte Anna. »Gerade bin ich hier glücklich, aber ich weiß nicht, ob ich das auch wäre, wenn ich langfristig hierbliebe.«

»Und wieso nicht?«

Anna setzte sich auf den Rand der Badewanne. »Ich habe das Gefühl, mich immer zu wiederholen«, fing sie an. »Als ob ich genau diese Unterhaltung schon eine Million Mal geführt hätte.«

»Ja, das habe ich auch«, entgegnete Elena leise und seufzte. »Aber es ergibt einfach keinen Sinn für mich.«

Schon Dutzende Male wollte sie Elena und Nikos von dem Contest erzählen, aber jedes Mal hatte sie aus Angst vor ihrer Reaktion doch einen Rückzieher gemacht. Sie wollte nicht wie eine dieser kalten Schlampen wirken, die ihre Karriere immer über alles andere stellten. Das waren nie die Heldinnen in Filmen, sondern immer die, die dem Protagonisten das Herz brachen. Auch wenn es wahrscheinlich genau das war, was Anna vorhatte, wollte sie sich dennoch nicht wie eine von denen fühlen.

»Wenn ich eins von den Briefen meines Vaters gelernt habe, dann, dass niemand was davon hat, wenn man anderen vormacht, man wäre zufrieden.«

»Ja, aber das ist ewig her«, sagte Elena und warf ihre Arme in die Luft. »Und du bist nicht wie deine Mutter.«

Anna schüttelte den Kopf. »Nein, bin ich nicht. Und ich will ihre Fehler nicht wiederholen. Ich will alles beenden, bevor jemand verletzt wird.«

»Nein«, antwortete Elena ebenfalls kopfschüttelnd. »Das lasse ich nicht mehr durchgehen. Du weißt, dass es uns sowieso schon verletzt, wenn du sagst, dass du hier nicht glücklich sein kannst, oder?«

»Das Gleiche hat Nikos auch gesagt.«

»Kein Wunder. Ihm tut es wahrscheinlich noch am meisten weh.«

»Das ist aber nicht mein Ziel«, verteidigte Anna sich. »Ich denke wirklich, dass es so für alle am besten ist.«

Elena stand wieder auf. »Wie auch immer. Lass uns einfach mit den Anrufen weitermachen.«

Die anderen Male, die Anna und Elena genau diese Unterhaltung geführt hatten, war es danach immer sofort wieder entspannt zwischen ihnen gewesen. Diesmal blieb Elena allerdings den Rest des Nachmittags eher distanziert. Teilweise sogar abweisend. Wahrscheinlich hatte sie das Gefühl, dass es bald vorbei sein würde, dachte Anna und wusste selbst nicht, ob sie ihr da widersprechen konnte.

Währenddessen hatte Anna außerdem immer im Hinterkopf, dass Nikos sich an diesem Abend mit Vasilis' Cousine Maria treffen sollte. Soweit sie das mitbekommen hatte, wollten die beiden in der Pizzeria in der Nähe vom Hotel zusammen essen. Bei dem Gedanken, dass jemand anderes ihm gegenübersaß, stieg Eifersucht in ihr hoch.

»Ich hoffe, Nikos hat einen schönen Abend«, meinte sie zu Elena, während sie ein paar Stunden später ihr Abendessen aus dem Ofen holte. »Aber ich habe ein bisschen Angst, was das für uns bedeutet. Denkst du, er wird dann nicht mehr vorbeikommen?«

»Und wenn? Du ziehst doch sowieso weg.«

»Aber noch bin ich hier«, antwortete sie und Elena musste lachen.

»Wow«, sagte Elena. »Du denkst wirklich nur an dich, oder?«

Anna erstarrte. »Was meinst du?«

»Du darfst also abhauen, weil es angeblich das Beste für alle ist, aber wir dürfen vorher nicht selbst mit unserem Leben weitermachen? Wer gibt dir das Recht, das für uns zu entscheiden?«

Anna schüttelte den Kopf. Langsam hatte sie die ganzen Streitereien in ihrer Küche satt. »So meinte ich das gar nicht.«

»Nein, ich weiß genau, was du meintest«, entgegnete Elena und stand dabei auf. »Ob du es glaubst oder nicht, ich habe genug Verstand, um zu kapieren, was hier los ist, auch wenn du es nicht siehst.«

Anna streifte sich die Topfhandschuhe ab und warf sie auf die Arbeitsplatte. »Ich verstehe meine eigene Situation sehr gut, danke.«

»So wirkt es für mich nicht.« Elena verschränkte ihre Arme vor der Brust.

»Na schön, dann erklär es mir doch«, gab Anna zurück und verschränke ebenfalls ihre Arme, während sie sich an die Küchenzeile lehnte. Obwohl sie schon spüren konnte, wie sie wieder rot wurde, versuchte sie, locker zu wirken.

»Okay, mal sehen … Zum einen warst du zu Hause überhaupt nicht glücklich«, fing Elena an und ging dabei im Zimmer auf und ab. »In deiner grauenvollen Pseudobeziehung mit deinem Chef von einem Job, den du zwar nicht mochtest, aber aus irgendeinem Grund nicht kündigen konntest. Dann hast du von dem Haus hier erfahren und sofort die Chance genutzt, um alles hinzuschmeißen und herzukommen. Als dir dann die Möglichkeit genommen wurde, danach in dein Scheißleben in New York zurückzugehen, hast du dich auch noch davon überzeugt, dass du auf jeden Fall zurückmusst, um irgendjemandem etwas zu beweisen. Nur, dass du dich in all das hier verliebt hast, was du allerdings nicht zugeben kannst, weil dein Stolz dich davon abhält, das zu tun, was das Richtige für dich wäre. Inzwischen interessiert mich aber nicht mehr, was das Richtige für *dich* ist. Was das Richtige für meine Familie ist, das ist mir wichtig. Und für uns ist es besser, nicht ständig mit jemandem rumzuhängen, der uns sowieso nur verletzt.«

Anna konnte die Tränen schon fühlen, unterdrückte sie aber. Diesen Gefallen wollte sie Elena nicht tun. Außerdem müsste sie von dem Contest erzählen, um sich zu rechtfertigen, und so wie Elena von Marcus und ihrem Job geredet hatte, war dafür nicht der beste Zeitpunkt.

Aber Elena hatte recht, oder? Direkt nach der Kündigung hatte Anna angefangen, ihr altes Leben zu romantisieren, während sie sich ein neues in Griechenland aufbaute. Dabei hatte sie es hier viel besser als in Manhattan – oder Connecticut, seit Lizzy ausgezogen war. Vielleicht schon, seit ihr Vater nicht mehr da war.

Nur hatte sie jetzt die Chance auf ein anderes Leben in Manhattan, endlich wollte Marcus ihre Bilder und diese Gelegenheit konnte sie nicht einfach wegwerfen. Aber wieso kaufte sie dann immer mehr Kram, als würde sie hierbleiben? Elena hatte recht, ihr Verhalten war widersprüchlich, sie hatte einen Fuß in jeder Tür und wurde langsam auseinandergerissen. Diese Spannung spürte sie schon die ganze Zeit, ihr war nur nicht klar, dass sie auch ihre Freunde damit auseinanderriss.

Anna konnte ihre Tränen nicht länger zurückhalten, sie fing an zu weinen. Elenas Miene wurde etwas weicher. Kurz dachte Anna, sie würde versuchen, sie zu trösten, doch Elena schien sich zurückzuhalten und biss die Zähne zusammen.

»Du hast völlig recht«, brachte Anna schließlich heraus. »Ich will euch nicht verletzen, ihr seid die besten Freunde, die ich seit Ewigkeiten hatte.«

Jetzt machte Elena doch einen Schritt auf sie zu, mehr aber auch nicht. »Du bist auch eine gute Freundin für mich«, meinte sie. »Aber du musst dich endlich entscheiden, was du machen willst, sonst hast du bald gar keine Optionen mehr.«

Anna nickte. »Ich weiß. Werde ich.«

Elena legte Anna eine Hand auf die Schulter. Dann klopfte es an der Tür und ein paar Sekunden später kam Nikos rein.

Das Herzklopfen bei seinem Anblick konnte Anna nicht unterdrücken, auch wenn sie wusste, dass er wahrscheinlich auf dem Weg war, sich mit Maria zu treffen. Dennoch war sie froh, ihn zu sehen.

»Was ist los?«, fragte er direkt nach, als er Anna weinen sah, und eilte zu ihr. Er nahm sie in den Arm und sie fing an zu schluchzen. Sie drückte ihr Gesicht an seine Brust, merkte, wie sein T-Shirt langsam feucht wurde, und legte ihre Wange dagegen.

»Anna hat bloß eine kleine Krise«, erklärte Elena, die merkbar genervt klang.

»Wir sind für dich da«, sagte Nikos, woraufhin Anna sah, wie Elena die Augen verdrehte.

»Schon gut«, sagte Anna. »Ich muss das allein herausfinden, aber danke.« Sie löste sich von Nikos.

»Okay, aber ich habe gute Nachrichten, die dich vielleicht aufmuntern«, wechselte er das Thema. »Nimm mal dein Handy und guck in deine Mails. Du solltest eine von Xenia haben.«

Anna ging zum Tisch rüber und griff nach ihrem Handy, öffnete dann ihren Posteingang. Die neuste E-Mail stammte von Marcus und im Betreff standen nur diverse Fragezeichen. Davon hatte sie die letzten Tage fast ein Dutzend bekommen. Er drängte sie, den Gewinn anzunehmen. Die darunter kam von Xenia und im Betreff stand »FWD: European Commercial Photography Awards.« Sie öffnete die E-Mail und las, wobei ihr fast das Handy aus der Hand rutschte.

Sehr geehrte Xenia,
durch die Fotos Ihrer neuen Marketingkampagne für das Kamari Sands Resort sind wir auf Sie aufmerksam geworden. Die Fotos wurden von einem Komiteemitglied entdeckt und nominiert. Es war eine kurzfristige Aufnahme in den Contest, aber wir freuen uns, Ihnen mitteilen zu dürfen, dass Ihre Fotos in der Kategorie »Hospitality Photography« gewonnen haben und damit in die engere Wahl für den European Commercial Photography Award gelangen. Das Preisgeld in dieser Kategorie beläuft sich auf 10 000 € und wird zur Hälfte an Sie und zur Hälfte an Ihre*n Fotograf*in ausgezahlt. Wir würden Sie also bitten, uns Ihre Bankdaten und die Ihres oder Ihrer Fotograf*in zu senden, damit wir Ihnen das Preisgeld auszahlen können.

Darüber hinaus beinhaltet die engere Wahl für den mit 100 000 € dotierten European Commercial

Photography Award die Einladung zu der Preisverleihung nächsten Monat in London, am 6. September. Ein Hotelzimmer sowie Abendessen und Frühstück für den Tag der Preisverleihung sind inklusive. Sobald Sie uns auch die Kontaktdaten Ihrer oder Ihres Fotograf*in weiterleiten, werden wir ihm oder ihr ebenfalls die Details zukommen lassen.

Wir freuen uns schon auf Ihre Antwort.

Mit freundlichen Grüßen
James Bennett, Leiter der European Commercial Photography Awards

»Was steht da?«, fragte Elena und versuchte, über Annas Schulter hinweg mitzulesen.

»Ich habe einen Preis gewonnen«, flüsterte sie. »Für die Fotos vom Hotel.«

»Das ist ja großartig«, freute sich Elena und lächelte tatsächlich. »Herzlichen Glückwunsch, Anna. Die Bilder waren unglaublich, du hast das echt verdient.«

»Erzähl ihr noch von dem anderen Preis«, drängelte Nikos.

»Welcher andere Preis?«

»Anscheinend haben wir in der Hospitality Kategorie gewonnen«, fing Anna an, »aber stehen auch für den European Commercial Photography Award in der engeren Auswahl, dem übergeordneten Preis.«

Jetzt grinste Elena noch breiter. Vielleicht konnte sie ihre Freundschaft doch noch retten. »Das ist wirklich toll«, sagte sie und umarmte Anna. »Herzlichen Glückwunsch.«

»Danke«, antwortete sie, auch wenn sie gerade kaum ein Wort herausbringen konnte. Das alles war viel zu viel. Ihre Wangen waren immer noch feucht und ihr Hals noch rau vom Weinen und dem Streit mit Elena. Sie brauchte etwas Luft, sie wollte allein sein.

Dann schaute sie zu Nikos hoch. »Bist du nur deswegen hier?«, fragte sie. »Du musst doch bestimmt los, zu deinem Treffen mit Maria.«

Nikos schüttelte den Kopf. »Das habe ich abgesagt«, meinte er, wobei er sie nicht direkt ansah. Anna merkte, wie sofort ein wenig Anspannung von ihr abfiel. »Ich bin eigentlich hergekommen, um Elena zu holen.«

»Was? Wieso?« Elena sah überrascht aus. »Ist alles in Ordnung?«

»Ja, klar«, beruhigte er sie. »Aber als ich mit Xenia geredet habe, schien sie ziemlich verzweifelt. Sie braucht dringend jemanden in der Bar und du gehst nicht an dein Handy.«

»Ich war ein bisschen beschäftigt«, erklärte sie mit Blick auf Anna. »Aber okay, ich gehe hin.«

»Klingt gut«, sagte er daraufhin. »Ach, und es ist echt schön geworden, hier, Anna. Du hast aus dem alten Häuschen wirklich ein hübsches Zuhause gemacht.«

Anna lächelte. »Danke«, sagte sie. »Nur schade, dass ich immer arbeiten muss und ihr so ziemlich die Einzigen seid, die es sehen.«

»Dann sollten wir vielleicht eine Party machen«, schlug er vor. »Wir laden alle von der Arbeit ein. Eine Taufe für das Haus.«

»Macht man das nicht nur bei Schiffen?«

»Hm, wir köpfen einfach eine Flasche Champagner auf der Veranda«, meinte er mit einem Zwinkern. »Das wird genauso gut, nur ein bisschen weniger windig.«

»Klar«, stimmte Anna nach kurzem Überlegen zu. »Das klingt gut. Bis zum Wochenende sollte auch alles fertig sein.«

»Perfekt. Ich sage allen Bescheid!« Er ging zur Eingangstür.

»Ich hoffe, bis dahin hast du alles geklärt«, meinte Elena noch, die Anna eindringlich anschaute, während sie ihre Sachen vom Tisch nahm. Danach folgte sie Nikos nach draußen und zog die Tür hinter sich zu.

Anna wusste genau, was Elena damit gemeint hatte – ein Ultimatum. Bis zum Wochenende musste Anna eine Entscheidung treffen, sonst würde sie Elena verlieren und Nikos wahrscheinlich auch.

Anna setzte sich auf ihr neues Sofa, zwischen die neuen Kissen. Sie liebte das Häuschen inzwischen wirklich. Erst hatte es ihr lediglich eine Möglichkeit geboten, etwas Kreativität rauszulassen, dann ging es um die Vision ihres Vaters, darum, sich ihm näher zu fühlen. Aber irgendwann war es nur noch für sie selbst gewesen. Sie hatte jedes Detail mit Sorgfalt ausgewählt und sie liebte jeden Zentimeter von dem Zuhause, das sie hier geschaffen hatte. So viel Geld hatte sie investiert, und noch viel mehr Zeit. Sie hatte sich in das Haus verliebt, in die Insel und in die Menschen hier. Der Gedanke an ihre WG oder irgendein enges Studio-Apartment in New York war grauenvoll. Mit ihren Freunden, dem Haus und den Aufträgen hatte sie hier alles, was sie brauchte. Sie wollte nicht weg.

Und dennoch ließ sie das Gefühl nicht los, dass sie dem Rat ihres Vaters folgen und lieber wieder abreisen sollte. Solange sie nicht einhundert Prozent sicher war, dass sie für immer hierbleiben könnte, wäre es besser, sofort abzureisen. Auch wenn sie in New York viel weniger hatte, blieb ihr die Chance auf die Karriere, von der sie immer geträumt hatte – die sie sich jeden Tag gewünscht hatte, während sie in der Galerie an ihrem Schreibtisch gehockt und die Fotos von anderen angestarrt hatte.

Nicht zum ersten und wahrscheinlich auch nicht zum letzten Mal wünschte sie, sie könnte über all das mit ihrem Vater sprechen. Sie entschied sich für das Nächstbeste und nahm einen seiner Briefe. Dieser kam ihr dicker vor als die anderen und als sie ihn öffnete, sah sie auch, wieso.

Es waren zwei Briefe, die diesmal nicht an ihre Mutter adressiert waren, sondern an Lizzy und sie selbst.

Neugierig warf Anna einen kurzen Blick auf den Brief an Lizzy, bevor sie ihn aber schnell für ihre Schwester zur Seite legte. Stattdessen nahm sie die beiden Seiten, die für sie bestimmt waren, und ging damit ins Badezimmer, um die Aussicht auf die langsam untergehende Sonne als Kulisse zu haben. Wie so oft setzte sie sich in die Badewanne und begann zu lesen.

Meine liebste Anna,
die letzten neunzehn Jahre habe ich jedes Jahr versucht, dir einen Brief zu schreiben, aber heute ist das erste Mal, dass ich es schaffe, ihn zu Ende zu bringen und abzuschicken.

Ich weiß nicht, was deine Mutter dir über mich erzählt hat, aber eines sollst du wissen: Ich liebe dich. Das habe ich immer. Und ich habe dich niemals hintergangen.

Wenn deine Mutter dir überhaupt irgendetwas über mich erzählt, dann müsstest du wissen, dass ich vor fünf Jahren einen Herzinfarkt hatte. Seitdem hatte ich noch weitere, acht Stück, um genau zu sein. Sie waren immer nur schwach, aber die Ärzte machen sich Sorgen. Ich selbst mache mir deswegen keine Sorgen – das bleibt die Aufgabe der Ärzte –, aber heute hatte ich eine ziemlich beängstigende Untersuchung und da wusste ich, dass ich dir schreiben muss.

Es ist dein fünfundzwanzigster Geburtstag. Ich kann einfach nicht glauben, dass du inzwischen richtig erwachsen bist. Jeden Tag stelle ich mir vor, wie du wohl aussiehst, wie deine Stimme klingt, was du machst … wobei ich mir nichts Besonderes wünsche. Ich hoffe einfach nur, dass du glücklich bist. Das ist alles, was ich je für dich und deine Schwester wollte.

Ich habe schon viele Briefe an deine Mutter geschickt, sie angefleht, dass ich euch sehen kann, aber bisher sind alle ungeöffnet zurückgekommen. Ich denke also nicht, dass dieser Brief jemals bei dir ankommen wird. Aber nach all den Jahren – und wer weiß, wie viele ich überhaupt noch habe – muss ich es einfach loswerden. Ich muss es wenigstens versuchen.

Ich will mir gar nicht vorstellen, was du wohl von mir denkst. Wenn du glaubst, was deine Mutter dir wahrscheinlich erzählt hat, hasst du mich sicherlich und das ist auch verständlich. Das wäre wohl der schlimmste Fall. Aber selbst im besten Fall bin ich ein Fremder für dich. Du hast hier in Griechenland immer ein Zuhause, wenn du möchtest, egal für wie lange. Aber ich schreibe dir nicht, um dich zu bitten, herzukommen. Das habe ich schon so oft getan. Nein, ich möchte dir einfach sagen, dass ich genau weiß, dass du großartig bist, stark und ehrgeizig, und dass ich unheimlich stolz auf dich bin. Du warst immer schon so klug und kreativ. Wo auch immer du gerade in deinem Leben bist, was auch immer du tust, ich weiß, dass du das tun wirst, was du liebst. Ich weiß, dass du glücklich bist. Das fühle ich. Dich nicht zu kennen, so wie du jetzt bist, ist das Schlimmste für mich, aber zu wissen, dass du irgendwo da draußen bist und mich stolz machst, ist das Schönste.

Ich liebe dich so sehr, Anna. Es ist schwer, nach all den Jahren die richtigen Worte zu finden, aber ich hoffe (solltest du diesen Brief jemals lesen), dass du mir glaubst. Ich habe dich immer geliebt, und was auch immer nach diesem Leben kommen mag, ich werde dich weiterhin lieben.

In Liebe
Dein Vater

In der Mitte von Santorin liegt der kleine Ort Exo Gonia, dessen Berge ein strahlend gelbes Sommerhaus wie aus einem Märchenbuch verbergen. Das malerische Cottage wurde von einem Mann voller Träume und Hoffnungen erbaut, doch die Liebe und das Schicksal waren grausam zu ihm. Als er starb, verfiel das Haus, es verwahrloste. Die Hoffnung hatte es schon lange im Stich gelassen.

Bis eines Tages die Tochter des Mannes auf die Insel kam und in dem Sommerhaus ein Zuhause fand. Mit eigenen Händen heilte sie das Sommerhaus, verwirklichte die Vision ihres Vaters in jeder Ecke des Hauses. Und als sie baute, reparierte und Neues schaffte, stiegen die Hoffnung und Leidenschaft in ihr, die er verloren hatte. Jedes Detail suchte sie mit Sorgfalt aus, füllte das Haus mit Liebe, Freude und gutem Essen. Sie wollte diese Oase ursprünglich für andere schaffen, doch als sie in die Fußstapfen ihres Vaters trat und seinen Wunsch fortführte, fragte sie sich, ob es nicht ihr eigenes Zuhause werden sollte.

20. Kapitel

Ein Klopfen ließ Anna hochschrecken, die gedankenversunken durch das Badezimmerfenster über die Insel starrte, welche sie inzwischen tief in ihr Herz geschlossen hatte. Dann riss sie sich los und ging zur Tür, um Nikos reinzulassen, der mit einem großen, flachen Geschenk auf der Veranda stand.

»Ach was, hallo«, begrüßte Anna ihn. »So kannst du gern öfter vorbeikommen.«

Nikos lachte. »Nur ein kleines Einweihungsgeschenk, jetzt wo alles fertig ist.«

»Willst du reinkommen?«

Nikos zeigte hinter sich. »Es ist so schön heute, wollen wir uns nicht kurz draußen hinsetzen?«

Anna nickte, trat vor die Tür und zog sie hinter sich zu. Sie gingen rüber zur Hollywoodschaukel, die sie erst am Tag vorher angebracht hatte.

»Die Veranda ist echt toll geworden«, sagte er, während er auf die Überdachung über ihnen zeigte, als sie sich hinsetzten. »Unfassbar, dass du all das in den letzten drei Tagen geschafft hast.«

Anna hatte wirklich viel am Haus getan. Die Schaukel

war ein Kinderspiel gewesen, verglichen mit der Überdachung, aber am schlimmsten war der zusammenklappbare Tisch, den sie bestellt hatte. Inzwischen war zum Glück alles fertig und jedes Detail stimmte. Alles vollendet, wie Elena gesagt hatte.

Elena schien darauf zu vertrauen, dass Anna bis zum Wochenende ihre Entscheidung treffen würde, und hatte deswegen ihre Hilfe bei den Partyvorbereitungen angeboten, doch Anna hatte die letzten Sachen allein machen wollen.

»Ja, ich habe gestern noch die halbe Nacht daran gesessen. Jetzt muss ich nur noch entscheiden, was ich mit der Wand über dem Tisch machen soll.« Sie warf einen Blick durch das Fenster auf die kahle weiße Wand.

»Vielleicht hilft das hier. Es ist von Elena und mir«, sagte er und reichte ihr das Geschenk.

Vorsichtig riss Anna das Geschenkpapier auf. Sie war aufgeregt, wollte aber nicht ganz wie ein Kind an Weihnachten rüberkommen. Als sie das Papier löste, entdeckte sie zuerst ihr eigenes Gesicht, das sie anstarrte. Aber nicht nur ihres, das ihres Vaters war auch da. Tränen schossen ihr in die Augen.

»Nikos, das ist unglaublich.«

»Kostas' Freundin hat es gemalt«, erklärte er. »Sie macht das beruflich, also haben wir ihr ein Foto von dir gegeben und deinen Vater hat sie aus der Erinnerung gemacht. Wir dachten, es ist höchste Zeit, dass ihr ein gemeinsames Bild habt, auch wenn es nur ein Aquarell ist.«

Ein paar Tränen tropften auf das Glas über dem Bild, während Anna es anschaute. Ihr Vater sah so viel älter aus, als sie ihn in Erinnerung hatte. Natürlich, sie hatte immerhin fast zwanzig Jahre verpasst. Und dennoch schien er irgendwie auch genau richtig so. Endlich hatte sie ein Bild von ihm.

»Wir waren etwas unsicher, ob das eine gute Idee ist, so wie du am Anfang über ihn geredet hast, aber dann dachten wir, dass sich das inzwischen vielleicht verändert hat.«

»Das stimmt«, antwortete sie leise. »Alles hat sich verändert.«

Für einen Augenblick saßen Anna und Nikos still auf der Schaukel, wippten vor und zurück und genossen einfach nur gemeinsam den Moment. Für beide waren die letzten Wochen hart gewesen, aber sie hatten es geschafft, beiden ging es gut. Anna wusste, dass es wahrscheinlich von ihrer Entscheidung abhing, ob das auch so blieb, aber sie erlaubte sich einen Funken Hoffnung. Sie rutschte zu ihm rüber und legte ihren Kopf auf seine Schulter.

Erst merkte sie, wie er einen Moment erstarrte, überrascht von der plötzlichen Annäherung. Dann entspannte er sich und legte seinen Arm auf die Rückenlehne der Schaukel, sodass sie ihren Kopf auf seine Brust legen konnte. Kurz darauf küsste er sanft ihren Kopf. Genau so blieben sie noch eine Weile sitzen und sahen zu, wie die Sonne unterging.

Irgendwann gingen sie wieder rein. Nikos nahm zwei Bier aus dem Kühlschrank, öffnete sie und reichte eins davon Anna. Sie musste über die Vertrautheit des Moments lächeln. Der letzte Brief ihres Vaters hatte irgendetwas in ihr verändert. Sie erkannte nun, was Marcus' Angebot wirklich für sie bedeutete: eine Ausrede. Es war der einfache Weg. Die Entscheidung für das, wovon sie immer dachte, dass es das Richtige für sie wäre – Karriere, Anerkennung, Einfluss. Zuzugeben, dass sie damit falschlag, war viel schwerer.

Aber jetzt wusste sie, was sie tun wollte. Was sie tun *musste*. Sie hoffte nur, dass Nikos' Gefühle sich nicht inzwischen verändert hatten.

»Was ist mit dem ganzen Essen da drin?«, fragte er und zeigte auf den übervollen Kühlschrank.

»Das ist von Eirini«, erklärte Anna, wobei ihre Stimme etwas wackelig klang. »Sie bereitet tonnenweise Essen für die Party vor. Das da müsste ungefähr die Hälfte sein. Das muss ich dann morgen alles warm machen.«

»Da kommt noch mehr? Wenn sie morgen noch mal genauso viel bringt, reicht das locker, um die ganze Insel bis …«

»Du hattest recht«, unterbrach Anna ihn plötzlich. Als er daraufhin zu ihr schaute, spürte sie sofort, wie ihr Gesicht rot wurde und ihr Herz raste.

»Das ist oft so«, meinte er und machte vorsichtig ein paar Schritte auf sie zu. »Aber womit meinst du genau?« Er versuchte offensichtlich, es runterzuspielen, aber sie sah an seinen zusammengezogenen Augenbrauen sofort, dass er genau wusste, worum es ging.

»Mit allem«, antwortete sie mit einem Lächeln, wobei sie schon Angst hatte, dass sie wieder weinen müsste. »Was meinen Vater angeht. Was meine Gefühle angeht, zu dem Ganzen hier, zu …« Sie verstummte, schluckte, jetzt kamen doch die Tränen.

Er trat noch einen Schritt näher. »Zu was?«

Ihre Antwort war kaum lauter als ein Flüstern. »Zu dir.«

Er stand direkt vor ihr, ihre Zehen berührten sich beinahe. Sie stand mit beiden Beinen in ihrer Zukunft, nahm diese Chance an. Er legte eine Hand an ihre Taille und senkte seinen Kopf, hielt seine Stirn gegen ihre. »Bist du sicher?«, fragte er. Sie merkte ihm an, wie nervös er war.

»Nein«, antwortete sie ehrlich, während ihr eine Träne über die Wange lief. »Jedenfalls, was alles andere angeht, nicht. Das war ich nie. Meine Träume können hier genauso scheitern wie in New York. Aber ich bin …« Sie schaute ihm in die Augen und hielt kurz inne. Sie war sich sicher, was sie wollte, und zwar nicht nur in diesem Moment, sondern auch in jedem einzelnen Moment danach. »Nikos, ich …«

»Ich liebe dich«, platzte es aus ihm heraus. Er riss die Augen weit auf, als wäre er selbst schockiert. Sie lachte nur leise.

»Ich liebe dich auch.«

Noch bevor sie die Worte ganz ausgesprochen hatte, trafen seine Lippen auf ihre. Er drückte sie an sich und küsste sie, drängte sie gegen die Küchenzeile. Sie griff hinter sich, stützte sich ab und hüpfte auf die Arbeitsfläche, um auf Augenhöhe mit ihm zu sein. Sie schlang ihre Beine um seine Hüften, während er mit den Händen über ihren gesamten Körper fuhr, über ihren Rücken, ihre Taille, durch ihre Haare.

Dann hob er sie hoch und trug sie rüber zum Bett, wobei sie sich so eng an ihn klammerte, als hinge ihr Leben davon ab. Genauso kam es ihr auch vor. Als hinge alles genau von diesem Moment ab und als würde sich jetzt alles zusammenfügen. Sie schob ihre Hüften zu ihm, spürte, wie sehr er sie wollte. Dann setzte sie sich auf, damit er erst ihr T-Shirt ausziehen konnte, und dann sein eigenes. Sie schmiegte sich an die Brust, die sie schon so lange nur bewundert hatte, fühlte, wie seine Wärme in sie eindrang. Er küsste ihren Hals, dann runter zu ihrem Bauch, öffnete ihre Shorts, als er unten ankam. Dann arbeitete er sich wieder hoch zu ihrem Gesicht und küsste sie sanft auf den Mund.

»Bist du sicher?«, fragte er wieder, und sie wusste, dass es danach kein Zurück mehr geben würde. Aber dafür war sie bereit, es gab nur noch Vorwärts. Nur noch ihn. Nur noch sie. Nur noch jetzt.

»Das ist das Einzige, bei dem ich mir ganz sicher bin«, antwortete sie und küsste ihn noch einmal. Dann bewegte er sich wieder nach unten, diesmal fragte er nicht noch mal nach und sie ließ ihren Kopf in das Kissen sinken und lächelte.

21. Kapitel

»Das ist der Moment, in dem rausgezoomt wird und ›sie lebten glücklich bis an ihr Lebensende‹ im Himmel auftaucht«, meinte Nikos, der einen Finger um ihren Bauchnabel kreisen ließ und ihn dann kurz küsste, was sie zum Lachen brachte. Die Gelegenheit nutzte er direkt, um sie durchzukitzeln, was damit endete, dass beide sich lachend so in die Bettdecke gewickelt hatten, dass sie sich kaum noch bewegen konnten. Anna streckte ihren Kopf hoch und gab Nikos einen Kuss auf sein Kinn.

»Nicht ›sie lebten glücklich bis an ihr Lebensende‹«, sagte sie dann und befreite sich aus der Decke, setzte sich auf und griff nach ihrem Oberteil. »Noch nicht. Erst müssen wir unser Leben leben.«

Nikos richtete sich auch auf und küsste ihre Schulter. »Aber glücklich?«

»Glücklicher, als ich je war.« Sie sah ihm direkt in die Augen, während sie das sagte, damit er wusste, dass sie es ernst meinte.

Genau in dem Moment flog die Tür auf. »Guten Morgen!«, rief Elena beim Reinkommen. Sie schien die beiden gar nicht zu beachten, sondern trat die Tür hinter sich zu und trug die mitgebrachte Schachtel mit Gebäck und den Kaffee rüber zum Tisch. Dann nahm sie sich einen der Kaffeebecher und drehte sich zu Anna und Nikos. »Wir haben noch viel zu tun, also raus aus dem Bett und zieh dich an, bevor Nik…«

Elena schnappte nach Luft und ließ beinahe ihren Kaffee fallen, als sie die beiden entdeckte und sich sofort wegdrehte. Anna und Nikos versuchten hastig, sich mit der Decke so gut es ging zu bedecken, während Anna ihre Hose wieder anzog.

»Anna, wir müssen reden, komm nach draußen«, sagte Elena und marschierte aus der Tür.

»Elena, warte mal«, fing Anna an und eilte ihr hinterher. »Ich kann alles erklären.«

»*Was* erklären?«, brüllte Elena, die sich jetzt zu Anna umdrehte und auf sie zeigte. »Dass du es nicht geschafft hast, die Beine geschlossen zu lassen?«

Anna blieb ruhig. Bisher war sie bei jedem Streit in den Verteidigungsmodus übergegangen und laut geworden, verzweifelt. Inzwischen wusste sie aber, dass das, was sie getan hatte und was sie wollte, das Richtige war, deswegen musste sie sich nicht mehr aufregen.

»Nein, das trifft eher auf dich zu«, entgegnete sie mit einem Lachen. »*Ich* habe es sieben Wochen lang geschafft, die Beine nicht breitzumachen – und das bei einem Mann, den ich tatsächlich liebe.«

»Hey, das ist unfair. Ich schaffe es sehr wohl …« Elena verstummte, als ihr klar wurde, was Anna gerade gesagt hatte. »Du liebst ihn?«

Anna nickte. »Ja, tue ich.«

»Und was bedeutet das jetzt?«

Sie zuckte mit den Schultern. »Dass ich ihn liebe, mehr nicht. Und dass er mich liebt.«

»Und für das Haus?«

»Das weiß ich noch nicht. Aber ich kann nicht länger so tun, als würde das mit Nikos keine Rolle spielen. Und ich kann mir auch nicht vorstellen, was mich dazu bringen sollte, das alles hinter mir zu lassen.«

In dem Moment meinte sie es ernst. Nichts könnte ihre Meinung ändern, nicht Marcus, nicht irgendein Contest.

»Okay«, sagte Elena und nickte. »Ich bin froh, dass ihr beide zueinandergefunden habt.«

Anna ging auf Elena zu und nahm ihre Hände. »Das schließt dich auch mit ein, Elena. Ich liebe euch beide.«

Elena lächelte. »Ja?«

»Ja. Und Eirini und Christos. Ich liebe die Insel, ich liebe das Haus. Und verdammt, ich liebe das Essen. Ich liebe mein Leben hier und ich meine das ernst.«

Elena umarmte Anna. »Ich liebe dich auch«, sagte sie. »Ich wünschte nur, es wäre alles sicherer.«

»Ist es das jemals?«, kommentierte Anna und Elena zuckte mit den Schultern. »Viel sicherer war ich mir noch nie bei etwas. Es müsste schon was Krasses passieren, um uns auseinanderzubringen.«

»Krasser, als dass du mit meinem Cousin schläfst?«

»Hoffentlich«, meinte Anna lachend, »denn der Zug ist abgefahren. Mehr als einmal.«

Elena schlug Anna leicht auf den Arm. »Ih, das will ich gar nicht wissen.«

»Okay, wie wäre es dann mit den Details zu der Spanakopita? Würde das dich ablenken? Eirini war sehr genau, was die Ofenzeiten angeht.«

»Los, zeig mir das Essen«, sagte Elena und legte Anna einen Arm um die Schulter, als sie zurück ins Sommerhaus gingen.

Alle drei arbeiteten den ganzen Vormittag daran, das Essen vorzubereiten und das Haus zu putzen. Als um eins dann Eirini und Christos mit den restlichen Speisen kamen, war so ziemlich alles fertig. Nikos hängte gerade das neue Bild über dem Tisch auf, während Eirini reinkam.

»Oh, Giorgos«, sagte sie sofort, ging rüber und strich sanft über das Glas. Dann drehte sie sich zu Anna. »Er wäre so stolz auf dich, weißt du?«

»Das hoffe ich«, flüsterte Anna. Sie wünschte sich von ganzem Herzen, dass ihr Vater von irgendwo auf sie herabblickte und stolz war. Und stolz darauf, was sie mit dem Haus und seinem Erbe gemacht hatte. Stolz auf seine Anna.

Nikos nahm ihre Hand und sie drückte seine, lehnte sich leicht an ihn. Sie war noch nicht bereit für große öffentliche Liebesbekundungen, aber sie war so froh, dass er da war und dass sie sich nicht mehr ständig verkneifen musste, ihn zu berühren.

Für einen Moment sah es aus, als würde Eirini gleich emotional werden, aber dann ging sie rüber zum Tisch und fing an, die Teller und Servietten bereitzustellen. Die anderen halfen ihr dabei und wenige Minuten später kamen auch schon die ersten Gäste.

Eine Stunde später quetschten sich zwei Dutzend Menschen in das kleine Haus. Eigentlich hatte Anna gehofft, dass man auch die Veranda nutzen könnte, doch natürlich hatte es genau heute angefangen zu regnen. Und als wäre das nicht genug, ging auch noch entgegen allen Erwartungen Eirinis Essen inzwischen zur Neige, daher musste Christos los, um vom nächsten Laden Nachschub zu holen.

»Also«, fing Xenia an, »hast du schon über die Verleihung in London nachgedacht?«

»Ja, das wäre bestimmt schön.«

»Oh, gut.« Xenia seufzte erleichtert. »Ich wollte da immer schon mal hin, aber allein reisen ist gar nicht mein Ding.«

Anna lachte. »Ich leiste dir gern Gesellschaft.«

Die Tür ging einen Spalt auf und Anna sah erst nur Einkaufstüten und eilte vor, um zu helfen, bis Christos durchnässt und mit den Armen voller Tüten reinkam.

»Anna!«, rief er sofort. »Ich hab gefunden Freund!«

»Was meinst du?«, fragte Anna nach, doch eine Antwort war schon nicht mehr nötig. Als Christos drinnen war, entdeckte Anna die andere Person hinter ihm.

»Hallo, Anna. Ich bin dann wohl ›Freund‹.«

Sofort bekam Anna einen trockenen Mund und ihre Hände fingen an zu zittern. Von allen Menschen auf der Welt war er der letzte, den sie auf ihrer Party sehen wollte.

»Marcus, was zum Teufel machst du hier?«

»Wow«, meinte er. »Freust du dich nicht, mich zu sehen?«

»Nicht wirklich«, antwortete sie und versuchte krampfhaft, keine Aufmerksamkeit auf sie beide zu lenken. »Woher weißt du überhaupt, dass ich hier bin?«

»Dieser Preis, den du gewonnen hast. Die Gewinner wurden online veröffentlicht. Ich bin sofort hergekommen, als ich das gesehen habe«, erklärte er. »Ich bin hier, weil ich wissen will, wieso du verdammt noch mal nicht auf meine E-Mails antwortest und die größte Chance auf eine Karriere ignorierst – die du übrigens auch schon begonnen hattest.«

Anna lachte spöttisch. »Die *größte* Chance? Du hältst dich wirklich für ein großes Geschenk an die Menschheit, oder?«

Marcus seufzte. »Hör zu, Anna. Ich bin nicht hier, um dich zurückzugewinnen. Ich bin hier, weil du den Contest nicht einfach nur gewonnen hast. Du hast alle anderen lächerlich aussehen lassen. Du hast den Preis weit mehr verdient als alle anderen, die ich kenne.«

Da ließ Annas Anspannung etwas nach. Fast ihre gesamte Zeit mit Marcus über hatte sie davon geträumt, diese Worte zu hören, und jetzt passierte es tatsächlich. Aber sie hatte ihre Entscheidung getroffen.

»Es ist nicht so einfach, Marcus. Ich kann nicht zurück nach New York. Ich habe hier ein Leben.«

»Ach ja?«, bohrte er nach. »Fotos von Hotels machen, um ein bisschen was zu verdienen? Du könntest so viel mehr haben und das weißt du.«

Anna spürte eine Hand auf ihrem Rücken. »Wer ist das?«, wollte Nikos wissen und stellte sich neben sie. Er streckte Marcus seine rechte Hand hin, während er seine linke weiter an Annas Rücken ließ. »Nikolas Doukas. Freut mich.«

Marcus schüttelte Nikos' Hand ungefähr eine Sekunde lang, bevor er sie wieder fallen ließ. »Ja, ja, Marcus MacMillan, freut mich auch. Gibst du uns eine Minute, Romeo? Es ist wichtig.«

Jetzt kam auch Elena dazu und stellte sich an Annas andere Seite. »Was ist hier los?«

»Nichts, worüber du dir Gedanken machen müsstest, Liebes«, wimmelte Marcus sie ab.

Anna merkte, wie Nikos' Hand von ihrem Rücken glitt und er sie zur Faust ballte. Schnell legte sie beruhigend eine Hand auf seine und schaute sich um. Langsam drehten sich ein paar der Gäste zu ihnen um.

»Können wir kurz raus?«, schlug sie vor und obwohl beide Männer im Regen nicht rauswollten, schob sie die zwei durch die Tür. Elena kam auch gleich hinterher und stellte sich zwischen die beiden Männer. Sofort durchnässte der warme strömende Regen sie alle.

»*Malàka!* Was will der Typ?«, fing Nikos an und murmelte dann noch etwas auf Griechisch, was sich für Anna definitiv nach Beleidigungen anhörte.

»Das ist Marcus«, erklärte sie. »Wir haben in New York zusammen gearbeitet.«

Elenas Kopf schoss sofort in Annas Richtung. »Warte, das ist dein alter Boss?«

»Schuldig«, bestätigte Marcus. »Auch wenn mir ›ehemaliger‹ lieber ist als ›alter‹.«

Nikos' Blick wanderte zwischen Anna und Marcus hin und her. »Der Boss, mit dem du geschlafen hast?«

Anna wurde ganz schwindelig, das Ganze geriet außer Kontrolle.

»Über ein Jahr lang«, musste natürlich noch von Marcus kommen. »Aber keine Sorge, sie hat mich direkt, bevor sie hergekommen ist, verlassen. Wir waren jetzt bestimmt seit fast zwei Monaten nicht mehr im Bett.«

Anna beobachtete, wie eine große Ader auf Nikos' Stirn auftauchte, die sie da noch nie gesehen hatte. »Du hast noch *Tage*, bevor du hergekommen bist, mit dem geschlafen?«

Anna zuckte mit den Schultern. »Ja. Aber das ist völlig irrelevant. Es geht darum, dass Marcus hergekommen ist, um mir ein Angebot zu machen, das ich aber abgelehnt habe.«

»Was? Wieso? Du kannst nicht mehr ablehnen, du hast vor über einem Monat schon zugesagt!«

»Was für ein Angebot?«, fragte Nikos, direkt an Marcus gerichtet.

Anna sah Nikos eindringlich an. »Ich erkläre dir alles«, fing sie an, »lass mich ihn erst mal loswerden.« Dann drehte sie sich zu Marcus und atmete einmal tief durch. »Weil ich dich nicht mehr brauche, Marcus. Ich habe hier ein Leben. Menschen, die ich liebe. Menschen, die mich für meine Arbeit bezahlen. Das Letzte, was ich will, ist, dass irgendetwas mir das alles versaut.«

Marcus presste seine Lippen zusammen. »Du machst einen großen Fehler. Es könnte der entscheidendste Moment für deine Karriere sein.«

»Dann werde ich mit den Konsequenzen leben müssen.«

Er nickte, ging in Richtung Tor. »Falls du doch noch deine Meinung änderst – ich bin heute Abend am Flughafen. Um zehn nach neun geht der Flug nach Athen und es wird ein Ticket für dich bereitliegen.«

»Das werde ich nicht brauchen«, rief sie ihm hinterher.

»Hoffentlich doch«, sagte er. »Vergiss mal das zwischen uns. Das hier ist viel zu wichtig, als dass du einfach davor weglaufen kannst.« Damit drehte er sich endgültig um und verschwand durch das Tor.

Nikos machte einen Schritt nach hinten und sah Anna an. »Kannst du mir sagen, was in aller Welt das gerade war?«

Langsam schwächte sich der Regen etwas ab und die beiden stellten sich unter den Vorbau, unter dem sie etwas geschützter waren. Elena berührte Nikos kurz am Arm, sie wechselten einen Blick, dann nickte sie und ging wieder nach drinnen.

»Das mit Marcus ist vorbei«, begann Anna. »Er war nur wegen einer Sache bei der Arbeit hier, das ist alles. Aber ich habe abgelehnt, das ist alles geklärt.« Sie legte ihre Arme an seine Brust, wollte ihn umarmen, aber er blieb starr.

»Was hat er dir angeboten?«

»Nichts Wichtiges«, wollte sie ihn abwimmeln, aber sie sah ihm sofort an, dass er nicht lockerlassen würde, bis er alles wusste. Sie seufzte. »Ich habe einen Contest von der Galerie gewonnen. Den Nachwuchstalent Contest. Er wollte, dass ich zurückkomme und meine Bilder für einen Monat in der Galerie ausgestellt werden. Aber ich habe abgelehnt.«

Nikos schloss die Augen und atmete tief durch. »Wieso das denn?«

»Weil …«, sie stockte. »Ich habe mich entschieden hierzubleiben. Das habe ich dir doch gesagt. Deswegen haben wir auch … deswegen ist das alles gestern Abend überhaupt passiert.«

»Aber wieso hast du mir nichts davon erzählt?«

»Weil es keine Rolle spielt.«

»Doch, natürlich tut es das. Siehst du das nicht?« Er fuhr sich durch die Haare und machte einen Schritt zurück. »Selbstverständlich spielt es eine Rolle. Die ganze Zeit sagen wir dir, dass du bleiben sollst, weil in New York nichts für dich ist, aber vom Contest hast du uns nie was erzählt.« Er schaute auf den Boden. »Wie lange weißt du schon davon?«

Anna seufzte. »Seit etwas über einem Monat.«

Nikos' Kopf schoss hoch. »Einen *ganzen* Monat?« Er lief für einen Moment auf und ab. Anna befürchtete, dass er die letzten Wochen im Kopf durchging. Am Rand der Veranda blieb er stehen und starrte auf die Berge. »Also das meintest du, als du zu mir gesagt hast, dass du eine echte Fotografin sein willst?«

Annas Unterlippe fing an zu zittern. »Ja, aber so denke ich nicht mehr«, versuchte sie zu erklären. »Ich liebe mein Leben hier. Ich liebe dich. Das war alles nicht gelogen. Nichts hat sich verändert.« Sie streckte eine Hand nach ihm aus, aber er wich zurück, stand nun wieder im Regen.

»Doch, hat es«, sagte er. »Das verändert alles. Wie könnte es das nicht tun?«

»Das muss es nicht«, redete sie weiter auf ihn ein, während sich langsam warme Tränen mit dem kühlen Regen auf ihrem Gesicht vermischten.

»Vielleicht sollte es das aber.« Er verschränkte seine Arme und schaute ihr in die Augen. »Es ist das Beste, was dir für deine Karriere überhaupt passieren kann, oder nicht?«

Anna wollte widersprechen, wollte ihm sagen, dass es kein großes Ding war, aber beide wussten, dass es gelogen wäre. So eine Chance bekam man nur einmal im Leben.

Jetzt stiegen auch Nikos Tränen in die Augen. Er wischte sie schnell weg, aber das brachte nichts. »Du hast so sehr versucht, nicht wie deine Mutter zu sein, aber deine Träume waren immer schon viel zu groß für diese kleine Insel. Für einen Mann wie mich. Auf keinen Fall will ich zwischen dir und deinem Traum stehen.«

Anna wollte zu ihm, doch er hielt sie mit beiden Händen davon ab.

»Nikos, bitte, tu das nicht«, flehte sie. »Ich habe mich für dich entschieden. Ich liebe dich.«

Er schüttelte den Kopf, machte noch einen Schritt zurück. »Und ich lehne es ab.« Er drehte sich um und rannte durch das Tor.

Anna sackte auf die Knie und fing an zu schluchzen. Laut heulend lehnte sie sich an die Seite des Hauses, sie hielt sich beide Hände vor das Gesicht, während ihr die Nase lief. Schon bald spürte sie Elenas Arm um sich, sie zog Anna hoch, stützte sie. Es muss aufgehört haben zu regnen und als sie reinging, bemerkte Anna, dass alle Gäste inzwischen weg waren. Sie konnte aber immer noch nicht aufhören zu weinen. Sie schlüpfte aus ihren Schuhen und den nassen Klamotten und legte sich in ihrer feuchten Unterwäsche ins Bett, wo sie unter die Bettdecke kroch und ihren Kopf auf das Kissen legte, um weiterzuweinen. Sie weinte um Nikos, um ihren Vater. Um alle anderen, die ihr langsam entglitten, als zu ihr durchsickerte, was passiert war. Sie weinte immer weiter, bis sie irgendwann einschlief.

Lange konnte sie nicht geschlafen haben, denn es war immer noch hell draußen, es schien sogar die Sonne. Alle Wolken waren spurlos verschwunden. Anna hörte Geräusche aus der Küche und entdeckte dann Elena, die gerade das Geschirr von der Party abspülte.

»Wie lange habe ich geschlafen?«, fragte sie krächzend.

Elena legte den Teller, den sie in der Hand hielt, weg, trocknete ihre Hände ab und setzte sich dann zu Anna auf das Bett. »Nur ein paar Stunden«, antwortete sie. »Es ist gleich sechs.«

Anna richtete sich auf und trank einen Schluck aus der Wasserflasche neben ihrem Bett. »Das Ganze tut mir leid«, fing sie an. »Damit hatte ich wirklich nicht gerechnet.«

»Das hat wahrscheinlich niemand«, stimmte Elena zu. »Das ist es ja.«

Anna schüttelte den Kopf. Sie hatte das Gefühl, wieder losheulen zu können, doch es waren einfach keine Tränen mehr übrig. Ihre Augen brannten immer noch vom Weinen. »Ich verstehe es nicht. Zwei Monate lang redet er mir ein, dass ich bleiben soll, und wenn ich mich dann endlich dafür entscheide, soll ich doch gehen.«

Elena setzte sich zu Anna ins Bett und streichelte ihr über den Rücken. »Ich weiß, es ist schwer zu verstehen. Aber denk daran, wie oft Nikos schon verletzt wurde. All die anderen, die ihn für ihr Leben woanders verlassen haben, das war hart, aber auch fair. Aber das Gegenteil ist noch schlimmer – dass du dein Leben für ihn aufgibst, wofür du ihn früher oder später hassen wirst. Er hat immerhin mitbekommen, wie es bei deinen Eltern gelaufen ist, was daraus geworden ist. Du bist nicht die Einzige, die das immer im Hinterkopf hat.«

»Das verstehe ich, glaube ich. Aber es ist ja nicht so, als hätte ich ein tolles, erfülltes Leben für ihn aufgegeben. Es war ein Contest, mehr nicht.«

»Ein Contest, der dir vielleicht die Chance auf genau das tolle, erfüllte Leben gibt, das du immer wolltest«, schob Elena ein. »Und du musst zugeben, dass es was ganz anderes wäre als ein Leben hier.«

»Das heißt ja nicht, dass es *besser* als mein Leben hier wäre. Nur anders.«

Elena zuckte mit den Schultern. »Ich glaube, das macht für ihn gerade keinen großen Unterschied. Er hat das Gefühl, dich aufzuhalten, und ich weiß nicht, wie du ihn davon überzeugen willst, dass das nicht stimmt.«

Eine Weile lang schwieg Anna und dachte nach. Elena stand auf, um sich wieder um den Abwasch zu kümmern, und Anna nahm ihr Handy und ging ins Bad. Sie setzte sich auf ihren Platz in der Badewanne und rief die einzige Person an, die ihr einfiel.

»Anna?«, begrüßte Grace sie überrascht. »Was ist passiert?«

»Wieso muss irgendetwas passiert sein?«, entgegnete Anna und kämpfte dabei gegen ihre Tränen an.

»Na ja, du bist seit fast zwei Monaten in Griechenland und das erste Mal rufst du grundlos an, da kann man sich das denken.«

Anna brach zusammen und erzählte ihrer Mutter alles. Sie hatte mit fiesen Kommentaren gerechnet, wie dumm sie sich verhielt, aber nichts dergleichen kam. Grace hörte einfach nur zu.

»Also, es klingt so, als solltest du nach Hause kommen«, antwortete Grace, als Anna schließlich fertig war.

»Sollte ich nicht hierbleiben und um ihn kämpfen?«

Grace seufzte. »Anna, ich habe vor langer Zeit gelernt, dass man einem Mann glauben sollte, wenn er einem sagt, was er möchte. Nikos hat gesagt, dass er nicht mit dir zusammen sein möchte. Wieso, spielt keine Rolle. Er meinte es ernst und das musst du respektieren.« Erst wollte Anna widersprechen, aber sie wusste, dass ihre Mutter recht hatte. Nikos hatte es ernst gemeint und ihm war die Entscheidung, es zu beenden, sicherlich nicht leichtgefallen.

»Und was ist mit allem anderen?«, fragte Anna. »Mit meinen Freunden? Meinem Job? Meinem Haus?«

»Wenn es wirklich deine Freunde sind, dann freuen sie sich für dich«, antwortete Grace. »Das Haus gehört weiterhin dir, solange du es nicht verkaufst. Und ehrlich gesagt hört sich der Job auch eher unwichtig an. Vergiss das Café, du hast gerade viel Wichtigeres in deinem Leben.«

»Wahrscheinlich hast du recht«, meinte Anna. Damit hatte sich ihr gesamter toller Plan innerhalb weniger

Stunden in Luft aufgelöst. »Dann komme ich wohl wieder zurück.«

Nachdem sie aufgelegt hatte, kam Anna wieder aus dem Bad und bemerkte, dass Elena am Esstisch saß.

»Und, was hat Lizzy dazu gesagt?«, wollte sie sofort wissen.

»Das war nicht Lizzy. Das war meine Mutter.«

»Du hast deine Mutter angerufen?«, fragte Elena überrascht nach. »Du musst wirklich verzweifelt sein.«

»Ja, na ja … so verzweifelt, dass ich wohl mit Marcus abreise«, sagte sie, woraufhin Elena nickte.

»Das dachte ich mir schon«, meinte sie.

»Ich nicht.«

»Ich weiß.« Elena umarmte sie. »Soll ich dir packen helfen?«

Anna schaute sich im Sommerhaus um. Alles, was sie die letzten Wochen über neu gemacht, dazugekauft und angebracht hatte. »Ach, weißt du«, meinte sie, »ich nehme nur mit, womit ich angereist bin, also passt das schon. Aber kannst du mir einen anderen Gefallen tun? Das wäre wirklich lieb.«

Elena schloss sie fest in ihre Arme und lehnte ihren Kopf auf Annas Schulter. »Alles, was du willst.«

»Danke«, sagte Anna. »Du sollst nur einen Brief für mich überreichen.«

Dann klappte sie ihren Laptop auf und begann zu tippen.

Genau eine Stunde vor Abflug kam ihr Taxi am Flughafen an. Der Fahrer holte ihr Gepäck aus dem Kofferraum und brachte es ihr sogar bis zum Eingang. Sie drückte ihm ihr ganzes restliches Bargeld in die Hand, woraufhin er sie erst verblüfft anstarrte, sich dann aber hastig bedankte und zurück zu seinem Taxi eilte. Wahrscheinlich aus Angst, sie könnte ihre Meinung ändern. Allerdings war das auf jeden Fall ein besserer Service als der von der Person, die sie vor sieben Wochen vom Flughafen abgeholt hatte – nur mit nicht ganz so viel Wirkung wahrscheinlich.

Sie ging zum Check-in-Schalter und lächelte der Frau dahinter zu. »Es müsste ein Ticket für mich hinterlegt sein«, sagte sie. »Auf den Namen Anna Linton.«

»Ja, Mister MacMillan hat Ihr Ticket erst vor wenigen Minuten bezahlt. Ich drucke es eben für Sie aus. Kann ich bitte Ihren Reisepass sehen?«

»Natürlich, aber ich hätte noch eine Bitte. Können Sie dafür sorgen, dass ich so weit wie möglich von Mister MacMillan entfernt sitze? Ist das machbar?«

Die Frau warf Anna ein vielsagendes Lächeln zu und nickte. »Das kann ich sicherlich arrangieren.«

Während die Frau Annas Gepäck wog und sie eincheckte, schaute Anna immer wieder nach draußen, ob sie irgendjemanden entdeckte, den sie kannte, aber es kam niemand. Seit sie sich dafür entschieden hatte, wieder abzureisen, hatte sie mit niemandem sonst geredet. Anna nahm ihren Boarding Pass entgegen und steckte ihren Reisepass wieder ein, bedankte sich bei der Frau und ging zur Sicherheitskontrolle. Sie musste nicht lange anstehen und die Angestellten waren alle freundlich, also kam sie schnell durch und folgte dann den Schildern zu ihrem Gate.

Als sie auf das Gate zuging, entdeckte sie sofort Marcus, der lächelnd auf sie wartete.

»Also doch noch zur Vernunft gekommen?«, kommentierte er und stand auf.

Anna atmete noch einmal tief durch und sah ihm direkt in die Augen. »Ich würde hiermit gern offiziell das Angebot annehmen und meine Kollektion als Siegerin des Nachwuchswettbewerbs in der Galerie MarMac ausstellen. Es gibt nur ein paar Einzelheiten, die ich gern noch klären würde.«

»Das ist schön«, antwortete Marcus. »Du hast die richtige Entscheidung getroffen. Alles Weitere können wir auf dem Rückflug besprechen.« Er streckte Anna seine Hand entgegen und sie schlug ein. Danach nahm sie ihre Tasche und ging rüber zum anderen Ende des Wartebereichs, um dort auf das Boarding zu warten.

Genau in dem Moment kam eine Ansage über die Lautsprecher. »An alle Passagiere des Fluges Drei-Sechs-Eins nach Athen. Leider müssen wir den Flug aufgrund von Personalmangel streichen.«

Nikos ging in seinem Haus auf und ab und überlegte angestrengt, was er tun sollte. Nein, Schwachsinn. Er wusste genau, was er tun wollte. Er konnte sie nicht einfach gehen lassen, ohne es zumindest versucht zu haben.

Er wusste, dass ihr Flug um zehn nach neun ging, in fünfundvierzig Minuten. Auf der Vespa würde er keine zwanzig Minuten brauchen und er wusste auch, dass er gerade genug Geld auf dem Konto hatte, um sich irgendein Flugticket zu kaufen, damit er durch die Sicherheitskontrollen kam.

Aber er wusste nicht, was er mit diesen Informationen anfangen sollte.

»Was habe ich schon zu verlieren?«, dachte er sich. *Na ja, außer deiner Würde, wenn du sie bittest hierzubleiben und sie dann trotzdem mit dem Typen weggeht. Sie hat doch schon bewiesen, dass es wichtiger ist, ihre Fotos in irgendeiner schicken Galerie auszustellen. Wem machst du eigentlich was vor?*

Nikos wusste natürlich, dass diese Gedanken lächerlich waren. Er wusste, dass es sie ihre gesamte Selbstbeherrschung gekostet hatte, ihn die letzten Wochen über auf Abstand zu halten, auch wenn er es immer wieder ausgereizt hatte. Und er hatte letzte Nacht gewusst, worauf er sich einließ. Außerdem war immerhin er derjenige gewesen, der ihr gesagt hatte, dass sie gehen sollte.

Er war hin- und hergerissen zwischen dem Drang, ihr nachzulaufen, und dem, an seinem Entschluss festzuhalten. Ganz tief im Inneren machte ihm der Gedanke Angst, dass sie vielleicht nie ganz so unentschieden war, wie sie vorgab. Dass sie nie wirklich vorhatte, zu bleiben. Dass sie sich einfach nur eine schöne Zeit hier gemacht hatte, wie ihre Mutter, während er Gefühle für sie entwickelt hatte. Aber Nikos wusste, dass diese Gedanken unfair waren. Er war nicht Giorgos und sie war nicht Grace. Nur fühlte sich deren Geschichte schmerzlich ähnlich an und er wollte nicht den gleichen Fehler begehen, wie ihn sein guter Freund gemacht hatte. Er wollte nicht einer Frau hinterherlaufen, die ihn nicht liebte.

Aber das war das Entscheidende, oder? Dass er sie liebte. Er wusste, dass es stimmte. Und wenn er sie wirklich liebte, dann gab es für ihn keine andere Möglichkeit.

Nikos nahm sein Handy, seinen Reisepass und seinen Schlüssel und stieg auf seine Vespa. Das Boarding müsste jeden Augenblick losgehen, also sollte er so schnell wie möglich zum Flughafen. Während die Sonne langsam unterging, bahnte er sich den Weg durch die Berge und holte dabei alles aus seinem kleinen Motorroller heraus, um schneller ans Ziel zu kommen.

In Rekordzeit kam er am Flughafen an, parkte seine Vespa, rannte nach drinnen, nur um dann auf der Anzeigetafel zu lesen, dass der Flug abgesagt worden war. Sein Handy klingelte – Elena rief ihn schon zum fünften Mal an, seit er das Haus verlassen hatte. Er drückte sie weg und ging zum Schalter, um sich wegen des Fluges zu erkundigen.

»Der Flug nach Athen musste wegen Personalmangel abgesagt werden«, erklärte die Angestellte der Fluggesellschaft in fröhlichem Ton.

»Also stecken alle Passagiere bis morgen hier fest?«, hakte er hoffnungsvoll nach.

»Alle, die weiter nach Nordamerika oder Großbritannien wollten, wurden über London umgeleitet und nehmen nun den Flug um acht Uhr fünfzig. Alle anderen bleiben vorerst hier, ja.«

»Okay«, sagte er und schaute auf seine Uhr. Es war halb neun, also kam er gerade noch rechtzeitig. »Ein Ticket nach London, bitte.« Beim Gedanken, wie viel er dafür ausgeben würde, verzog er das Gesicht, aber er musste einfach mit ihr reden, bevor sie abreiste. Bevor sie mit *ihm* wegflog. Bevor alles zu spät war. Entschlossen hielt er der Frau seinen Pass hin.

»Oh, das tut mir leid, Sir, aber dafür ist es leider zu spät. Der Flieger hat das Gate bereits verlassen.«

»Was?«, rief er und alle Entschlossenheit verschwand sofort wieder. »Aber es ist noch fast eine halbe Stunde Zeit!«

»Mit all den zusätzlichen Passagieren war der Flug schon voll und da es einen früheren Slot gab, ist der Flieger frühzeitig zum Abflug vorbereitet.«

Nikos nickte nur, bedankte sich und ging rüber zum Fenster. Er drückte sein Gesicht an das Glas und sah tatsächlich noch, wie ein EasyJet-Flieger gerade abhob und in den Wolken verschwand.

Es spielte keine Rolle, wie sicher er war, dass er sie liebte. Es war zu spät.

Anna hatte jegliches Recht auf eine romantische Flughafenszene verloren, als sie sich dafür entschieden hatte, in der wirklichen Welt zu leben, statt in einer Liebeskomödie. Als sie entschieden hatte, dass ihre Träume genauso wichtig waren wie der Mann, den sie seit ein paar Wochen kannte – egal wie sehr sie ihn liebte. Außerdem, wenn er ihren Brief tatsächlich gelesen hatte, dann würde er auch nicht versuchen, sie aufzuhalten.

Aber es tat dennoch weh, ihr Leben auf Santorin unter sich verschwinden zu sehen, als sie in das Flugzeug stieg. Als sie sich kurz darauf in den Himmel erhoben, an dem gerade die Sonne unterging.

Jetzt gab es kein Zurück mehr.

Nikos,

es tut mir so leid, dass ich dir nur diesen Brief schreibe, statt persönlich mit dir zu reden, aber ich möchte deine Wünsche respektieren.

Nach Wochen der Unsicherheit – eigentlich sogar Jahren – war ich heute Morgen, als ich neben dir aufgewacht bin, so sicher wie noch nie nach einer Entscheidung. Ich bin unheimlich froh, dass wir diese Stunden zusammen hatten. Es waren die schönsten Stunden meines Lebens. Ich würde nichts ändern, wenn ich noch mal die Chance hätte. Nicht einmal, dass es früher passiert wäre, denn ich bin froh, so lange gewartet zu haben, bis ich mir sicher war.

Aber was eine Sache angeht, hast du recht. Ich hätte mich immer gefragt, was passiert wäre, wenn ich Marcus' Angebot angenommen hätte. Wahrscheinlich hätte es mich ewig gestört, das nicht zu wissen.

Aber du hattest nicht mit allem recht. Meine Träume sind nicht zu groß für die Insel, nicht zu groß für dich. Meine Träume sind nur so groß, wie ich bin. Was zählt, ist, wie tief die Wurzeln dieser Träume in mir sind. Auch wenn mein Traum, eine erfolgreiche, angesehene Fotografin zu werden, schon sehr lange in mir ist, ist er nie so tief vorgedrungen wie meine Liebe für dich. Für das Leben, das ich mir – mit deiner Hilfe – auf Santorin aufgebaut habe. Und diese Wurzeln lassen sich nicht einfach ausreißen. Auch nicht, wenn du mir sagst, dass ich gehen soll. Denn die Wurzeln bleiben zurück, selbst wenn die Pflanze nicht mehr da ist.

Zu denken, dass sich zu verlieben entscheidend ist,

war ein Fehler, den wir beide gemacht haben. Dass wir immer weiter verliebt bleiben müssen, um nicht wie meine Eltern zu enden. Mit den ganzen anderen Träumen in meinem Herzen konnten wir uns nicht vorstellen, dass es möglich ist. Aber denk doch an Eirini und Christos. Sie sind seit über sechzig Jahren zusammen und lieben sich immer noch über alles. Sie waren nicht die ganze Zeit über verliebt, die Phase ist lange vorbei. Was wirklich zählt, sind die Wurzeln, die tief gewachsen sind und sich ineinander verschlungen haben. Die sind der Grund, weshalb die beiden immer noch so glücklich sind. Es ist wie mit dem Reis, den man bei einer Hochzeit wirft, um die Wurzeln des Paares zu stärken. Denn diese Wurzeln unter der Oberfläche sind wichtiger als alles andere.

Du hast schnell tiefe Wurzeln in mein Herz geschlagen. Ich habe mich sofort in dich verliebt und das Gefühl ist geblieben. So zu tun, als wären diese Wurzeln nicht da, hat nichts daran geändert. Ich hoffe, du hast es auch gespürt, denn das mit uns ist noch nicht vorbei.

In Liebe
Anna

Epilog

Manhattan, zwei Wochen später

Anna ging nervös in der Küche der Galerie auf und ab, in ihrer Hand ihr zweites Glas Champagner. Der Ausstellungsraum wimmelte von einflussreichen Gästen, Kritikern bis hin zu Sammlern und anderen Fotografen, vor denen Marcus jeden Moment ihre Kollektion enthüllen würde. Sie würden die Fotos entweder lieben oder hassen, irgendetwas dazwischen gab es selten in diesen Kreisen. Für Anna war wichtig, dass sie die Fotos liebten. Sie musste das Gefühl haben, dass ihre Arbeit wichtig war. All der Schmerz, auch Nikos' Schmerzen, das alles wäre umsonst gewesen, wenn ihre Fotos nicht gut ankamen.

Nach dem Brief hatte Anna gehofft, von Nikos zu hören, doch es kam nichts. Weder von ihm noch von Elena. Oder Christos oder Eirini. Nur Xenia hatte ihr geschrieben und sie gefragt, ob sie noch nach London wollte. Anna wusste, dass sie keine zweite Chance verdiente, aber dennoch hatte sie es sich gewünscht. Genau wie ihre Mutter war sie bei der ersten Chance auf eine Karriere sofort zurück nach Amerika gerannt. Nur, dass Nikos sie hatte gehen lassen, ganz anders als ihr Vater damals bei ihrer Mutter. Anna redete sich ein, dass sie glücklich darüber sein sollte, aber ein egoistischer Teil von ihr wollte beides haben.

»Anna, du musst kurz rauskommen«, sagte plötzlich eine von Marcus' Assistentinnen, die ihren Kopf durch die Tür steckte. »Draußen versucht irgendjemand reinzugelangen, der nicht auf der Liste steht.«

»Das ist nur meine Mutter«, antwortete Anna. »Ich hätte nicht gedacht, dass sie kommen will, also habe ich sie nicht auf die Liste gepackt.«

Die Assistentin zuckte mit den Schultern. »Du musst raus und das klären«, meinte sie. »Ich muss noch was für Marcus erledigen.«

Anna verdrehte die Augen und schlich sich durch die Hintertür. Sie wollte nicht früher als nötig durch die Ausstellung laufen, wo all die Menschen standen, die über ihre Zukunft entschieden. Sie bog um die Ecke des Gebäudes und suchte die kleine Ansammlung vor dem Eingang nach den blonden Haaren ihrer Mutter ab, konnte sie jedoch nicht entdecken. Gerade als sie wieder nach drinnen gehen wollte, drehte ein Mann sich zu ihr um und Anna erstarrte.

Ihr Handy fiel ihr beinahe aus der Hand.

»Nikos!«, rief sie und stürmte auf ihn zu. »Was in aller Welt machst du hier?«

Er lächelte und breitete seine Arme aus, fing Anna auf, die sich auf ihn schmiss, und umarmte sie. Sie stellte sich auf ihre Zehenspitzen, um ihre Arme um seinen Hals zu werfen und ihr Gesicht in seinem Haar zu vergraben.

»Ich musste einfach herkommen«, erklärte er. »Ich wollte hier sein und dich unterstützen.«

Anna löste sich von ihm und sah ihn einfach nur an. Er trug den Smoking, den er auch zu der Hochzeit auf Santorin anhatte. »Du siehst so gut aus«, sagte sie schließlich.

»Na ja, den Anzug hatte ich an, als ich dich das erste Mal geküsst habe. Das war einer der schönsten Abende meines Lebens. Ich dachte, vielleicht bringt er mir Glück.«

»Du brauchst kein Glück, Nikos.« Tränen stiegen Anna in die Augen. Die musste sie schnell wegwischen, um ihr Make-up nicht zu versauen, aber alle erwischte sie leider nicht. »Wenn ich mich nicht irre, hattest du außerdem deutlich weniger an, als wir uns dann geküsst haben.«

»Ja, na gut. Aber Elena meinte, nur in Boxershorts zu einem Black-Tie-Event zu kommen, ist vielleicht keine so gute Idee.«

Anna lächelte. »Mich hätte das nicht gestört.«

»Keine Sorge«, sagte Nikos daraufhin mit einem Zwinkern. »Die habe ich auch noch drunter.«

Beide mussten lachen.

»Weißt du, du hättest aber auch vorher anrufen können«, meinte Anna dann, wobei sie ihre Arme wieder um seinen Hals legte.

»Ne, zu unspektakulär.« Er zog sie an sich und flüsterte ihr ins Ohr. »Du hast die große romantische Geste verdient.«

»Wenn ich mich recht erinnere, ist es allerdings letztes Mal nicht so gut gelaufen, als ein Grieche einer Linton nach Amerika gefolgt ist.«

Nikos zog seine Augenbrauen zusammen und schüttelte den Kopf. »Du hattest recht, wir sind nicht wie deine Eltern.«

»Nein, ganz und gar nicht«, stimmte Anna zu. Noch bevor sie ihn küssen konnte, hörte sie allerdings ein lautes Räuspern. Marcus stand an der Tür und funkelte sie an.

»Deinen romantischen Moment kannst du gleich noch haben«, sagte er. »Aber jetzt musst du dich erst mal allen vorstellen. Bist du bereit?«

Anna schaute zu Nikos, nahm seine Hand und nickte. »Jetzt schon.«

»Gut, dann beweg deinen Arsch hier rein.«

Beide folgten Marcus nach drinnen, wo Anna zu ihm auf die provisorische Bühne ging. Nikos blieb unten stehen, aber so, dass Anna ihn sehen konnte. Marcus stellte Anna vor und als sie zum Mikrofon ging, fingen alle an zu klatschen.

»Es ist so eine große Ehre«, fing sie an. »Vielen Dank an alle, die gekommen sind.« Sie warf einen Blick auf ihre Notizen, dann rüber zu Nikos, der ihr zulächelte. Sie atmete noch einmal tief durch und fuhr fort.

»Für mich ist Fotografie ein so wichtiges Medium, weil man einem Objekt damit Bedeutung verleiht. Jeder alltägliche Gegenstand oder jede einfache Person auf der Straße gewinnt durch ein Foto sofort eine Bedeutung, die vorher nicht greifbar war. Mir war immer wichtig, Dinge so zu fotografieren, dass sie die ganze Wahrheit zeigen. Den Contest habe ich mit einer Reihe zu Forgotten New York Landmarks gewonnen. Da wollte ich eine andere Seite von New York zeigen, abseits von den ganzen Fotos, die man immer sieht. Aber diese Fotos werden heute nicht ausgestellt.«

Anna sah wieder zu Nikos, der immer noch lächelte, aber etwas überrascht wirkte.

»Ich habe mich im Sommer in die griechische Insel Santorin verliebt. Mein Vater ist dort geboren und ich hatte die Chance, die Insel nicht als Touristin zu erleben, sondern als Einheimische. Es gibt unzählige Fotos von den Sonnenuntergängen, den Stränden, dem türkisen Wasser der Ägäis – das alles ist wunderschön und hat es verdient, fotografiert zu werden, doch das sind nicht die Dinge, in die ich mich verliebt habe. Die Insel hat mein Herz gewonnen, aber nicht durch die Aussicht oder die Strände, sondern durch die Freundlichkeit und Offenheit der Menschen. Gastfreundschaft spielt auf der Insel eine wichtige Rolle. Sie tun alles, damit man sich willkommen fühlt. Das Faszinierendste an Santorin sind nicht die Sonnenuntergänge, sondern die Seelen der Menschen, die dort wohnen. Das hier mag nicht die kommerziellste Kollektion sein, aber ich hoffe, dass ich ein Gefühl von Heimat und Vertrautheit einfangen konnte. Denn wenn ich an Santorin denke, dann denke ich an zu Hause. Vielen Dank.«

Die Menschen fingen an zu klatschen und Annas Fotos wurden alle gleichzeitig enthüllt. Auf einmal war der gesamte Raum erfüllt von all den leuchtenden Farben, von Blau, Gelb, Pink.

Anna zog Nikos zu sich auf die Bühne, damit er die Fotos besser sehen konnte. Darunter eines von Eirini, wie sie Filoteig ausrollte, eines von Elena und Vasilis, die aneinandergekuschelt im Bus saßen. Christos und seine Kollegen beim Kartenspielen in der Mittagspause. Ein Foto zeigte einen Winzer, ein anderes einen Ladenbesitzer. Es war auch ein Foto von einem Stall voller Esel in Oía dabei, alle bereit, um die Touristen durch die engen Gassen zu tragen. Doch von allen Fotos mochte Anna das von Nikos beim Mittagessen in Oía am liebsten. Mit einem Bier in der Hand und einem Lächeln schaute er raus auf das Meer.

»Anna, die sind unglaublich«, staunte er. »Aber meintest du das ernst? Dass du bei Santorin an zu Hause denkst?«

»Natürlich«, antwortete sie. »Ich habe den Rückflug schon gebucht. Ich fliege Ende nächster Woche.«

»Und was ist mit der Ausstellung?«

»Das war eine meiner Bedingungen an Marcus. Ich komme nur her, wenn ich die neuen Fotos ausstellen kann, und ich bleibe auch nur die erste Woche. Danach muss ich nicht mehr hier sein. Die Galerie wird weiter versuchen, Fotos zu verkaufen, und wenn meine darunter sind, dann wäre das toll. Falls nicht, bin ich wenigstens wieder zu Hause.«

Nikos strahlte und hob Anna hoch, drehte sich mit ihr im Kreis und stellte sie wieder ab. »Ich liebe dich, Anna.«

»Ich liebe dich auch, Nikos. Und danke, dass du hier bist.«

»Es gibt keinen Ort, wo ich lieber wäre.«

Dann legte Nikos seine Hände auf ihre Wangen und küsste sie. Umgeben von den Fotos von Santorin und den unglaublichen Menschen, die es zu ihrem Zuhause machten, hatte Anna zum ersten Mal keine Sorgen, was ihre Zukunft anging. Alles, was sie brauchte, hatte sie um sich. Alles, was sie wollte, hatte sie direkt in ihren Armen.

Danksagung

Durch meine Arbeit im Publishing und meinen Master in Creative Writing habe ich schon vor meinem ersten Buch so ziemlich jedes Klischee über das Schreiben gehört. Dass »Inspiration« keine Grundvoraussetzung ist, dass den eigenen Text zu überarbeiten nahezu unmöglich ist und dass strukturelle Änderungen das Schlimmste überhaupt sind. Nach meinem ersten Roman kann ich nun voller Überzeugung sagen, dass all das stimmt. Aber es ist gleichzeitig eines der besten Erlebnisse, die ich je hatte.

Das alles wäre ohne das wundervolle Team von HarperCollins UK und One More Chapter natürlich unmöglich gewesen. Danke an Charlotte Ledger, dass du Santa ein Buch hast schreiben lassen. An Emily Ruston – deine Änderungen sind unerträglich brillant und die Zusammenarbeit hat eine bessere Autorin aus mir gemacht. An Claire Fenby, danke, dass du mein Social Media Badass bist. An das talentierte Design Team – man sagt ja, man soll ein Buch nicht nach seinem Cover beurteilen, aber in diesem Fall wäre es eine große Ehre – vielen Dank für das wunderschöne Cover, das so perfekt den Inhalt des

Buches widerspiegelt. An die Herstellung, alle, die für die Kalkulation und die Rechte zuständig sind, und auch an alle anderen, die so hart dafür arbeiten, dass die Bücher es raus in die Welt und in die Hände der richtigen Menschen schaffen – DANKE! Für mich seid ihr alle Superhelden.

Ich möchte auch meine verstorbene Großmutter erwähnen, Velma Hobbs, geborene Parks. In den früheren Fassungen kam der Charakter Eirini noch deutlich mehr vor und es war ihre Beziehung zu Anna, die mich dazu inspiriert hat, den Mädchennamen meiner Großmutter als Künstlernamen zu wählen. Oma Hobbs, wie ich sie genannt habe, war die liebevollste, geduldigste, freundlichste und mitfühlendste Frau, die ich je gekannt habe, vielleicht zusammen mit ihrer Tochter. Ich hoffe, eines Tages auch nur eine halb so tolle Frau zu sein.

Danke an meinen wundervollen Mann Alex, der es mit Sam der Autorin (die übrigens viel launischer und gereizter ist als die normale Sam) aushält. Von dir habe ich so viel darüber gelernt, wie Liebe wirklich aussieht und sich anfühlt. Ohne unsere eigene hätte ich nie eine Liebesgeschichte schreiben können.

Danke an meine Mutter Lisa Gale, dass du alle Entwürfe gelesen hast, und dafür, dass du so viele Freunde hast. Du bist wahrscheinlich für die Hälfte der Verkäufe verantwortlich. Deine Unterstützung bedeutet mir alles und ohne dich an meiner Seite wäre das Ganze nur halb so schön.

An Victoria Stevens, meine gute Freundin und eine der talentiertesten Autorinnen, die ich kenne. Danke, dass du mich dazu inspiriert hast, zu tun, was ich liebe – du hast mir den Weg geebnet. Und danke, dass du mich nach Frankreich mitgenommen hast, wo ich die ersten Zeilen dieses Buches geschrieben habe.

Danke an Jaye Rockett, du warst die beste Unterstützung, die ich mir hätte wünschen können. Jeder sollte sich glücklich schätzen, eine Freundin wie dich zu haben.

An Shermia Roberts, danke für die Arschtritte, wenn ich das Schreiben aufgeschoben und mal wieder gezaudert habe. Ohne dich hätte es dieses Buch nie gegeben.

Danke auch an Evelyn Maniaki, für die Hilfe bei allem Griechischen.

Zu guter Letzt möchte ich mich bei all den Lesern bedanken, die diese Reise mit Anna durchgemacht haben. Es ist so ein Privileg, für euch zu schreiben. Ich hoffe, dass euer Leben voller Freude ist und ihr jeden Tag Liebe erfahrt. Ich kann es gar nicht erwarten, noch mehr Geschichten mit euch zu teilen. Vielen Dank für diese Chance.